Berlin, 1928. Es ist eine schwülheiße Sommernacht. In Bühlers Ballhaus in der Auguststraße, auch Clärchens Ballhaus genannt, wird Adele, die Garderobiere, ermordet aufgefunden. Sie wurde mit Chloroform betäubt und dann erstickt. Und der neu eingestellte Pianist ist spurlos verschwunden. Doch mindestens ebenso verdächtig scheint ihr ehemaliger Geliebter, ein Kommunist, der bei der Polizei bereits aktenkundig ist. Am Abend ihres Todes trug Adele ein kostspieliges Kleid – ein Geschenk. Aber von wem? Kommissar Leo Wechsler und seine Kollegen ermitteln in einer Welt aus Charleston, Sekt für eine Mark und hemmungslosem Amüsement.
Der siebte Band der Erfolgsserie um Leo Wechsler.

Susanne Goga lebt als Autorin und Übersetzerin in Mönchengladbach. Sie hat außer ihrer Krimireihe um Leo Wechsler einige historische Romane veröffentlicht und wurde mit mehreren literarischen Preisen ausgezeichnet. Bei dtv ist ihre gesamte Leo-Wechsler-Reihe erschienen. Für ›Mord in Babelsberg‹ erhielt sie den Goldenen HOMER 2015, für ›Nachts am Askanischen Platz‹ den Silbernen HOMER 2019.

Susanne Goga

Der Ballhausmörder

Kriminalroman

dtv

Ausführliche Informationen über
unsere Autoren und Bücher
www.dtv.de

Von Susanne Goga
sind bei dtv außerdem erschienen:
Leo Berlin (21390)
Tod in Blau (21487)
Die Tote von Charlottenburg (21381)
Mord in Babelsberg (21486)
Es geschah in Schöneberg (21622)
Nachts am Askanischen Platz (21713)

MIX
Papier aus verantwortungsvollen Quellen
FSC® C019821

Originalausgabe 2020

Vermittelt durch die Literarische Agentur
Thomas Schlück GmbH, Hannover
Umschlaggestaltung: Wildes Blut, Atelier für Gestaltung,
Stephanie Weischer unter Verwendung
eines Fotos von Getty Images/ullstein-bild
Satz: Fotosatz Amann, Memmingen
Gesetzt aus der Sabon 10/13,85˙
Druck und Bindung: Druckerei C.H.Beck, Nördlingen
Gedruckt auf säurefreiem, chlorfrei gebleichtem Papier
Printed in Germany · ISBN 978-3-423-21808-5

Für Marion Kiesow,
die mehr über Clärchens Ballhaus weiß
als irgendjemand sonst

Prolog

September 1922

Schnell nach Hause, dachte sie, der Abend war für September ungemütlich kühl. Sie warf einen Blick zum Bernuspark hinüber, kämpfte mit sich. Noch war es nicht ganz dunkel, und wenn sie sich beeilte – es war eine gewaltige Abkürzung. Noch ein kleines Stück durch die Schönhofstraße, durch das schmiedeeiserne Tor, dann war sie im Park.

Er war verlassen, das merkte sie bald. Kein Wetter, das Spaziergänger nach draußen lockte. Aber sie würde jetzt nicht kehrtmachen und den Umweg nehmen, sie wollte nach diesem langen Tag endlich nach Hause. Der Chef war heute wieder unerträglich gewesen, vermutlich war ihm der mittägliche kalte Braten mit grüner Sauce nicht bekommen. Sie lachte bei dem Gedanken leise vor sich hin, und ihre Angst verflog.

Rechts ging es zum Teich, über dessen schmalste Stelle eine alte steinerne Brücke führte. Sie bog ab. Ja, dort war die Brücke. Sie beschleunigte ihre Schritte. Ein Glück, dass sie die gut eingelaufenen Schuhe trug und nicht die neuen mit den drei zarten Riemchen über dem Spann, in denen bekäme sie sicher Blasen. Hübsch waren die schon, viel eleganter als diese, aber eben auch –

Er kündigte sich nicht an. Kein Schritt auf dem Kies, keine

raschelnde Kleidung, keine Atemzüge, nichts. Nur der Arm, der sich von hinten um ihre Brust legte, und die Hand, die ihr etwas Weiches, Feuchtes aufs Gesicht drückte. Es roch süß, beinahe widerlich, ihre Haut begann zu brennen, und dann war es, als lösten ihre Füße sich vom Boden, hoch, immer höher, bis sie ganz leicht wurde und zu schweben schien. Ihr Körper gehorchte ihr nicht mehr, die Zeit dehnte sich und schrumpfte, keuchend rang sie nach Luft, soweit es das Etwas zuließ, das ihr ganzes Gesicht bedeckte. Dann zog sich ihre Brust zusammen, ihre Kehle, alles verkrampfte sich und schnürte ihr die Luft ab, sie rang nach Atem, drohte zu ertrinken. Sie spürte noch, wie sie hart aufschlug. Dann nichts mehr.

1

Samstag, 30. Juni 1928

Eduard Fischer war kein Richard Tauber, doch er hatte seinen Tenor in den Straßen und Hinterhöfen Berlins geschult und verstand sich darauf, sein Publikum mitzureißen. Die Tangoklänge der Kapelle umschmeichelten seine Stimme und kaschierten deren Schwächen, und die Paare, die sich beim Witwenball dicht an dicht über die Tanzfläche bewegten, nur einander und der Musik hingegeben, bemerkten die falschen Töne nicht. Mehr noch, sie sangen begeistert die Worte mit, die ganz Berlin kannte.

Ich küsse Ihre Hand, Madame,
und träum', es war Ihr Mund.
Ich bin ja so galant, Madame,
und das hat seinen Grund.

Irene Freund beugte sich vor und ließ sich von ihrem Begleiter, der sich als Joachim vorgestellt hatte, Feuer geben. Er sah sie über die Flamme hinweg an. Wie hatte man nur geflirtet, bevor das Rauchen gesellschaftsfähig wurde? Sie senkte ein wenig die Augenlider, blies den Rauch aus und lehnte sich auf dem Stuhl zurück. Die bunten Flecken der Lampions tanzten über die nackte Haut ihrer Arme. Die

Wände des Saals waren mit Holzgittern verkleidet, in denen künstliche Zweige mit Kirschblüten steckten. Die farbige Deckenbeleuchtung machte den Raum zu dem »Lichtwundersaal«, den Clärchens Ballhaus in seinen Annoncen gerne anpries.

Irene war keine Witwe, sondern ledig, und Joachim war Eintänzer, das hatte sie bald gemerkt, aber was machte das schon, wenn die Musik mitreißend war und die Lichter schillerten und der Sekt für eine Mark in ihren Gläsern perlte?

Sie ließen einander nicht aus den Augen, und als ein Onestep angekündigt wurde, drückten sie wie auf ein Kommando die Zigaretten aus und eilten auf die Tanzfläche.

Wer hat bloß den Käse zum Bahnhof gerollt?
Das ist 'ne Frechheit, wie kann man so was tun?
Denn er war noch nicht verzollt.

»Der Text ist reichlich dämlich«, rief Irene.

»Aber die Musik geht prima in die Beine«, erwiderte Joachim, und sie marschierten dahin, seine Hand an ihrer Taille, ihre auf seiner Schulter, die anderen beiden Hände verschränkt, drehten sich lachend im Kreis und hatten den Käse bald vergessen.

Ihre Augen leuchten bis zu mir.

Die korpulente Gerda Wohlleben errötete und zeigte ihrer Freundin Irmgard kichernd das Zettelchen, das der Kellner mit der Saalpost gebracht hatte. *Ick bin so jalant, nehm Ihnen bei der Hand. Wenn Se nicken, lass ick mir blicken.* Bei Clärchen gab es keine Telefone, diese neue, kostspielige Mode machte sie nicht mit. Papier erfüllte den Zweck genauso gut und war auch romantischer als ein Apparat, der auf dem Tisch stand und kaum Platz für Sekt und andere Erfrischungen ließ.

Überall im Saal steckten Gäste die Köpfe zusammen und überlegten, von wem wohl welche Liebesbotschaft stammen mochte.

Vorn am Eingang gab Adele, die Garderobiere, dem Türsteher Wolf Meinecke ein Zeichen, indem sie Zeige- und Mittelfinger vor den Mund hielt und ihn bittend ansah. Er kam mit langmütiger Miene herüber, stellte sich in die mit dunkelbraunem Holz verkleidete Garderobennische und winkte Adele davon.

Ab und zu brauchte Adele eine Zigarettenpause, doch Clärchen duldete nicht, dass ihre Garderobiere paffend inmitten von Mänteln und Hüten stand.

»Das gehört sich nicht, wir sind ein anständiges Haus«, pflegte sie zu sagen.

Adele war ihre Stelle lieb und teuer. Sie fügte sich also und baute darauf, dass Wolf für sie einsprang, wenn der Drang sie überkam.

Clara Bühler, genannt Clärchen, glitt unauffällig durch den Saal, begrüßte die Stammgäste und vergewisserte sich, dass alle Tische ausreichend mit Getränken versorgt waren. Sosehr sie ihre Angestellten schätzte, wusste sie doch, dass sie besser arbeiteten, wenn die Hausherrin ihnen persönlich auf die Finger schaute. Nachdem sie ihre Runde gedreht hatte, blieb sie an der Tür stehen und zündete sich eine Zigarette an. Sie blies den Rauch in die Luft und genoss den Anblick.

Hier unten gab es den Lichtwundersaal mit seinem japanischen Flair und oben den Spiegelsaal. Der war wie in

Versailles, nur schöner. Heute war er aber geschlossen, weil bei dem warmen Wetter viele Leute in die Ausflugslokale strömten.

Sie schaute zur Kapelle, die gerade einen Tango beendete, zu den Kellnern, die Sekt und Wein servierten, den Paaren, die sich voneinander lösten und zu separaten Tischen strebten oder untergehakt gingen und sich Stuhl an Stuhl, eng beieinander, niederließen.

Sie wollte gerade zum Ausschank gehen, als ihr Blick am Klavierspieler der Kapelle hängenblieb. Sie winkte ihm, worauf er vom Podest sprang, zu ihr herübereilte und sie besorgt anschaute.

»Schauen Sie nicht so ängstlich, Fred, alles prima. Bin sehr zufrieden mit Ihnen.«

Er atmete sichtlich erleichtert aus, worauf sie ihm auf die Schulter klopfte. »Sie wissen doch, ohne den Mann am Klavier geht hier gar nichts.«

Wolf Meinecke schaute sich suchend nach Adele um. Inzwischen war es brechend voll im Eingangsbereich. Eine Frau lachte schrill und warf den Kopf zurück, als der Mann neben ihr eine anzügliche Bemerkung machte. Alle drängten sich vor der Garderobe, um mit den Mänteln auch den Alltag abzugeben und sich unbeschwert ins Vergnügen zu stürzen.

Es war ein heftiges Schieben und Schubsen, und er stand hier ganz allein und hielt die Stellung.

Verdammt, warum musste sie ausgerechnet dann qualmen gehen, wenn hier die Hölle los war? Es war, als hätte ein Zug vor dem Ballhaus angehalten und eine ganze Ladung Tanzwütige ausgespuckt. Adele war ein kesses Ding, nie um eine witzige Antwort verlegen und hübsch anzusehen obendrein, aber dass sie ihn so im Regen stehenließ …

»Soll mir ’n Bart wachsen, bis ick den Mantel krieje?«

»Steh nich rum wie ’n Öljötze!«

Wolf geriet ins Schwitzen, nahm Mäntel und Jacken entgegen, schleppte andere herbei, händigte Garderobenmarken aus, suchte nach verlorenen Schals und Hüten, kroch auf dem Boden herum, als eine Marke hinunterfiel und in die hinterste Ecke kullerte.

Poussierte Adele etwa mit einem Gast im Hinterhof? Es gab genügend Kerle, die ihr schöne Augen – und entsprechende Angebote – machten. Aber so war sie eigentlich nicht, sie ließ einen Kollegen nicht im Stich.

Als der größte Andrang vorbei war, atmete er tief durch und sah sich um. Noch immer keine Spur von der Garderobiere. Wo steckte sie nur?

Sie trug heute ein besonders hübsches Kleid, hellblau mit einem schwarzen Muster, das wie Spitze aussah, und einer schwarzen Schärpe. Er hatte vorhin gefrotzelt, sie sei wohl zu Geld gekommen, worauf Adele gesagt hatte, es sei ein Geschenk von einer Freundin. Er spähte in den Ballsaal, doch auch dort war kein Hellblau mit schwarzer Spitze zu entdecken.

Als sie an den Tisch zurückkehrten, ruhte Joachims Hand auf Irenes Schulter, und er zog sie erst zurück, als sie sich auf ihrem Stuhl niederließ.

»Sie tanzen ganz wunderbar. Und ich weiß, wovon ich rede«, sagte er und gab der Kellnerin ein Zeichen, noch zwei Gläser Sekt zu servieren. »Ich habe Sie übrigens noch nie hier gesehen. Kommen Sie öfter her?«

»Es ist das erste Mal. Mit meinen Freundinnen war ich ein paarmal im Chaussee-Palast oder im Resi-Casino, aber das war mir zu …«

»Gewagt?«, fragte er.

»Vielleicht.« Irene überlegte. »Nein, gewagt ist nicht das richtige Wort. Ich fand es unpersönlich. Eine Art Speisekarte, von der man Geschenke aussuchen und mit der Rohrpost durch den Saal schicken kann. Dazu die Telefone, die ständig bimmeln. Es war wie auf dem Rummel, zu viel von allem, und es lenkte von der Musik ab. Vom Tanzen.«

»Und heute sind Sie ganz allein hier?«

»Meine Freundin ist plötzlich krank geworden. Aber ich wollte den Abend nicht zu Hause verbringen. Also bin ich ohne sie gekommen, es ist ja ein Witwenball«, sagte sie lachend.

»Sind Sie eine?«

»Nein.« Irene hob ihr Sektglas. »Und ich möchte lieber tanzen, statt über mich zu reden.« Der Sekt perlte in ihrer Kehle und brachte sie zum Lachen, obwohl niemand etwas Komisches gesagt hatte. »Oder wir reden über Sie.«

Joachim lachte und hob ebenfalls sein Glas. »Da gibt es nichts zu erzählen. Es ist dieselbe traurige Geschichte, die Sie schon tausendmal gehört haben.«

»Ehemaliger Offizier?«, fragte sie und legte den Kopf schräg.

»2. Leib-Husaren-Regiment ›Königin Viktoria von Preußen‹. Nach dem Krieg waren meine Talente nicht mehr gefragt. Das heißt, nirgendwo außer hier.« Er stellte sein Glas ab, gab der Kapelle ein Zeichen, die wieder einen Tango anstimmte, und Irene folgte ihm auf die Tanzfläche.

Walter, der Saalchef, strich sich vor dem Spiegel des kleinen Hinterzimmers die pomadisierten Haare glatt. Dann klopfte er sorgfältig seinen Frack ab – er war der einzige Mann im Ballhaus, der einen trug, das war er seiner Stellung schuldig – und holte Geldscheine, Münzen und sogar eine Tafel Schokolade aus den Taschen hervor. Er zählte die Ausbeute zufrieden durch und verstaute sie in einem abschließbaren Schrank. Seine Kriegskasse, wie er sie bei sich nannte.

Das machte er an profitablen Abenden bis zu viermal, denn es sah einfach hässlich aus, wenn sich die Taschen ausbeulten.

Heute war Witwenball. Da zeigten sich die Damen besonders großzügig, zumal er häufig Damenwahl verkündet hatte. Frauen, die sich amüsieren wollten, waren spendabel, und der »süße Walter« erfreute sich bei den weiblichen Gästen großer Beliebtheit. Nie hätte er eine an sich herangelassen, geschweige denn mit nach Hause genommen, doch seine Unerreichbarkeit ließ ihre Sehnsucht nur noch stärker werden. Kurzum, die Damen bezahlten für sein Lächeln, den einen oder anderen Tanz, das Gefühl, begehrenswert zu sein.

Bei Joachim war das anders. Der hatte sicher schon die eine oder andere Witwe nach Hause begleitet.

Walter wollte gerade wieder in den Ballsaal gehen, als er Wolf bemerkte, der ihm von der Garderobe aus heftig winkte. Er ging hin und sah den Türsteher verwundert an. »Was machst du denn hier?«

»Adele hat mich sitzenlassen.«

»Was soll das heißen?«

Wolf wischte sich die Stirn. »Sie ist vor mindestens einer halben Stunde nach hinten gegangen, um zu rauchen, und noch nicht zurück.« Clärchen sah es nicht gern, wenn ihre Angestellten paffend vor der Tür standen, für so etwas war der Hinterhof da.

»Das passt aber nicht zu ihr. Die ist doch ein Pfundskerl, auf die kann man sich verlassen.«

»Ich weiß.« Wolf schaute zur Tür. »Siehst du mal nach ihr? Ich kann hier nicht weg.«

Walter warf einen Blick in den Saal. Die Kapelle hatte noch zwei Stücke auf dem Programm, bevor er wieder den Conférencier geben musste. Da sollte ein kurzer Freundschaftsdienst drin sein.

Er ging zwischen den Tanzenden hindurch und an der Weinstube vorbei zur großen Doppeltür, hinter der sich die Toiletten befanden. Rechts ging es in den Hinterhof. Er öffnete vorsichtig die Tür zur Damentoilette.

»Adele, bist du hier?«

»Erlauben Se mal …« Eine korpulente Dame, die sich die Hände wusch, sah ihn strafend an, und Walter trat hastig den Rückzug an.

Er öffnete die Tür zum Hof, neben der ein paar leere Kisten standen, und sah sich um. Dann bemerkte er etwas Dunkles auf dem Boden, kaum mehr als einen Umriss im schwachen Licht der Hofbeleuchtung.

Irene Freund war gerade auf der Damentoilette, als sie ein Geräusch durchs gekippte Fenster hörte. Es klang wie ein Wimmern. Sie war versucht, aufs Klosett zu steigen und hinauszusehen, ließ es dann aber bleiben – dafür war ihr Kleid zu eng.

Sie wusch sich die Hände, verließ die Toilette und blieb zögernd stehen, vor sich den Ballsaal mit den funkelnden Lichtern, draußen das seltsame Geräusch.

Gerade erklangen die ersten schnellen Töne der Tritsch-Tratsch-Polka. Die war ihr dann doch zu altbacken, daran änderte auch ein reizender Tanzpartner wie Herr Joachim nichts.

Sie würde einfach einen kurzen Blick riskieren.

Links gab es eine Tür, die auf einen dunklen Hof führte. Sie trat auf den Kies, der unter ihren Schuhen knirschte, blieb stehen und horchte. Ein warmer Windhauch strich über ihre nackten Arme, hinter ihr erklangen Musik und Gelächter, die alle leisen Töne überlagerten.

Aber sie hatte das Wimmern deutlich gehört.

Da war es wieder, ertrank fast im Lärm, der aus dem Ballhaus drang.

Und dann sah sie es – eine Silhouette, die sich im schwachen Licht abzeichnete.

Irene wollte schon kehrtmachen. Vielleicht hatte jemand nur zu viel getrunken und musste sich übergeben, was auch das Wimmern erklären würde. Und das wollte sie nun wirklich nicht mit ansehen.

»Hallo?«, fragte sie, nur um sich zu vergewissern, dass alles in Ordnung war.

Jemand schluchzte leise, und sie trat unwillkürlich näher.

Ein Mann kniete am Boden. Vor ihm ausgestreckt lag eine Frau im hellblauen Kleid. Er strich ihr die Haare aus dem Gesicht, tastete ihren Hals und ihre Wangen ab, redete leise und unverständlich auf sie ein.

»Was machen Sie da?«

Der Mann hob abrupt den Kopf. Irene erkannte ihn im schwachen Licht. Es war der Saalchef. Sie hatte vorhin gesehen, wie eine Frau ihm einen Geldschein zugesteckt und ziemlich lasziv seine Wange gestreichelt hatte.

»Ich glaube, sie ist tot.« Er sprach tonlos wie ein Automat.

»Was ist passiert? Soll ich Hilfe holen?«, fragte Irene und wagte einen Blick auf die Frau. Soweit sie sehen konnte, war ihr Gesicht unversehrt.

»Ja. Bitte.« Mehr sagte der Mann nicht.

Als Irene nach drinnen eilte, hörte sie mit halbem Ohr den Text der Polka, den die Gäste aus voller Kehle mitsangen.

So rast die Zeit mit Geschwindigkeit
hier und dort, immerfort,
und keiner hat für den andern Zeit,
weil die Hast keine Zeit lasst.

Seltsam, dachte sie, wie gut das passte. Hier draußen lag eine Frau, vermutlich tot, und keiner merkte es, weil alle mit ihrem Vergnügen beschäftigt waren. So wie sie selbst bis vor wenigen Minuten auch.

Doch einmal wird es ohne Eile gehen,
Dann bleibt die Uhr für jeden einmal stehen.

Für die Frau, über die sie nichts wusste, war die Uhr stehengeblieben, während drinnen alle tanzten.

Irene schob sich am Rand der Tanzfläche entlang, wich einem Kellner mit voll beladenem Tablett aus, konnte keinen klaren Gedanken fassen. War dort draußen ein Unfall geschehen – oder ein Verbrechen? Hatte der Saalchef die Frau nur gefunden oder ihr etwas angetan?

Dann stand sie im Flur vor der braun getäfelten Garderobe. Ihr Blick fiel auf das Schild neben dem Tresen: *Den Anordnungen des Garderobenwärters ist unbedingt Folge zu leisten.* Wie preußisch, dachte sie.

Der Mann, der dahinterstand, streckte schon die Hand nach ihrer Marke aus, doch Irene deutete in die Richtung, aus der sie gekommen war.

»Da draußen im Hof braucht jemand Hilfe. Ein Mann kniet neben einer Frau und sagt, sie sei tot. Sie trägt ein hellblaues Kleid«, fügte sie hinzu, als hätte das irgendeine Bedeutung.

Der Garderobenwärter schwang sich wortlos über den Tresen und verschwand in der Menge der Tanzenden.

2

Samstag, 30. Juni 1928

Die Strahlen der Abendsonne fielen schräg über den Lunapark. Die Besucher quietschten laut, während sie in einem gewaltigen Holzboot eine Rampe hinunterrutschten, und schrien wie aus einer Kehle, als ihr Gefährt aufs Wasser klatschte und sie nassregnete. Das war bei der Hitze ebenso willkommen wie das Bier, das in großen Mengen ausgeschenkt wurde.

Tausende Berliner waren gekommen. Sie drängten sich in den riesigen Restaurants, von denen man auf den ganzen Rummel blickte. Es gab Bier, Wein und Limonade zu günstigen Preisen, die Tische bogen sich unter Würstchen, Buletten und Koteletts, Kartoffelsalat und Schrippen. Das Innenministerium hatte einen Staatssekretär und gleich zwei Ministerialdirektoren entsandt, die sich prächtig unterhielten oder jedenfalls so taten.

Leo Wechsler hätte nicht geglaubt, dass er sich jemals so kindlich amüsieren könnte, ohne mit seinen eigenen Kindern unterwegs zu sein. Das glatte Holz der Rutschbahn verlieh ihm ein so rasantes Tempo, dass sein Hinterteil ganz heiß wurde. Hoffentlich kam er nicht mit einem Loch in der guten Hose unten an, dachte er und stellte sich Claras Gesicht vor, wenn sie die Bescherung sähe. Am Ziel wartete Jakob Sonnenschein auf ihn, die Hände in die Hüften gestemmt, den Hut in den Nacken geschoben.

»Du warst ganz schön langsam im Vergleich zu den Kindern.«

Leo lachte. »Weil ich alt und würdevoll bin.«

»Das erste stimmt sogar.«

Überall erwachten bunte Lampions und Lichterketten zum Leben. Die Luft war warm und drückend, und die blauschwarzen Wolken, die von Westen heranrückten, drohten mit Gewitter.

Leo wischte sich über die Stirn und hängte sich das Jackett über die Schulter. »Lass uns ein Bier trinken, Jakob. Zu dumm, dass Robert Dienst hat. Er hat doch eine Schwäche für solche Massenveranstaltungen. Ich sage nur Sechstagerennen.«

Sonnenschein zuckte mit den Schultern. »Ich glaube, dem ist heute nicht danach.«

Sie kamen an einem Schild vorbei, auf dem in großen Lettern »Wer sind die Drei?« zu lesen stand. Darauf waren drei Personen abgebildet, die man in der Menge suchen sollte. Außerdem bekam jeder Besucher am Eingang einen Steckbrief in die Hand gedrückt, auf dem die Gesuchten abgebildet waren. Die Gäste sollten an diesem Tag selbst einmal Polizei spielen, das war schon Tradition bei den Festen der Kriminalpolizei.

Sie ergatterten einen der Tische mit Blick auf den See, die für Angehörige der Kripo reserviert waren, und schon erschienen wie von Zauberhand zwei große Gläser Bier.

Leo deutete auf das Schild. »Wetten, dass keiner alle drei findet?«

»Du setzt aber wenig Vertrauen in unsere Bürger.«

Sie stießen miteinander an.

»Ach was, du weißt genau, wie schlecht die meisten beobachten. Bis auf die Klatschmäuler, die den ganzen Tag im Fenster liegen und ihre Nachbarn beobachten, sieht es mit unseren Zeugen oft sehr mau aus.«

Sonnenschein lachte. »Da ist was dran. Ich erinnere mich an Klassiker wie ›Er hatte so einen tückischen Blick‹ oder ›Sie sah ein bisschen aus wie meine Schwiegermutter‹.«

Leo leckte sich den Schaum von den Lippen. »Tja, die Frau, die wie die Schwiegermutter aussah, haben wir tatsächlich gefunden.«

»Aber sie war nicht die Täterin. Sie kam von der Kirche und wollte dem Mordopfer einen abgelegten Anzug des Pfarrers schenken.«

»Der ist ihm immerhin erspart geblieben«, sagte Leo trocken.

»Na bitte, da tut sich was!« Sonnenschein zupfte ihn am Ärmel und deutete auf eine Holzbude am Seeufer. Daneben prangte ein Schild mit der Aufschrift: »Hier sind die drei Übeltäter gegen eine Belohnung abzuliefern.« Eine Frau strebte energisch auf die Bude zu, blieb davor stehen und deutete triumphierend auf den Mann, den sie an der Krawatte hinter sich herzog.

»Dieses Gespräch würde ich zu gern mit anhören«, lachte Leo, als der Polizist in der Bude die Hände bedauernd nach außen kehrte. Die Frau ließ enttäuscht die Krawatte los und tauchte in der Menge unter.

In diesem Augenblick zuckte ein Blitz auf, eine Sekunde lang wurde es taghell. Die Silhouetten der Karussells und Rutschen und das Häusermeer zeichneten sich scharf wie Scherenschnitte vor dem Himmel ab. Der See glitzerte, als wäre er mit Diamanten übersät. Laute Rufe mischten sich in den rumpelnden Donner, manche klatschten Beifall, als hätte man das Gewitter allein zu ihrem Vergnügen inszeniert, doch die meisten kümmerten sich nicht darum und feierten einfach weiter.

»Ich sollte mal mit Samuel herkommen, wenn er ein bisschen älter ist. Das macht ihm sicher Spaß, auch wenn der Laden seine besten Jahre hinter sich hat.«

Leo sah Sonnenschein über den Rand des Bierglases hinweg an. »Was meintest du eigentlich vorhin? Dass Robert nicht nach Feiern wäre?« Er hatte einen Kursus an der Polizeiakademie besucht und den Freund und Kollegen ein paar Tage nicht gesehen.

»Er war schlecht gelaunt.«

»Das kommt vor«, sagte Leo unbekümmert. »So wie ich ihn kenne, hätte ihn ein Besuch im Lunapark auf andere Gedanken gebracht.«

Sonnenschein schien noch etwas sagen zu wollen, doch da erscholl Applaus. Polizeivizepräsident Dr. Weiß und Ministerialdirektor Klausner erklommen nebeneinander die sogenannte Shimmy-Treppe, lautstark angefeuert von Kollegen und Berliner Bürgern.

»Ich setze auf Weiß«, sagte Leo. »Der Mann gibt niemals auf.«

Er stützte die Ellbogen aufs Terrassengeländer und schaute grinsend zu, wie sich die beiden ehrwürdigen Beamten auf der wackelnden Treppe nach oben mühten. Weiß rutschte aus und konnte sich gerade noch mit einer Hand abstützen, worauf Klausner nach seinem Arm griff und versuchte, sich an ihm vorbeizudrängen.

»Foul! Unzulässiger Versuch, den Gegner zu überholen!«, brüllte Regierungsrat Schulz, der als Schiedsrichter auftrat.

Sonnenschein lachte laut heraus. »Ich frage mich wirklich, ob die Leute uns nach diesem Abend noch ernst nehmen.«

»Wir zeigen damit nur, wie nah wir am Volk sind«, sagte Leo und winkte dem Kellner, damit er ihnen noch eine Runde brachte. »Auch Polizisten sind Menschen.«

»Du wirst ja geradezu philosophisch«, neckte ihn Sonnenschein.

»Und du sarkastisch.« Leo lehnte sich zurück, das Bier in der Hand. »Als ich bei der Polizei anfing, war so etwas hier undenkbar. Wir waren sehr weit von den Menschen entfernt und gehorchten nur dem Kaiser. Was die Leute wollten, interessierte niemanden.«

»Du hast schon recht, jetzt ist es besser. Auch wenn sich der Herr Ministerialdirektor gerade fürchterlich zum Affen macht.«

In der Tat hatte sich Klausner kurz vor dem Ziel umgedreht und triumphierend den Arm gereckt, worauf ein gewaltiger Stoß durch die Treppe fuhr. Es zog ihm mit Schwung die Beine weg, und er ratterte in Hochgeschwindigkeit auf dem Hinterteil bis nach unten. Leo und Sonnenschein konnten sich vor Lachen kaum halten. Den Schupo bemerkten sie erst, als er neben ihrem Tisch stand.

»Herr Oberkommissar?«

Leo sah auf und wischte sich die Lachtränen aus den Augen. »Ja?«

»Sie möchten bitte schnellstens ins Präsidium fahren. Eine Tote in der Auguststraße, im Hinterhof von Bühlers Ballhaus. Vermutlich ein Gewaltdelikt. Die Lage ist unübersichtlich, es sind viele Personen vor Ort.«

Leo sah Sonnenschein an.

»Ich komme natürlich mit«, erbot sich dieser.

»Draußen wartet ein Wagen«, sagte der Schupo.

Es war ein weiter Weg vom westlichen Ende des Kurfürstendamms bis zum Polizeipräsidium am Alexanderplatz. Leo schaute aus dem Fenster und sagte wenig. Er fragte sich, ob es wirklich ratsam war, jetzt an einen Tatort zu fahren. Er hatte einiges getrunken, und sie durften sich keine Fehler erlauben, die auf Trunkenheit zurückzuführen wären. Das gäbe einen gehörigen Skandal. Aber zum Glück war ja Robert im Büro, und der war völlig nüchtern.

»Was soll das heißen, du kannst ihn nicht finden?« Leo schaute Sonnenschein entgeistert an. »War er heute überhaupt schon da?«

»Hm, nein«, sagte Sonnenschein und bohrte die Hände in die Hosentaschen.

»Hat er sich krankgemeldet?«

»Nicht dass ich wüsste. Ich habe gerade bei ihm angerufen, er ist nicht ans Telefon gegangen.« Sonnenschein zögerte. »Gestern ging es ihm nicht so gut, vielleicht ist er ja doch krank.«

»Zu krank, um ans Telefon zu gehen?« In all den Jahren, die Leo mit Robert Walther zusammenarbeitete, hatte dieser ihn nie im Stich gelassen oder unentschuldigt gefehlt. »Egal, wir müssen los. Ich fordere noch jemanden an, außerdem nehmen wir Klein und Hasselmann mit. Fahrt schon vor, ihr nehmt das M-Auto.«

Sonnenschein wollte etwas sagen, doch als er Leos Blick sah, schloss er den Mund wieder. Er nickte nur und eilte aus dem Zimmer.

Leo rief Gennat zu Hause an und bat ihn, ihm einen weiteren Kollegen zu genehmigen. Er hoffte, der Kriminalrat würde keine bohrenden Fragen stellen. Eigentlich hätte er Roberts Fehlen melden müssen, doch Robert war sein Freund. Er würde das selbst mit ihm besprechen.

»Im Ballhaus am Samstagabend? Das kann aufwendig

werden, Wechsler, da brauchen Sie jeden Mann. Und das ausgerechnet heute, wo die Kripo im Lunapark feiert. Ich frage bei der AIA nach, die haben sicher jemanden für Sie.«

Leo hängte ein und schaute nachdenklich aus dem Fenster. Die Straßenlaternen und Leuchtreklamen tauchten den Alexanderplatz in ein beinahe unwirkliches Licht. Berlin war selten schön, doch in solchen Momenten besaß es einen eigenen Zauber, dem er sich selbst jetzt nicht ganz entziehen konnte.

Die Abteilung I A war die Politische Polizei. Die Kriminalbeamten hatten selten mit den Kollegen dort zu tun; es herrschte keine Feindschaft, aber auch keine Liebe zwischen den Abteilungen. Es kam fast nie vor, dass ein Kriminalbeamter sich dorthin versetzen ließ, und es wurden selten Beamte von dort abgestellt, um bei der Kripo auszuhelfen. Doch wenn es eine Tote in einem Ballhaus gab, bei abendlichem Hochbetrieb, nahm man, wen man kriegen konnte.

Er lief im Büro auf und ab, ungeduldig und doch seltsam zögerlich.

Was war mit Robert los? Sonnenschein hatte gesagt, er habe sich nicht wohl gefühlt. Aber dann hätte er sich krankmelden müssen, statt einfach dem Dienst fernzubleiben. Und vor allem hätte er ans Telefon gehen müssen.

Leo lehnte sich an den Aktenschrank und trommelte nachdenklich mit den Fingern darauf herum.

Wenn Robert nun etwas zugestoßen war?

Das war nicht sehr wahrscheinlich, doch sein ungutes Gefühl blieb. Er hatte keine Zeit mehr, um der Sache nachzugehen, denn jetzt klopfte es, und er schob die Fragen beiseite.

Leo schätzte den Mann, der auf sein Herein die Tür öffnete, auf etwa dreißig. Er trug eine runde Hornbrille und hatte blonde, exakt gescheitelte Haare. Sein dunkelgrauer

Anzug war gut geschnitten, fast zu gut, um von der Stange zu sein.

»Herr Oberkommissar? Kriminalinspektor Oskar Neufeld von der AIA, ich soll mich bei Ihnen melden.«

Leo nickte. »In einem Hinterhof in der Auguststraße wurde eine Tote gefunden. Er gehört zu Bühlers Ballhaus. Da dürfte jetzt die Hölle los sein.«

Neufeld hielt ihm die Tür auf. »Ich war etwas überrascht über die Anforderung.«

Sie gingen nebeneinander durch die große Glastür und die Treppe hinunter. »Warum?«, fragte Leo.

»Es gibt kaum Berührung zwischen unseren Abteilungen. Wir werden nicht oft von der Kripo angefordert und schon gar nicht von Gennats Dezernat.«

»Ich hoffe, wir werden gut zusammenarbeiten«, sagte Leo ein wenig steif.

Der Kollege wirkte recht sympathisch, und vielleicht war es einfach ungerecht, dass er lieber Robert Walther an seiner Seite gehabt hätte. Sie hatten einen Fall und mussten zusammenarbeiten, alles andere war jetzt unerheblich.

Der Weg zur Auguststraße war nicht weit, doch am Samstagabend waren die Straßen voller Menschen. Gleich nachdem sie den Lunapark verlassen hatten, war ein wahrer Wolkenbruch niedergegangen. Nun aber drängten alle, die in Restaurants und Tanzlokalen Unterschlupf gesucht hatten, wieder nach draußen. Leo hupte und musste heftig auf die Bremse treten, als zwei junge Frauen blindlings auf die Straße liefen.

»Wissen wir schon mehr über den Zwischenfall?«, erkundigte sich Neufeld höflich.

»Ich weiß nur das, was man mir unterwegs gesagt hat. Eine Frau wurde tot in einem Hof aufgefunden. Er gehört zum Hinterhaus der Auguststraße 24/25, in dem sich Bühlers Ballhaus befindet.«

Neufeld nahm die Brille ab und polierte sie sorgfältig mit einem Tuch, das er aus der Brusttasche seines Jacketts gezogen hatte. »Schwierige Gegend, was? Lauter Amüsierbetriebe und dazu die Ringvereine und anderen Ganoven.«

»In der Tat. Aber das ist nicht der Stil der Ringvereine.«

»Ich sehe, ich habe einiges zu lernen«, erwiderte Neufeld im gleichen höflichen Ton.

Die Menschenmenge in der Auguststraße war schon von weitem zu erkennen, die Leute umringten dicht an dicht das große schwarze »Mordauto«, wie die Einsatzlimousine gern genannt wurde. Mehrere offene Mannschaftswagen der Polizei waren vorgefahren, Schupos riegelten die Durchfahrt ab.

Leo stellte den Wagen ab und stieg mit Neufeld aus. Die Häuser Nr. 24 und 25 waren groß, ihre Fassaden für die Gegend ungewöhnlich reich verziert. Über der Durchfahrt prangte ein geschwungenes Schild mit der Aufschrift »Bühlers Ballhaus«, flankiert von zwei gewaltigen Laternen, die mit den Hausnummern versehen waren. Rechts daneben gab es eine Stehbierhalle, die für Engelhardt Bräu warb. An der Hausfassade leuchtete der Name »Clärchen«, ein roter Pfeil wies allen Tanzbegeisterten den Weg. Der Eingang zum eigentlichen Ballhaus befand sich im Hof.

»Was is denn da passiert?«

»Weeß nich, bin jrade erst gekommen.«

»*Noch* zwee Kriminaler, ick sach doch, dit is wat Ernstet.«

»Da wurde geschossen, drei- oder viermal. Es soll Verletzte geben.«

»Nee, die ham sich um ’ne Frau jestritten, dann hat eener een Messer jezogen und is uff den andern los.«

»Janz viel Blut, heeßt et.«

Mit jedem Schritt wurden die Gerüchte wilder, und sie mussten sich gewaltsam durch die Menge drängen, um den Eingang zu erreichen. Ein Reporter, den Leo flüchtig kannte, winkte schon mit dem Notizbuch.

Leo wies sich bei einem der Schupos aus, die den Zugang bewachten. Der Uniformierte deutete auf den Durchgang hinter sich.

»Da entlang, Herr Oberkommissar, Ihre Kollegen sind schon da. Wird höchste Zeit, dass Verstärkung kommt. Hier wollen hundert Leute rein zum Tanzen. Und der Rest ist auf Sensationen aus.«

Der Eingang zum Ballhaus wurde ebenfalls von mehreren Schupos bewacht. Hinter ihnen reckten Gäste die Köpfe, spähten über die Schultern der Schutzleute. Von drinnen erklang Musik, aber gedämpft, als hätte jemand die Kapelle gebeten, aus Pietätsgründen leiser zu spielen. Aber es lag wohl nur daran, dass Wände und Türen dazwischenlagen und das Gemurmel der Umstehenden die Rhythmen übertönte.

»Ihr bleibt drinnen«, polterte ein Polizist. »Das ist ein Tatort, hier darf keiner raus.«

»Wo sind meine Kollegen?«, fragte Leo den Schupo, der mit dem Daumen über die Schulter zeigte.

»Im Hinterhof. Durch den Saal und die Doppeltür, dann rechts. Der Arzt ist verständigt, er müsste jeden Augenblick kommen.«

»Gut, schicken Sie ihn zu uns, sobald er da ist.«

Sie schoben sich an den Schupos vorbei ins Gebäude. Rechts war die Garderobe, ein holzgetäfelter kleiner Raum, in dem ein Mann stand und sich mit einem Taschentuch die Augen wischte.

»He, nich drängeln«, beschwerte sich jemand, worauf Leo

wortlos seine Dienstmarke zeigte. Die Menge teilte sich und ließ ihn und Neufeld durch.

Im Saal wurde getanzt, einige Unentwegte hatten wohl noch nicht gemerkt, was hier geschehen war. Oder sie wollten sich trotzdem weiter amüsieren. Er spürte aber auch einige verstohlene Blicke, und an den Fenstern, die zum Hinterhof hinausgingen, drängten sich die Gäste, um einen Blick auf das Geschehen zu erhaschen.

Leo öffnete die Tür, die zu den Toiletten führte, dann ging es nach rechts auf den Hof. Sonnenschein kam ihm entgegen.

»Gut, dass du da bist«, sagte er.

»Das ist der Kollege Neufeld, er springt für Robert ein«, sagte Leo.

Sonnenschein gab Neufeld die Hand. »Es ist gleich hier draußen. Wir haben mit der Befragung gewartet.«

»Gut. Das übernehmen Neufeld und ich, und ihr lasst euch die Personalien aller Gäste und Angestellten geben. Das wird ein Stück Arbeit.«

3

Die Tote lag auf dem Boden, der mit feinem Kies bestreut war. An der Hausmauer lehnte ein Mann im Frack. Er hielt ein Taschentuch vors Gesicht gepresst und schluchzte heftig. Neben ihm stand eine Frau, die um einiges gefasster wirkte. Sie hielt etwas Abstand und rieb sich mit den Händen über die nackten Oberarme, da es nach dem Gewitter deutlich kühler geworden war. Sie wurden von einem Schupo betreut oder bewacht, genau war das nicht zu erkennen. Leo vermutete, dass es sich bei den beiden um Zeugen handelte.

Er trat zu dem weinenden Mann und der frierenden Frau. »Ich bin Oberkommissar Wechsler. Sie kennen die Tote?«

Die Frau deutete auf den Mann. »Ich nicht, aber er kennt sie wohl.«

Der Mann nickte, ließ das Taschentuch aber nicht sinken. Als er sprach, musste Leo sich anstrengen, um seine erstickte Stimme zu verstehen. »Das ist die Adele, unsere Garderobiere. So ein liebes Mädchen ...«

»Wie hieß sie mit Nachnamen?«

Jetzt sah ihn der Mann an, verwundert und empört zugleich. Das erlebte Leo oft, wenn er von einem Opfer in der Vergangenheit sprach. Für viele wurde der Tod erst dann zur Tatsache, wenn man auch mit Worten erkennen ließ, dass dieser Mensch nicht mehr in die Gegenwart gehörte.

»Schmidt.«

»Und Ihr Name ist?«

»Fahrenhold, Walter. Ich arbeite hier, ich bin der Saalchef.«

»Und wer sind Sie, bitte?«, fragte Leo die Frau. Er schätzte sie auf Mitte dreißig. Kurze Haare, ein schmales, freundliches Gesicht.

»Irene Freund. Ich bin Gast hier. Als ich auf der Toilette war«, sie deutete vage hinter sich, »habe ich Geräusche vom Hof gehört. Ich bin hingegangen, und da lag die Frau auf dem Boden. Dieser Herr kniete neben ihr und weinte.«

»Was geschah dann?«

»Er hat gesagt: ›Ich glaube, sie ist tot.‹ Ich fragte, ob ich Hilfe holen solle. Er sagte ja. Dann bin ich zur Garderobe gegangen und habe erzählt, was ich gesehen habe. Der Garderobenwärter ist wie von der Tarantel gestochen nach draußen gerannt.«

Leo unterbrach sie. »Können Sie sich erinnern, was genau Sie gesagt haben?«

Irene Freund überlegte. »Ich glaube, ich sagte, dass im Hof ein Mann neben einer Frau kniete und sagte, sie sei tot. Und dass die Frau ein hellblaues Kleid anhatte. Es war ja ziemlich auffällig.«

»Guten Abend, Herr Wechsler.« Dr. Lehnbach war dazugekommen, im Abendanzug, über den er einen leichten Sommermantel geworfen hatte, in der Hand die Arzttasche.

»Meine Frau feiert ihren Fünfzigsten«, sagte er zur Erklärung.

»Tut mir leid, dass Sie weggerufen wurden.«

»Mir nicht«, erwiderte Lehnbach trocken. »Furchtbare Leute. Fragen Sie mich nicht, warum wir die eingeladen haben.« Er schaute von der Frau, die am Boden lag, zu dem schluchzenden Mann.

»Könnten die Zeugen beiseitetreten?«, bat er Leo. »Ich melde mich, sobald ich etwas sagen kann.« Dann stellte er die Tasche ab und ging langsam um die Tote herum.

Leo führte Walter Fahrenhold und Irene Freund zur Tür des Gebäudes.

Neufeld folgte mit gezücktem Notizbuch. »Soll ich die Aussagen aufnehmen?«

Der Mann wusste, was zu tun war. Er war nicht Robert Walther, aber zu gebrauchen.

»Herr Oberkommissar?«, rief Lehnbach.

Leo sagte rasch: »Ja, tun Sie das, Neufeld. Gehen Sie mit den beiden hinein.«

Er drehte sich um und zog die Augenbrauen hoch, als er den Gesichtsausdruck des Arztes bemerkte. »Was gibt's?«

Lehnbach war ein mürrischer Mensch, der ungern mehr sprach, als unbedingt nötig war, nun aber geradezu redselig wurde. »Natürlich kann ich noch nichts Endgültiges sagen, aber der Fall verspricht, recht interessant zu werden. Schauen Sie mal.«

Nun, da man Lampen herangeschafft hatte, konnte Leo die Tote überhaupt erst richtig in Augenschein nehmen. Er schätzte ihr Alter auf Mitte zwanzig. Sie hatte dunkle Haare, die sie zu einem Bubikopf geschnitten trug, und lag halb auf dem Bauch, halb auf der Seite, als wäre sie kraftlos zu Boden gesunken. Die Haare verdeckten größtenteils ihr Gesicht, es waren keine offensichtlichen Wunden zu entdecken.

Sie trug ein hellblaues Kleid mit schwarzem Spitzenmuster, das über die Oberschenkel hochgerutscht war und einen Strumpfhalter entblößte. Die Enden einer schwarzen Schärpe flossen wie ein dunkler Bach auf den hellen Kies. Schwarze Riemchenschuhe mit kleinem Absatz, ein wenig abgestoßen, nicht mehr neu, aber sorgfältig gepflegt.

Die Stimme des Arztes riss ihn aus seiner Betrachtung. »Das hier sollten Sie sich ansehen.«

Lehnbach kniete sich neben die tote Frau und schob ihr vorsichtig die Haare aus dem Gesicht. Dann leuchtete er mit einer Taschenlampe ihren Mund ab. Auf den ersten Blick sah es aus, als wäre ihr Lippenstift verschmiert, doch als Leo genauer hinschaute, erkannte er, dass die Haut gereizt und stellenweise abgeschürft war.

»Wie erklären Sie sich das?«, erkundigte er sich.

»Kommen Sie mal runter.«

Leo hockte sich auf die andere Seite der Leiche und schaute den Arzt fragend an.

»Riechen Sie an ihrem Mund.«

Er beugte sich vor und führte die Nase so nah wie möglich an die Lippen der Frau, ohne sie zu berühren. Dann schaute er auf.

»Es riecht süßlich. Aber nicht nach einem Nahrungsmittel.« Irgendwoher kannte er den Geruch, und dann begriff er. »Chloroform?«

»Unverkennbar.«

»Was ist mit den Hauterscheinungen um den Mund? Wurden die durch das Chloroform verursacht?«

Lehnbach wiegte den Kopf. »Diese Rötungen«, er deutete auf die fraglichen Stellen, »vermutlich ja. Die Abschürfungen hingegen nicht.«

Leo überlegte. »Wenn der Täter ihr einen mit Chloroform getränkten Lappen aufs Gesicht gedrückt hat, war sie nicht sofort bewusstlos, oder?«

»Es kann Minuten dauern, bis die Bewusstlosigkeit eintritt. Das hängt von unterschiedlichen Faktoren ab: Allgemeinzustand der Person, Konzentration des Chloroforms und so weiter. Sie kann sich gewehrt haben, wodurch der

Täter fester zugedrückt und so die Hautverletzungen verursacht hat.«

»Können Sie schon sagen, was den Tod verursacht hat? War es das Chloroform?«

Lehnbach stand auf und klopfte sich den Anzug ab. »Hier wird es interessant für Sie, Herr Wechsler.«

»Wie meinen Sie das?«

»Sie überlegen sicher, ob von Anfang an eine Tötungsabsicht bestand. Die Verwendung von Chloroform spricht eher dagegen. Man kann bei Chloroform nicht genau einschätzen, wann die Bewusstlosigkeit oder gar der Tod eintritt. Eine äußerst zweifelhafte Methode, wenn man in aller Öffentlichkeit einen Mord begehen will.«

»Dann erwarte ich Ihren Bericht umso gespannter«, sagte Leo.

Der Arzt griff nach seiner Tasche. »Alles Weitere erfahren Sie nach der Obduktion. Und jetzt muss ich wohl weiterfeiern«, fügte er mit Leidensmiene hinzu und verließ den Hof in Richtung Ausgang.

Sein Rücken tat weh. Die nackte Haut rieb an etwas Rauem, das er sich nicht erklären konnte. Die Schmerzen waren schlimm, aber nicht so schlimm wie die in seinem Kopf, der in einer Schraubzwinge zu stecken schien. Er hob vorsichtig eine Hand und tastete nach seiner Schläfe. Nichts. Keine Schraubzwinge, nur feuchte Haare. Er wollte sich auf die Seite drehen, fiel aber kraftlos zurück, als eine brennend saure Flüssigkeit in seiner Kehle aufstieg. Drehen war keine gute Idee.

Also blieb er liegen und schaute an die Decke, die nur schemenhaft zu sehen war.

Sein Rücken tat wirklich sehr weh, der Kopf noch viel

mehr, ihm war speiübel, das Fensterkreuz – seit wann wogte das Fensterkreuz auf und nieder wie ein Boot, das auf den Wellen tanzt? Er kniff die Augen zu, weil ihm von dem Auf und Ab schon wieder schlecht wurde.

Vorsichtig tastete er mit der rechten Hand über den Boden, fuhr mit den Fingern im Kreis, als könnte er so einen Hinweis finden, was mit ihm geschehen war und wo er sich befand. Da war etwas, glatt und kühl, und es rollte weg, als er danach greifen wollte.

Egal. Alles war egal.

Denn was am meisten weh tat, war nicht sein Rücken und auch nicht sein Kopf, sondern etwas, das er nicht ergreifen konnte, weil es tief in seinem Inneren steckte.

»Ich habe die Aussagen aufgenommen, Herr Oberkommissar«, sagte Neufeld, als Leo wieder zu ihm trat.

Walter Fahrenhold hatte sich inzwischen einigermaßen gefasst. Er war jedoch bleich, fast grünlich, und auf seiner Stirn glänzte Schweiß.

»Darf ich nach Hause gehen?«, fragte Irene Freund, der die Anstrengung mittlerweile auch anzusehen war.

»Natürlich. Mein Kollege Sonnenschein lässt Sie hinaus«, sagte Leo beruhigend und sah den beiden nach, als sie davongingen. Dann schaute er Neufeld auffordernd an.

Dieser blätterte in seinem Notizbuch und begann vorzulesen: »Walter Fahrenhold, Alter dreiundvierzig, arbeitet seit zehn Jahren in Bühlers Ballhaus als Saalchef, der die Gäste begrüßt und das Personal beaufsichtigt. Laut seiner Aussage handelt es sich bei der Toten um Fräulein Adele Schmidt, sie hat als Garderobiere gearbeitet.«

»Wissen wir, was sie hier draußen wollte?«, warf Leo ein.

»Sie ging ab und zu auf den Hof, um eine Zigarette zu rauchen, weil es bei der Arbeit nicht gestattet ist. Dann bat sie einen Kollegen, sie solange an der Garderobe zu vertreten. Dieser Mann – er heißt Wolf Meinecke und ist der Türsteher – wunderte sich, als sie nach den üblichen fünf Minuten nicht zurückkam. Er konnte seinen Posten jedoch nicht verlassen, weil der Andrang so groß war. Erst als Fahrenhold dazukam, schickte Meinecke ihn los, um Adele Schmidt zu suchen. Der fand sie hier. Er sagt, er habe nichts verändert, sich nur neben sie gekniet, um ihr zu helfen. Das deckt sich mit der Aussage von Fräulein Freund. Fahrenhold glaubte zunächst, der Schmidt sei schlecht geworden. Als sie auf Ansprache nicht reagierte, fühlte er an Hals und Handgelenk und konnte keinen Puls feststellen. Er brach in Tränen aus und wusste nicht, was er tun sollte. In diesem Augenblick kam die Zeugin dazu und sprach ihn an. Er sagt, er sei erleichtert gewesen, dass sie ihm die Entscheidung abgenommen und Hilfe geholt habe. Laut Aussage von Fräulein Freund ist dann der Türsteher Meinecke, der Adele Schmidt an der Garderobe vertrat, auf die Straße gerannt und hat einen Schupo angehalten. Dieser verständigte seine Kollegen und diese wiederum die Inspektion A.«

Leo trat noch einmal hinaus auf den Hof, der an zwei Seiten von Mauern begrenzt wurde. Wenn er sich recht erinnerte, stieß das Grundstück hinten und auf der rechten Seite ans Gelände des St.-Hedwig-Krankenhauses. Nicht auszuschließen, dass jemand von dort aus in den Hof gelangt war, selbst wenn er dazu über die Mauer klettern musste. Mühsam, aber nicht unmöglich.

4

Leo wollte gerade zum Tanzsaal gehen, als ihm Sonnenschein entgegenkam, dessen Haare sich schweißfeucht ins Gesicht kringelten. »Die Aufnahme der Personalien ist ein Albtraum. Die Leute wollen wissen, was passiert ist, drängen zur Garderobe und zur Tür, die Schupos können sie nur mit Mühe im Gebäude halten. Ich habe gerade mit der Eigentümerin gesprochen, Frau Clara Bühler. Sie ist tief erschüttert, hält sich aber wacker. Eine patente Frau. Sie stellt für uns eine Liste des Personals zusammen.«

Leo nickte. »Wir brauchen mehr Leute für die Befragung. Und das Vorderhaus muss abgegangen werden, ebenso das Krankenhaus.« Er deutete über die Schulter auf das rote Backsteingebäude, das hinter der Mauer aufragte.

»Ich weiß, aber das ist auf die Schnelle nicht zu schaffen«, sagte Sonnenschein.

»Die Haus-zu-Haus-Befragungen können wir morgen erledigen, aber hier geht keiner raus, bevor wir die Personalien festgestellt haben. Neufeld, Sie helfen bei den Gästen, ebenso Klein und Hasselmann. Sonnenschein und ich übernehmen die Angestellten.«

Als Leo den Saal durchquert hatte, musste er einen Moment innehalten. Er lockerte die Krawatte. Das Hemd klebte ihm bereits am Rücken. Die Luft hier drinnen ließ nichts von dem Gewitter erahnen, das am Abend niedergegangen war. Sie war wie ein schwerer, erstickender Schleier aus Schweiß, Parfüm, Wein und Zigarettenrauch.

An der Garderobe entdeckte er Klein.

»Das ist Wolf Meinecke, der Türsteher«, sagte der Kollege.

»Danke, ich mache hier weiter. Sie befragen mit Hasselmann und Neufeld die Gäste und nehmen die Personalien auf. Vorher verlässt niemand das Gebäude.«

Meinecke trug einen schwarzen Anzug und ein weißes Hemd, in dessen Kragen sich sein magerer Hals verlor. Er hatte einen gepflegten Schnurrbart und Pomade in den Haaren, doch seine Wangen waren eingefallen wie bei einem Menschen, der sich von einer schweren Krankheit erholt.

Er klammerte sich an den Tresen und schüttelte unablässig den Kopf. »Die liebe Adele, das kann doch nicht wahr sein, die liebe Adele …«

»Ich will jetzt meinen Mantel haben!«, rief ein Mann mit rotem Gesicht und hielt Meinecke seine Garderobenmarke vor die Nase. Dieser wollte schon hinter sich greifen, doch Leo packte den Mann am Arm.

»Hier holt niemand seinen Mantel ab. Dies ist eine polizeiliche Untersuchung. Gehen Sie zurück in den Saal.«

Der Mann riss sich los und explodierte förmlich. »Wollen Sie mich etwa festhalten?« Er schaute sich beifallheischend in der Menge um. »Wollen Sie uns alle hier festhalten? Dann erzählen Sie uns doch mal, was los ist. Da will man sich einen netten Samstagabend machen, und plötzlich rennen Schupos rein und riegeln die Türen ab, als wären wir Verbrecher!«

Nun kam Bewegung in die Umstehenden, einige murrten, eine Frau begann zu weinen.

Leo wandte sich an einen Schupo. »Hat man den Leuten irgendwas gesagt?«

»Nein, wir sollten nur den Tatort sichern.« Der Mann sah ihn zweifelnd an. »Wir wollten keine Panik riskieren.«

Leo wandte sich an Meinecke. »Bitte erzählen Sie mir, was geschehen ist.« Er musste sich vorbeugen, um den Mann zu hören, so laut waren die Musik, die immer noch aus dem Saal drang, und die Stimmen der Umstehenden.

Meineckes Aussage deckte sich mit denen von Walter Fahrenhold und Irene Freund.

»Sie war so ein liebes Mädchen«, sagte er immer wieder.

»Haben Sie irgendetwas bemerkt, das Ihnen verdächtig vorkam?«

»Ich kann von hier aus nur die Eingangstür und den Durchgang zum Saal sehen«, erklärte Meinecke. »Außerdem drängten sich die Leute, eigentlich hätte ich ja an der Tür stehen müssen, aber …«

»Ich verstehe. Was können Sie mir über die Tote sagen?«

»Adele war immer freundlich, immer pünktlich. Man konnte sich auf sie verlassen, darum habe ich mich auch gewundert, als sie nicht aus der Zigarettenpause …« Ihm brach die Stimme.

»Gut. Wir werden Sie in den nächsten Tagen noch ausführlich befragen.«

Meinecke sah ihn erschrocken an. »Ich hab doch weiter nichts gesehen.«

»Es geht nicht nur um den heutigen Abend. Wir müssen alles über Adele Schmidts Umgang, ihre Finanzen, ihre familiäre Lage erfahren. Jede Kleinigkeit kann wichtig sein. Wir werden Sie in den kommenden Tagen dazu befragen, also denken Sie gründlich nach.«

Der Türsteher nickte feierlich.

Leo kehrte in den Tanzsaal zurück und schaute in die Runde. Die Kapelle spielte nach wie vor, vermutlich, um die Gäste zu beruhigen und abzulenken. Auf der Tanzfläche drehten sich einige nimmermüde Paare, doch die meisten Gäste saßen oder standen verunsichert herum. Hinter zwei Mauerbögen war der lange Tresen des Schankraums zu sehen, an dem die Gäste Schlange standen, wohl in der Überlegung, wer wartet, kann auch trinken. Die Anspannung im Raum war spürbar.

Er ging nach rechts zu der Nische, in der die Kapelle saß, und gab den Musikern ein Zeichen, worauf die Musik schlagartig verstummte. Er griff nach dem Mikrofon.

»Sehr geehrte Damen und Herren. Sie werden bemerkt haben, dass Schutzpolizisten das Gebäude abgesperrt haben. Für Sie selbst besteht keine Gefahr. Im Hof wurde eine Frau tot aufgefunden –« Das Murmeln im Saal schwoll an, wurde zu einer Welle, die ihm entgegenbrandete. Leo hob die Hand. »Ich bin Oberkommissar Wechsler von der Kriminalpolizei. Bitte leisten Sie den Anordnungen der Polizei Folge. Wir arbeiten zügig, müssen aber alle Personalien aufnehmen, vorher darf niemand das Gebäude verlassen.« Einzelne Rufe, die meisten aber blieben friedlich. Berliner waren Aufruhr und Zwischenfälle gewöhnt und begegneten beidem mit Gleichmut und Galgenhumor.

»Außerdem bitten wir um Ihre Mithilfe. Wer in den letzten Stunden etwas Verdächtiges bemerkt hat, melde sich umgehend bei einem Schupo oder Kriminalbeamten.«

»Was soll das denn sein?«, rief jemand aus dem Saal.

Leo überlegte, wie viel er preisgeben konnte, und entschied, dass sie nichts zu verlieren hatten. »Die Tote hat hier im Ballhaus als Garderobiere gearbeitet. Falls Sie die Frau außerhalb der Garderobe gesehen oder jemanden im Hof bemerkt haben, der sich merkwürdig verhielt, melden Sie sich bitte. Jeder Hinweis kann uns helfen.«

Etliche Stunden später waren die Personalien aller Gäste aufgenommen, Hinweise protokolliert und Angestellte befragt worden.

»Wenn uns hier gerade der Täter durch die Lappen gegangen ist, stehen wir dumm da«, sagte Hasselmann, der mit einem Glas Limonade am Tresen lehnte.

Sonnenschein räusperte sich. »Wäre es nicht klüger von ihm gewesen, nach der Tat einfach zu verschwinden, statt sich noch länger im Gebäude aufzuhalten?«

Klein zog das Jackett aus und warf es achtlos auf den klebrigen Tresen. »Einerseits schon. Aber er könnte auch erwartet haben, dass wir genau das denken, und sich unter die Gäste gemischt haben.«

Oskar Neufeld gesellte sich zu ihnen. »Wo ist der Chef?«

»Er spricht mit der Besitzerin«, sagte Klein. »Sie arbeiten jetzt bei uns?«

»Nur vorübergehend, als Ersatz für Kriminalsekretär Walther«, sagte Neufeld.

»Ja, wo steckt der überhaupt?«, fragte Hasselmann. »Er hatte doch Dienst.«

Sonnenschein nahm das Glas Selters entgegen, das ihm die Bedienung reichte, und verzog sich unauffällig in eine Ecke, um sich möglichst aus allem Klatsch über den Kollegen herauszuhalten.

»Frau Bühler«, sagte Leo und schaute die Ballhausbesitzerin an, »ich weiß, es war eine lange, anstrengende Nacht. Daher stelle ich Ihnen nur die nötigsten Fragen, den Rest erledigen wir morgen.«

Sie saßen in einem kleinen Raum, der als Büro diente und mit einem einfachen Tisch, Stuhl und Aktenregal eingerichtet war. Er schätzte Clara Bühler auf Anfang bis Mitte vierzig. Sie hatte ein offenes, freundliches Gesicht und wache Augen, trug die Haare modisch kurz und dazu ein schlichtes, aber gutgeschnittenes Kleid. Nichts an ihr war mondän, aber das hätte auch nicht zu ihrem Ballhaus gepasst. Leo hatte bald gemerkt, dass hier weder Hautevolée noch anrüchige Halbwelt verkehrten, sondern ganz normale Leute, die sich am Wochenende amüsieren wollten. Natürlich wurde viel getanzt und getrunken und geflirtet, um den rauen Alltag zu vergessen, aber er war oft genug in zwielichtigen Lokalen gewesen, um ein solches zu erkennen. Und Bühlers Ballhaus gehörte nicht in diese Kategorie.

»Wie lange hat Fräulein Schmidt für Sie gearbeitet?«

»Seit mehr als fünf Jahren. Sie war aus Bernau hergezogen und suchte verzweifelt nach Arbeit, hat überall in der Gegend herumgefragt und ihre Adresse hinterlassen. Ich hatte sie schon weggeschickt, als meine Garderobiere sich verliebte und Hals über Kopf heiratete. Ihr Mann hielt nichts davon, dass sie bis spät in die Nacht im Ballhaus arbeitete, also brauchte ich schnell Ersatz. So kam Adele zu uns.« Clara Bühler hatte sichtlich Mühe, die Tränen zu unterdrücken. »Sie hätte fast mein Kind sein können. Ich habe selbst eine Tochter.«

»Was wissen Sie über ihr Privatleben? War sie verheiratet oder verlobt, hatte sie einen festen Freund?«

»Viel weiß ich nicht, wir haben uns gewöhnlich nur bei der Arbeit gesehen. Sie hatte mal einen Freund, das ist aber schon eine Weile her. Ein halbes Jahr, schätze ich.«

»Wir brauchen seinen Namen, falls Sie den wissen.«

»Der fällt mir gerade nicht ein, aber Wolf könnte ihn kennen, also Herr Meinecke. Die beiden haben gern geplauscht, wenn wenig Betrieb war.« Sie wischte sich unwillig die Augen, als wollte sie Leo ihre Tränen nicht sehen lassen. Dann räusperte sie sich. »Das Adelchen, ich kann das einfach nicht glauben. Wie konnte jemand dem Mädchen so was antun?«

Leo schaute sie aufmerksam an. Es überraschte ihn, dass Frau Bühler kein Wort darüber verloren hatte, was der Vorfall für ihr Geschäft bedeutete, dass er ihrem Ruf und dem des Ballhauses schaden könnte.

»Wir wissen noch nicht, welches Motiv sich hinter der Tat verbirgt. Sie könnte sich gegen Fräulein Schmidt persönlich gerichtet haben, aber auch gegen Ihr Haus, Frau Bühler.«

Sie hob energisch den Kopf und bedachte ihn mit einem Blick, der sonst vermutlich unliebsamen Gästen vorbehalten war. »Oh nein, Herr Oberkommissar, das halte ich für unwahrscheinlich. Sicher gibt es Konkurrenz, aber deshalb begeht man doch keinen Mord! Wir versuchen, uns mit Werbung zu übertrumpfen, die Leute mit Kostümfesten und Sonderangeboten zu locken. Aber das sind ehrliche Geschäftsmethoden. Hier in der Gegend gibt es viele Gauner, aber die betreiben keine Ballhäuser. Und für meine Saalschwestern lege ich sowieso die Hand ins Feuer.«

Er musste sie fragend angesehen haben, denn sie öffnete eine Schublade und nahm eine große Fotografie heraus, die sie ihm reichte. Darauf war eine Gruppe Frauen zu sehen, die alle sehr bürgerlich und distinguiert aussahen. Drei saßen auf einem Sofa, die anderen standen dahinter im Halbkreis angeordnet, alle wirkten äußerst selbstbewusst. Frau Bühler war die zweite von rechts und schaute mit demselben wachen Blick zum Fotografen, mit dem sie Leo jetzt ansah.

»Meine Saalschwestern«, erklärte sie. »Wir alle leiten Ballhäuser und stehen füreinander ein. Keine dieser Frauen würde mir jemals schaden wollen, darauf gebe ich Ihnen mein Wort.«

»Denken Sie trotzdem gründlich nach.«

»Das werde ich«, sagte sie zögernd. »Aber dies ist keine kriminelle Branche, Herr Oberkommissar.«

Leo taumelte fast ins Schlafzimmer, riss sich den Kragen ab und fuhr über die feuchte Haut darunter. Dann löste er mit müden Fingern die Manschettenknöpfe, streifte die Hosenträger ab, ließ alle Kleidungsstücke auf den Boden fallen und sank ins Bett.

»Wie spät ist es?«, fragte Clara schlaftrunken.

»Halb fünf. Schlaf weiter«, sagte er und drehte sich auf die Seite. Er war hundemüde, doch seine Gedanken rasten, und wenn er die Augen schloss, zuckten hektische Bilder durch seinen Kopf: das Gewitter über dem Lunapark, vergnügt johlende Besucher, der Hinterhof in der Auguststraße, die Menschenmenge, die heranwogte und von den Schupos zurückgehalten wurde, die zahllosen Gesichter, die er an diesem Abend wahrgenommen hatte und die nun ineinanderflossen, alles vermischt mit dem süßlichen Geruch des Chloroforms. So musste es sein, wenn man Drogen nahm, um die Müdigkeit zu vertreiben, der Rausch sich aber nur wie ein dünner Film über die Erschöpfung legte, die einen hinabzuziehen drohte.

Er wusste, warum er nicht schlafen konnte, und es hatte nichts mit dem Fall zu tun. Der Tod der Garderobiere war bedauerlich, aber nicht gewaltsamer oder beängstigender als viele andere Fälle, die er bearbeitet hatte.

Als er vorhin hereingekommen war, hatte er auf den

Notizblock neben dem Telefon geschaut. Keine Nachricht. Also hatte Robert nicht angerufen, um sich zu krankzumelden oder zu erklären, weshalb er nicht zum Dienst erschienen war.

Leo drehte sich auf den Rücken und sah zum Fensterkreuz, das durch die Vorhänge schimmerte. Clara neben ihm schnarchte leise, zuckte zusammen, als hätte sie sich selbst erschreckt, und drehte sich auf die andere Seite.

Seit Sonnenschein ihm gesagt hatte, dass Robert nicht zu erreichen sei, spürte er diese Beklommenheit. Sie hatte ihn nicht losgelassen, während er die Zeugen befragt und das Ballhaus in Augenschein genommen hatte, und auch nicht, als er zu Fuß nach Hause gegangen war. Ein Taxi war ihm zu teuer gewesen; außerdem hatte er gehofft, dass ihn der Fußmarsch genug ermüden würde, um die Gedanken an Robert zu vertreiben.

Vergeblich.

Er würde zu Robert in die Wohnung fahren, bevor er ins Präsidium ging. Nachdem er diesen Entschluss gefasst hatte, konnte er endlich einschlafen.

5

Sonntag, 1. Juli 1928

Am nächsten Morgen war die Luft frisch und kühl vom Gewitter. Leo hatte noch in der Nacht einige Kollegen angewiesen, gleich bei Dienstbeginn in die Auguststraße zu fahren, um Tatort und Umgebung auf Spuren zu überprüfen, die nur bei Tageslicht zu erkennen waren.

Am Heidelberger Platz stieg er aus der Linie A und ging zu Fuß in die Weimarische Straße, wo Robert seit einem halben Jahr wohnte. Als er vor der imposanten Wohnanlage mit den rot-weißen Fassaden und hübschen Balkonen stand, wurde ihm klar, wie lange er nicht bei ihm zu Hause gewesen war. Meist trafen sie sich in einer Kneipe oder Gaststätte, früher auch in Roberts Schrebergarten. Den hatte er kürzlich aufgegeben, weil er mehr Zeit mit seiner Freundin Jenny verbringen wollte. Leo hatte es bedauert, da er selbst in einem großen Mietshaus wohnte, in dessen Hinterhof nur ein einsamer Baum wuchs. Darum hatte er so manchen Sommerabend mit Robert im Schrebergarten verbracht, neben ihnen ein Emailleeimer mit Bierflaschen in kaltem Wasser. Und dann hatten sie dagesessen und geredet, während die Mücken tanzten und die Grillen zirpten und der Abend nie zu enden schien.

Er stieg in den dritten Stock hinauf und hielt kurz auf

dem Treppenabsatz inne. Von drinnen war nichts zu hören. Er klingelte und trat ein wenig vor, horchte. Alles still. Er klingelte energischer. Im Stockwerk darüber öffnete sich eine Tür, doch es folgten keine Schritte. Vermutlich ein neugieriger Nachbar, der wissen wollte, wer in diesem gutbürgerlichen Haus am Sonntagmorgen Sturm klingelte.

Endlich rumorte es drinnen, jemand schlurfte fluchend zur Tür. Leo hörte, wie eine Kette zurückgeschoben wurde, dann öffnete sich die Tür einen Spalt breit.

»Verdammt, es ist Sonntag«, murmelte eine raue Stimme.

Leo drückte gegen die Tür und drängte sich an seinem Freund vorbei. Robert trug nur Unterhemd und Unterhose, die Haare standen ihm in alle Richtungen vom Kopf, und er war umgeben von einem Dunst aus saurem Schweiß und Alkohol.

»Kannst du mir verraten, was das soll?«, fragte Leo ungehalten. »Du bist nicht zum Dienst erschienen. Und zwar unentschuldigt.«

»Hab heute frei«, nuschelte Robert.

Leo packte ihn an den Schultern und rüttelte ihn. »Ich rede von gestern, du Idiot, vom Samstag! Du hattest Dienst! Wir hatten abends einen Einsatz in der Auguststraße, Clärchens Ballhaus, eine Tote im Hinterhof. Wir mussten einen Kollegen von der Politischen anfordern, weil du nicht aufzufinden warst.« Leo ließ ihn los und verschränkte die Arme.

Robert sackte gegen die Wand, rutschte ein Stück daran hinunter und wäre wohl auf dem Boden gelandet, wenn er sich nicht mit den Handflächen abgestützt hätte. Seine Lippen schienen aneinanderzukleben, er hatte Mühe, den Mund zu öffnen. »Ach du Schande«, stieß er hervor.

Leo schob ihn energisch in die Küche, blieb aber in der Tür abrupt stehen. Der ganze Tisch war voller Bierflaschen, eine leere Weinflasche war unter einen Stuhl gerollt. Auf der Fensterbank stand eine Flasche Mampe Halb und Halb, der Verschluss lag daneben. Er atmete tief durch und drückte Robert auf einen Stuhl. Dann füllte er ein Glas Wasser und knallte es auf die Tischplatte.

»Trink.«

»Ich brauche Aspirin.«

»Du brauchst vor allem eine gute Entschuldigung.« Leo setzte sich auf den anderen Stuhl und sah seinen Freund und Kollegen über die Batterie leerer Flaschen hinweg an. »Was ist passiert?«

»Egal.«

»Von wegen. Jakob erwähnte gestern, es ginge dir nicht gut. Aber bevor ich weiterfragen konnte, kam schon der Einsatzbefehl für die Auguststraße.«

Robert starrte auf das Wasserglas, als wüsste er nicht, was er damit anfangen sollte. Leo stand auf, hielt es ihm hin. »Na los, mach schon.«

Dann endlich trank er, sein Kehlkopf hüpfte so lange auf und ab, bis das Glas leer war.

»Und jetzt rede mit mir.«

Robert begann zu lachen. Es war ein bitteres Lachen, wie Leo es noch nie von ihm gehört hatte. Er warf den Kopf in den Nacken und lachte, bis ihm die Tränen kamen und die Sehnen am Hals hervortraten.

»Verdammt, sag mir endlich, was passiert ist.«

Das Lachen verstummte so plötzlich, wie es begonnen hatte. Robert wischte sich die Augen, beugte sich vor und stützte die Ellbogen auf den Tisch, ohne darauf zu achten, dass mehrere Bierflaschen umkippten. Eine zerbrach auf dem Boden, ein Rest Schaum breitete sich um die Scherben aus.

Er schaute Leo in die Augen, halb verzweifelt, halb trotzig. »Jenny ist weg.«

»Was soll das heißen? Ist sie verreist?«

»Nicht weg aus Berlin, weg von mir.«

Leo spürte, wie sich sein Magen zusammenzog. »Weg von dir? Sie hat dich verlassen?«

Wieder das bittere Gelächter. »Verlassen! Das klingt wie aus einem Melodrama. Da ertränkt der verschmähte Mann ja auch gern seinen Kummer in Alkohol.«

»Hör auf mit dem Quatsch und sag mir lieber, was passiert ist.« Leo, der viel zu wenig geschlafen hatte, verlor allmählich die Geduld.

Robert schob mit dem Zeigefinger das Glas auf der Tischplatte hin und her, wieder und wieder, als wäre dies die einzige Antwort, die er geben wollte. Dann plötzlich stand er auf, füllte es an der Wasserleitung erneut und trank es in einem Zug aus. Er stellte es ins Spülbecken und drehte sich zu Leo um.

»Adalbert Krüger ist passiert. Er ist Theaterproduzent und hat ihr eine große Karriere prophezeit, wenn sie sich von ihm protegieren lässt, du verstehst.«

»Aber das passt gar nicht zu Jenny«, sagte Leo hilflos. Er kannte die Sängerin und hatte sie als lebenstüchtig und sympathisch empfunden. Nun ja, man konnte die Entscheidung, einen einflussreichen Theaterproduzenten einem Kriminalbeamten vorzuziehen, durchaus als lebenstüchtig bezeichnen, aber das erwähnte er tunlichst nicht. »Und das kam ganz plötzlich?«

Robert schüttelte den Kopf und ließ sich auf den Stuhl fallen. Auf seiner Stirn war ein feuchter Film zu sehen, seine Haare klebten an den Schläfen. »Nein, es ging schon länger. Er hat sie im Berolina entdeckt und war sehr an ihr interessiert, aber sie wollte nichts von ihm wissen. Hat sie jedenfalls gesagt, und ich hab ihr geglaubt.« Er grub die Zähne in die Unterlippe. »Vor zwei Monaten hat das Berolina geschlossen. Du warst ja mal da, ein kleines Haus, das mit den großen Revuepalästen nicht mithalten konnte. Dann tauchte Krüger auf und bot ihr die Hauptrolle in seiner neuen Revue an, mit Einzelgarderobe, hervorragender Gage und Gastspielen in Wien und Prag.« Er schaute auf seine Hände. »Sie hat mit sich gekämpft, das muss ich ihr lassen. Mir ist aufgefallen, dass sie zerstreut wirkte, als wäre sie gar nicht richtig da. Körperlich schon, aber sie hörte nicht zu. Und als ich vorschlug, im Sommer ein paar Tage an die Ostsee zu fahren, hat sie herumgedruckst. Sie wollte nicht nein sagen, aber ich konnte merken, dass sie genau das meinte.«

Zum Glück habe ich das nie erlebt, dachte Leo und schämte sich für den Gedanken. Er hatte nie die Liebe einer Frau verloren, weil sie sich einem anderen zuwandte. Er hatte nie vergeblich versucht, eine Frau festzuhalten, hatte nie erkennen müssen, dass er ihr nicht das geben konnte, was sie mehr als alles andere wollte.

»Und dann?«

Robert warf einen Blick auf den Mampe und schüttelte sich, doch sein Blick verriet die Sehnsucht.

»Am Donnerstagabend hat sie mir gesagt, dass sie die Rolle annimmt. Nur die Rolle?, habe ich gefragt. Sie hat mit den Schultern gezuckt. Und dann hat sie gesagt: Geht das überhaupt? Da wusste ich, dass sie entweder schon mit Krüger im Bett gewesen war oder es bald sein würde. Ich wollte –« Er fuhr sich mit der Hand über die Augen. »Ich wollte sie rauswerfen, aber selbst das hat sie mir vermasselt. Bevor ich etwas sagen konnte, meinte sie: Es ist wohl besser, wenn ich jetzt gehe. Es tut mir leid, Robert, ich wünschte, es wäre anders gekommen. Worauf ich sagte, es liege doch in ihrer Hand, es anders zu machen. Sie stand da und sagte: Aber du wusstest immer, wohin ich will. Nach oben.« Er räusperte sich. »Weißt du, was das Schlimmste ist? Ich kann sie verstehen. Mit mir kommt man eben nicht nach oben.«

Er stand auf, nahm das Wasserglas aus dem Spülbecken und goss sich von dem Mampe ein. Leo streckte die Hand aus, doch Robert hatte das Glas schon angesetzt und den Magenbitter hinuntergekippt. Er wischte sich mit dem Handrücken über den Mund.

Leo vergrub die Hände in den Hosentaschen und schaute stumm auf die leeren Flaschen. Was sollte er dem Freund auch sagen? Es gab nichts, was das Geschehene beschönigen konnte, also verkniff er sich die Plattitüden. »Kann ich heute mit dir rechnen?«

»Sieh mich doch an.«

»Wir haben einen Fall«, erwiderte Leo mit Nachdruck.

»Morgen, ich komme morgen. Ich melde mich heute noch krank und besorge mir ein Attest«, murmelte Robert.

»Dann kann ich nur hoffen, dass du einen Arzt findest, der es dir ausstellt«, sagte Leo knapp, stand auf und wandte sich zur Tür.

»Warte.« Sein Freund stand mit hängenden Armen in der Küche. In Unterwäsche und mit nackten Füßen sah er ziemlich verloren aus.

Leo seufzte. »Es tut mir ehrlich leid. Aber es hilft nicht, wenn du dich verkriechst. Du solltest lieber arbeiten gehen und dich ablenken.« Er zögerte. »Ich sage Bescheid, dass du krank bist. Aber du besorgst dir ein vernünftiges Attest. Ich erwarte dich morgen früh zum Dienst.«

Im Flur der Inspektion A kam ihm Oskar Neufeld entgegen. Er sah aus, als hätte er acht Stunden erholsamen Nachtschlaf genossen, war tadellos frisiert mit messerscharfem Seitenscheitel und steckte in gestärktem Hemd und frisch gebügeltem Anzug. »Tag, Herr Oberkommissar.« Er deutete mit dem Kopf zu Leos Vorzimmer. »Die Eltern der Toten sind da. Kollege Sonnenschein ist gerade bei ihnen.«

»Das ging aber schnell.« Leo hätte sich gern darauf vorbereitet, doch dafür blieb nun keine Zeit. »Sobald ich das erledigt habe, findet eine Besprechung statt.«

Neufeld nickte, und Leo ging durchs Vorzimmer in sein Büro. Vor seinem Schreibtisch saß ein älteres Ehepaar, Sonnenschein reichte der Frau gerade ein Glas Wasser und blickte auf, als Leo hereinkam.

»Das sind Herr und Frau Schmidt aus Bernau, die Eltern des … von Fräulein Schmidt.« Sonnenschein war sichtlich bemüht, ein dezentes Wort zu finden. »Tote« oder »Opfer« entsprach zwar den Tatsachen, doch für die Hinterbliebenen waren diese sachlichen Bezeichnungen schwer zu ertragen.

Leo gab beiden die Hand und setzte sich an den Schreibtisch. Sonnenschein nahm auf einem Stuhl in der Ecke Platz und holte sein Notizbuch hervor.

»Zunächst möchte ich Ihnen mein aufrichtiges Beileid zum Tod Ihrer Tochter aussprechen.«

Die Frau schluchzte auf und krümmte sich nach vorn, während der Mann ihr die Hand auf die Schulter legte. Er war um die fünfzig, trug einen Nadelstreifenanzug und ein weißes Hemd, dazu eine Brille mit Goldrand. Leo tippte auf einen Angestellten in untergeordneter Position, der streng darauf bedacht war, gutbürgerlich zu wirken. Die Frau trug ein schwarzes Kleid mit kleinem Blumenmuster, das aussah, als hätte sie es für ein Fest gekauft und nicht für einen Trauerfall.

»Ich weiß, dass es schwer für Sie ist, meine Fragen zu beantworten«, fuhr Leo fort. »Aber wir wollen den Täter so schnell wie möglich finden. Und dafür brauchen wir Ihre Hilfe.«

Der Mann schaute ihn an, wobei er der Frau unablässig über den Rücken strich. Mit der anderen Hand rückte er die Brille zurecht, als wollte er Leo genauer inspizieren. »Wir waren dagegen, dass Adele in die Großstadt geht. Aber sie wollte nicht auf uns hören.«

Seine Frau richtete sich abrupt auf, so dass seine Hand von ihrem Rücken rutschte. Sie schaute ihn unwillig an, und Leo kam es vor, als wohnte er einer Szene bei, die sich nicht zum ersten Mal abspielte. »Wie kannst du so reden? Unser Kind ist tot, und du fängst wieder von den alten Streitereien an.« Sie blickte Leo an. »Natürlich haben wir uns Sorgen gemacht, als Adele nach Berlin zog, aber sie war erwachsen. Und sie wollte unbedingt etwas aus sich machen. Das kann ich in Bernau nicht, hat sie immer gesagt.« Sie schluckte mühsam.

Leo kam ein Gedanke. »Hatte Ihre Tochter bestimmte Pläne?«

Frau Schmidt antwortete, bevor ihr Mann etwas sagen konnte. »Sie wollte zum Theater.«

»Als Schauspielerin?«

Frau Schmidt nickte. »Sie hat Unterricht genommen«, sagte sie mit unüberhörbarem Stolz. »Bei einem berühmten Lehrer.«

Er beugte sich vor. »Wissen Sie seinen Namen?«

Herr Schmidt schüttelte den Kopf. »Nein, aber er ist Russe.« Sein Tonfall verriet, dass er entweder die Pläne seiner Tochter oder die Wahl des Lehrers missbilligt hatte.

»Falls Ihnen der Name einfällt, geben Sie mir bitte Bescheid. Wir müssen unbedingt herausfinden, mit wem Ihre Tochter Umgang gepflegt hat.«

Der Vater sprang auf, seine Frau zog ihn am Ärmel wieder auf den Stuhl. »Welchen Umgang sie gepflegt hat, ist doch klar. Sie arbeitete in einer Kaschemme. Kein Wunder, dass –«

Leo hob die Hand. »Ich kann Ihren Schmerz verstehen, Herr Schmidt, aber es hilft uns nicht weiter, wenn Sie sich darüber empören, dass Ihre Tochter in einem Ballhaus gearbeitet hat. Nach unseren bisherigen Ermittlungen handelt es sich um ein durchaus ehrbares Etablissement. Und es gibt bislang keinen Hinweis darauf, dass der Täter dort gearbeitet oder verkehrt hat. Ihre Tochter starb in einem Innenhof, der allgemein zugänglich ist. Jeder hätte ihr folgen oder auflauern können.«

Bei diesen Worten schlug die Mutter die Hände vors Gesicht und begann wieder zu weinen. Herr Schmidt schaute Leo vorwurfsvoll an. Menschen, die einen Angehörigen durch ein Verbrechen verloren hatten, neigten dazu, überall Schuldige zu suchen. Da wurde die Polizei, die drängende Fragen stellte und erschütternde Einzelheiten offenbarte, schnell zum Feind.

»Hat Ihre Tochter Ihnen geschrieben?«

Die Mutter wischte sich die Tränen ab. »Ab und zu. Sie hatte viel zu tun.«

»Falls sie in den Briefen bestimmte Personen erwähnt hat – Freunde, Bekannte, Kollegen, wen auch immer –, brauchen wir deren Namen. Sie können sie bei Ihrer örtlichen Polizeiwache hinterlegen, und man wird sie an uns weiterleiten. Damit ersparen Sie sich einen weiteren Besuch.«

Der Vater senkte kaum merklich den Kopf, vielleicht eine

Geste des Dankes. »Wann können wir Adele nach Hause holen?«

»Sobald die ärztlichen Untersuchungen abgeschlossen sind.«

Leo sah, wie die Mutter erbleichte, und sprang auf, um Frau Schmidt aufzufangen. Er lehnte sie im Stuhl zurück, ihr Mann legte den Arm um ihre Schultern und hielt ihr das Wasserglas an den Mund. Dann blickte er zu Leo auf. »Ist das nötig?«

»Ja, das ist es. Sobald der Leichnam freigegeben wird, werden Sie verständigt und können Ihre Tochter begraben.«

Manchmal musste man die Dinge offen aussprechen.

Frau Schmidt hatte sich wieder gefasst und sah Leo an. »Danke, Herr Oberkommissar. Sie werden doch alles tun, um den Mörder zu finden?«

»Das verspreche ich Ihnen. Ich möchte Sie bitten, die Liste der Bekannten Ihrer Tochter so schnell wie möglich zusammenzustellen und der Polizei zu übergeben.« Er notierte etwas auf einem Zettel und schob ihn den beiden zu. »Das ist unsere Telefonnummer. Sie können sich jederzeit melden, wenn Sie Fragen haben oder wenn Ihnen noch etwas einfallen sollte, das uns weiterhelfen kann.«

Die beiden standen auf. Frau Schmidt stützte sich auf den Arm ihres Mannes, sah aber nicht ihn, sondern Leo an. »Können wir sie sehen?«

Da die Tote von mehreren Angestellten des Ballhauses und Clara Bühler selbst identifiziert worden war, hatte er es nicht für notwendig gehalten, den Eltern einen Besuch im Leichenschauhaus zuzumuten. Umso mehr überraschte ihn die Bitte.

»Nötig ist es nicht. Für die Ermittlungen, meine ich.«

»Aber für mich ist es nötig. Für uns«, sagte Frau Schmidt und sah ihn bittend an.

»Ich stelle einen Beamten ab, der Sie dorthin begleitet, und rufe den zuständigen Arzt an. Sie können im Vorzimmer warten, es dauert nicht lange.«

»Ich danke Ihnen, Herr Oberkommissar.«

Als sich die Tür hinter den beiden geschlossen hatte, schaute er zu Sonnenschein. »Daran gewöhnt man sich nie.«

»Ist vielleicht auch besser so«, sagte Sonnenschein in seiner bedächtigen Art. »Es wäre nicht gut, sich daran zu gewöhnen.« Er klappte das Notizbuch zu. »Ich tippe das gleich ab.« An der Verbindungstür drehte er sich noch einmal um. »Was ist eigentlich mit Robert?«

»Der hat sich völlig betrunken.« Mehr sagte er nicht.

6

»Was hat die Untersuchung des Fundorts der Leiche ergeben?«, fragte Leo.

Hasselmann zog ein Blatt hervor. »Nicht viel. Der Hof wird tadellos in Ordnung gehalten, da bleibt kaum etwas liegen. Außerdem hat es geregnet, dadurch könnten auch Spuren weggespült oder -gewaschen worden sein.« Er schaute auf seine Liste. »Vier Zigarettenkippen unterschiedlicher Marken, ein Bonbonpapier, eine zertretene Rose, ein benutztes Taschentuch ohne Monogramm. Die Gegenstände wurden ordnungsgemäß verpackt und in die Asservatenkammer gebracht. An der Mauer zum benachbarten Krankenhaus wurden keine sichtbaren Spuren wie Blut, Schmutz oder Stofffetzen gefunden, die auf diesen Fluchtweg hingedeutet hätten. Auf dem Kies selbst sind keine Fußspuren zu erkennen. Frau Bühler hat uns darauf hingewiesen, dass der Hof regelmäßig gereinigt wird und Funde dieser Art üblich sind.«

»Verraten uns die Zigarettenkippen oder das Bonbonpapier etwas?«

»Es waren gängige Marken wie Königin von Saba und JUNO«, sagte Klein. »Das Bonbonpapier ist rot und grün gestreift, es steht kein Name darauf. Riecht leicht nach Pfefferminz, würde ich sagen.«

Leo sah in die Runde. »Wir haben eine Menge Arbeit vor

uns, meine Herren. Klein, Sie befragen die Bewohner des Vorderhauses. Möglicherweise hat jemand um die fragliche Zeit aus dem Fenster in den Hof gesehen und etwas bemerkt. Hasselmann, Sie und Neufeld sichten die Aussagen der Gäste. Sonnenschein und ich kümmern uns um die Angestellten des Ballhauses.«

»Wir könnten Walther gut gebrauchen«, warf Klein leicht vorwurfsvoll ein. »Wir müssen ja auch noch ins Hedwig-Krankenhaus. Der Täter könnte von dort gekommen sein, möglicherweise finden wir Zeugen, die etwas gesehen haben.«

»Der Kollege Walther ist krank, wird aber morgen voraussichtlich zum Dienst erscheinen«, sagte Leo knapp und wechselte das Thema. »Ich habe vorhin mit den Eltern des Opfers gesprochen. Sie sagen, Adele Schmidt habe Schauspielunterricht genommen. Wir müssen den Lehrer ausfindig machen, er soll Russe sein. Möglicherweise kann einer ihrer Kollegen uns etwas dazu sagen. Jakob, bitte notiere das.«

Er schaute in die Runde, wobei sein Blick an Neufeld hängenblieb. Der Mann hatte sich am Tatort bewährt und die eine oder andere hilfreiche Frage gestellt. Leo musste sich eingestehen, dass er im Augenblick nützlicher als Robert war. Dessen Zustand hatte ihn schockiert, und er fragte sich, ob er am nächsten Morgen tatsächlich dienstfähig sein würde.

»Wie sieht es mit den Ringvereinen in der Gegend aus?«, erkundigte sich Neufeld. »Es fällt nicht in mein Fachgebiet, aber halten Sie es für denkbar, dass ein Berufsverbrecher dahintersteckt?«

Leo wiegte den Kopf. »Sowohl die Wahl des Opfers als auch die Vorgehensweise sind untypisch für die Ringvereine. Auch haben wir keine Anhaltspunkte, dass finanzielle Motive im Spiel waren. Für mich sieht es eher nach einer persönlich motivierten Tat aus.« Er schaute sich fragend um.

»Einerseits stimme ich Ihnen zu«, meldete sich Hasselmann. »Andererseits könnte auch eine Intrige dahinterstecken, der Versuch, das Ballhaus in Misskredit zu bringen. Das wiederum könnte durchaus finanzielle Gründe haben.«

Leo erinnerte sich an die energische Stimme von Clara Bühler. *Keine dieser Frauen würde mir jemals schaden wollen, darauf gebe ich Ihnen mein Wort.*

Sie hatte sehr überzeugt geklungen. Aber sie konnte sich auch täuschen. Und waren die Saalschwestern die einzige vorstellbare Konkurrenz? Außerdem gehörte Clärchens Ballhaus ihrem Mann, der schwerkrank war, wie sie Leo erklärt hatte. Clara Bühler führte die Geschäfte und war offenbar die Seele des Hauses, nicht aber seine Eigentümerin. Vielleicht galt das auch für einige ihrer Saalschwestern. Dann wäre es durchaus denkbar, dass ein Mann hinter dem Rücken seiner Frau die Konkurrenz mit allen Mitteln bekämpfte, bis hin zu einem Mord.

Bei Tageslicht sah das Ballhaus grau und trüb aus wie so viele Orte, die dem Vergnügen gewidmet waren und erst in der Abenddämmerung funkelnd zum Leben erwachten. Leo und Sonnenschein betraten gemeinsam den Innenhof, während Klein im Vorderhaus von Tür zu Tür gehen und die Nachbarn befragen würde.

»Meinst du, Robert kommt morgen wieder zum Dienst?«, fragte Sonnenschein.

»Ich weiß nicht, ob das überhaupt gut wäre«, rutschte es Leo heraus.

Sein Kollege sah ihn überrascht an.

»Natürlich will ich ihn dabeihaben«, setzte Leo rasch hinzu, »aber ich bin mir nicht sicher, ob er dienstfähig ist.«

»Na ja, von einem Kater erholt man sich doch bald, oder?« Sonnenschein klang ein bisschen unsicher, da er selbst fast nie Alkohol trank.

»Natürlich«, sagte Leo und streckte die Hand nach der Türklinke aus. Er brachte es nicht über sich, von dem zu sprechen, was er in Roberts Augen gesehen hatte. Eine tiefe Verunsicherung, die nichts mit dem Alkohol zu tun hatte. Es war, als hätte er nicht nur Jenny verloren, sondern wäre urplötzlich ankerlos geworden. Insgeheim bezweifelte er, dass Robert einer Ermittlung wie dieser im Moment gewachsen war.

In diesem Augenblick wurde die Tür von innen geöffnet, und Clara Bühler stand vor ihnen. »Guten Tag, meine Herren. Kommen Sie bitte herein. Ich habe alle zusammengerufen, wie Sie es verlangt haben.«

Sie führte Leo und Sonnenschein an der Garderobe vorbei in den Ballsaal. Auch hier drinnen war die Illusion der Wirklichkeit gewichen, war das, was bei Nacht verzaubert schien, nur Dekoration, zusammengezimmert aus Holz, Pappe und Kunstblumen.

Man hatte mehrere Tische zusammengeschoben, damit alle Angestellten Platz fanden. Einige erkannte Leo, darunter Wolf Meinecke und Walter Fahrenhold. Die Leute saßen mit hängenden Köpfen da, eine junge Frau wischte sich die Augen.

Leo stellte sich und Sonnenschein noch einmal vor. »Ich habe Sie hier zusammengerufen, damit ich das, was ich zu sagen habe, nicht jedem einzeln erklären muss. Gestern Nacht ist hier eine junge Frau gestorben, die Garderobiere Adele Schmidt. Vielleicht war der eine oder andere mit ihr befreundet. Ihnen wie uns muss daran gelegen sein, Fräulein Schmidts Tod aufzuklären. Dazu brauchen wir Ihre ehrlichen und umfassenden Aussagen. Halten Sie nichts zurück. Alles, was Sie über Adele Schmidt wissen, kann uns helfen, auch wenn es unwichtig erscheinen mag. Falls Sie uns nützliche Hinweise geben können, beschleunigt es die Ermittlungen, wenn Sie das jetzt und hier tun.«

Er warf einen Blick zu Clara Bühler. Sie hatte die Hände auf der Tischplatte verschränkt und wirkte ruhig, doch er bemerkte, dass sich ihre Daumen unablässig umeinander drehten. Sie war nervös. Nun, das war kein Wunder, der Ruf ihres Hauses stand auf dem Spiel. Vielleicht hatte sie die junge Frau gerngehabt, sich für sie verantwortlich gefühlt.

»Bitte stellen Sie sich zunächst der Reihe nach vor.«

Einige Namen waren bekannt, andere hörte Leo zum ersten Mal. »Hilde Weber, Thekenbedienung.« Das war die blonde junge Frau, die vorhin geweint hatte. »Wolf Meinecke, Türsteher.« – »Viktor Jablonski, Posaune.« – »Rita Meyer, Kassiererin.« Und so ging es weiter. Als die Runde durch war, warf Leo einen Blick auf Sonnenscheins Liste. Einundzwanzig Personen.

»Kann ich davon ausgehen, dass alle Angestellten anwesend sind? Niemand krank?«

Dann schlug sich Frau Bühler an die Stirn. »Nein, da fehlt noch jemand!«

Sonnenschein schaute auf, den Stift über dem Papier.

»Unser Pianist hat vor kurzem überraschend gekündigt. Er ist zum Resi in die Blumenstraße gegangen, die zahlen besser. Eduard«, sie deutete auf den Sänger der Kapelle, »spielt zwar auch, aber wir brauchen einen Pianisten. Die Damen haben Eduard nämlich lieber vorn am Mikrofon.«

Sie hielt kurz inne. »Vorgestern kam Adele zu mir und sagte, sie habe einen Freund, der vorübergehend einspringen könne. Also habe ich ihr gesagt, er solle am Samstagabend vorbeikommen und probehalber mitspielen. Wir brauchten wirklich dringend einen Ersatzmann am Klavier.«

Leo schaute sie interessiert an. »Wie heißt dieser Freund?«

»Er hat sich nur als Fred vorgestellt.« Sie schien seinen skeptischen Blick zu bemerken. »Sie haben selbst gesehen, was samstags los ist. Es musste schnell gehen, da habe ich nicht weiter nachgefragt. Wir sind hier nicht so förmlich.«

Leo versuchte, sich an die Nische zu erinnern, in der die Kapelle spielte. »Wenn ich mich recht entsinne, hat niemand am Klavier gesessen, als ich gestern im Saal war. Was ist aus diesem Fred geworden?« Er schaute in die Runde.

Keiner meldete sich zu Wort.

»Es war ein ziemliches Durcheinander«, sagte Hilde Weber schließlich. »Ich war so entsetzt, dass ich nur noch versucht habe, die Leute mit Getränken zu versorgen, damit sie ruhig bleiben. Keiner durfte raus, draußen lag die arme ...« Sie konnte nicht weitersprechen.

Der Posaunist, ein kleiner, hagerer Mann mit Menjou-Bärtchen, räusperte sich. »Er war noch da, als sich die Nachricht verbreitete, da bin ich mir sicher. Man hatte uns angewiesen, weiterzuspielen, damit die Leute nicht in Panik gerieten.«

»Er musste austreten«, sagte Eduard Fischer.

»Wann genau war das?«, fragte Leo sofort, da ihm einfiel, dass sich die Tür zum Hof gleich neben den Toiletten befand.

Der Sänger zuckte mit den Schultern. »Die Uhrzeit weiß ich nicht, aber es war, nachdem sie Adele gefunden hatten. Ich kann nichts über ihn sagen, außer dass er anständig Klavier spielt und plötzlich verschwunden war.«

»Hatte er die Orchesternische vorher schon einmal verlassen?«

»Einmal hat er kurz mit der Chefin gesprochen, nur eine Minute.« Clara Bühler nickte. »Ansonsten hat er durchgespielt, bis er zur Toilette musste. Danach habe ich ihn nicht mehr gesehen. Jemand von euch?«

Niemand meldete sich.

Sie mussten diesen Mann unbedingt ausfindig machen, auch wenn er anscheinend nicht der Täter gewesen sein konnte. Wenn er Adele Schmidt gut gekannt hatte, könnte er ihnen womöglich einen Hinweis auf den Täter liefern.

»Noch einmal: Niemand von Ihnen kannte diesen Fred oder weiß etwas über ihn, außer dass er Klavier spielt und von Adele Schmidt empfohlen wurde?«

Allgemeines Nicken.

»Wie hat er ausgesehen?«

Clara Bühler antwortete: »Ziemlich klein und schmal, keine eins siebzig. Dunkle Haare, gepflegter Schnurrbart. Er sagte, er habe leider keinen Smoking, worauf ich ihm erklärte, dass das bei uns nicht nötig ist. Ein sauberes weißes Hemd mit dunkler Weste und Hose reicht vollkommen.«

»Er war freundlich und sagte wenig«, fügte Fischer hinzu. »Aber er war ja auch zum Spielen da, nicht zum Quatschen. Wir haben kurz das Programm durchgesprochen und dann losgelegt.«

»Vielen Dank«, sagte Leo. »Eine andere Frage: Fräulein Schmidt soll vor einiger Zeit einen Freund gehabt haben. Kennt jemand seinen Namen?«

Die Bedienung namens Hilde hob die Hand. »Hans hat er geheißen. Sie hat mal von ihm erzählt, aber das ist ewig her.«

»Wissen Sie, was daraus geworden ist?«

Wolf Meinecke räusperte sich. »Na ja, Adele hat im Winter mit ihm Schluss gemacht. Das hat sie mir damals erzählt. Weil sie nicht so richtig zueinanderpassten. Sie war ein bisschen traurig, aber das Herz hat es ihr nicht gebrochen.«

Unwahrscheinlich, dass dieser Mann ein halbes Jahr später auftauchte und die Frau tötete, die sich von ihm getrennt hatte. Ganz auszuschließen war es jedoch nicht. »Wissen Sie, wie dieser Hans mit Familiennamen heißt?«

Der Türsteher verneinte. »Er hat sie früher manchmal von der Arbeit abgeholt. Aber ich hab ihn seitdem nicht mehr gesehen.«

»Gut, kommen wir zu einer anderen Frage. Die Eltern von Fräulein Schmidt haben gesagt, sie habe Schauspielunterricht genommen. Kann uns jemand etwas dazu sagen?«

Clara Bühler beugte sich vor. »Das hat sie mir auch erzählt. Als ich sie eingestellt habe, sagte sie, sie wolle Schauspielerin werden. Na ja, das wollen viele in Berlin. Ich hab zu ihr gesagt, solange sie ihre Arbeit an meiner Garderobe vernünftig macht, kann sie so viel schauspielern, wie sie will.«

»Wissen Sie, wer ihr Lehrer war?«

»Sie hat ihn mal erwähnt. Ein russischer Name.« Clara Bühler runzelte angestrengt die Stirn. »Oleg? Ich glaube, so hat er geheißen. Aber der Nachname fällt mir nicht ein. Diese russischen Namen sind so kompliziert.«

»Danke, das hilft uns schon weiter. Kommen wir zu meiner nächsten Frage. Ist Ihnen gestern Abend etwas aufgefallen, das anders war als sonst? Unbekannte Personen, die sich im Hof aufhielten? Wurden Sie von jemandem angesprochen, der Fräulein Schmidt suchte? Oder hat sich Fräulein Schmidt auffällig verhalten? Es ist nicht auszuschließen, dass sie die Person draußen kannte, vielleicht sogar mit ihr verabredet war.«

Kopfschütteln.

Bei der Besprechung hatten sie einen Zeitplan aufgestellt, um herauszufinden, wer von den Angestellten überhaupt Gelegenheit gehabt hätte, Adele Schmidt zu töten. Die Musiker der Kapelle hatten von neun Uhr, als Adele in die Zigarettenpause gegangen war, bis Viertel vor zehn, als Walther Fahrenhold sie tot gefunden hatte, ununterbrochen durchgespielt. Falls sich das bestätigte, konnte man sie als Täter praktisch ausschließen.

»Sie alle kommen bitte morgen Vormittag ins Präsidium. Dort werden Ihre Aussagen zu Protokoll genommen und von Ihnen unterzeichnet. Falls es Dinge gibt, die Sie mir oder einem Kollegen unter vier Augen sagen wollen, können Sie das gerne tun.«

Leo sah noch einmal prüfend in die Runde. Niemand verhielt sich anders, als unter den Umständen zu erwarten war. Betroffenheit, Trauer, die Nervosität von Frau Bühler – all das ließ sich damit erklären, dass eine junge Frau eines gewaltsamen Todes gestorben war, während im Ballhaus getanzt und getrunken wurde.

Dann stellte er eine letzte Frage. »Frau Bühler, hat in letzter Zeit außer Ihrem Pianisten sonst noch jemand vom Personal gekündigt? Oder wurde jemand entlassen?«

Sie schüttelte den Kopf. »Nein, das war eine Ausnahme, unser Personal ist gewöhnlich sehr treu. Vor allem in dieser schweren Zeit.«

Leo stutzte, bevor ihm klar wurde, dass sie nicht von Adele Schmidt sprach, sondern von ihrem Ehemann, der schwerkrank zu Hause lag.

»Woran ist Adele eigentlich gestorben?«, fragte Fahrenhold mit zitternder Stimme. »Ich war ja als Erster bei ihr, aber ich konnte gar nichts sehen, kein Blut –«

»Das erfahren wir, wenn der Obduktionsbericht vorliegt«, sagte Leo.

Hilde schlug schaudernd die Hand vor den Mund.

»Wie ich schon sagte, Sie alle finden sich bitte morgen Vormittag in der Inspektion A im Präsidium ein. Vielen Dank.« Leo stand auf, Sonnenschein tat es ihm nach. Er warf einen letzten Blick auf die Männer und Frauen, die um den Tisch saßen, und fragte sich, ob jemand von ihnen so kaltblütig gewesen war, Adele Schmidt zu töten und sich danach wieder an seine Arbeit zu begeben.

7

Sie trafen Klein im Vorderhaus, wo er von Tür zu Tür gegangen war und mit den Nachbarn gesprochen hatte. Die Bühlers waren freundlich und die Gäste meist anständig, es wurde gelegentlich laut, was man bei einem solchen Etablissement wohl zu erwarten habe. Niemand hatte etwas Ungewöhnliches beobachtet.

»Keine Widersprüche, keine erkennbaren Ressentiments«, sagte Klein abschließend. »Keine Personen im Hof gestern Abend, die sich besonders auffällig verhalten haben. Es war der übliche Betrieb am Samstag, da schaut keiner so genau hin.«

»Immerhin haben wir den geheimnisvollen Fred«, sagte Leo und schob eine Erklärung nach, als Klein ihn fragend ansah.

Die drei Männer traten auf die Straße.

»Da drüben ist ein Lokal. Wollen wir eine Suppe essen?«

Es war mittlerweile vier Uhr nachmittags.

Die drei betraten die Gaststube, die um diese Zeit verlassen war. Tische und Stühle aus nacktem Holz, ohne Kissen oder Decken oder sonstigen Zierrat. An der Wand ein Sparkasten, daneben ein vergilbtes Werbeplakat, auf dem ein Mädchen mit ausladender Haarschleife und Schürze Schultheiss-Bier servierte. Aus der Vorkriegszeit, schätzte Leo. Hier schienen die Leute eher zu trinken als zu essen.

Die Wirtin blickte erstaunt auf, als hätte sie nicht mit Gästen gerechnet.

»Bekommen wir hier einen Teller Suppe?«, erkundigte sich Leo.

»Erbsen. Mit Einlage.«

Sie setzten sich an einen Tisch, von dem man durch ein schmieriges Fenster auf die Auguststraße blickte.

Als die Suppe kam, begleitet von drei kümmerlichen Schrippen, begannen sie sofort zu essen. Leo hatte schon bessere Erbsensuppe bekommen, aber sie füllte immerhin den Magen.

»Der Neue macht sich nicht schlecht«, sagte Klein und wischte sich den Mund ab. »Ich kenne einen aus der Politischen, der hat gesagt, Neufeld sei ein Streber, aber ein fähiger Mann.«

»Was heißt schon Streber?«, fragte Sonnenschein. »Das sagen gern diejenigen, die selbst nur das Nötigste tun.«

Klein zog eine Augenbraue hoch. Sonnenschein war gewöhnlich so verbindlich, dass diese unverblümte Bemerkung ziemlich überraschend kam.

»Er hat seine Sache bis jetzt gut gemacht«, sagte Leo. »Als Vertretung für Walther ist er durchaus geeignet.« Mehr sagte er nicht, fragte sich aber, wie lange sie Neufeld benötigen würden.

Im Präsidium klopfte Neufeld auch gleich an seine Tür und legte ihm die Aussagen der Gäste auf den Tisch.

Bisher hatten sie keine Widersprüche oder sonstigen Anhaltspunkte entdecken können. Die Aussage von Irene Freund deckte sich mit dem, was der Eintänzer Joachim Weißbarth ausgesagt hatte. Sie hatte den Tisch um die angegebene Uhrzeit verlassen, um auf die Toilette zu gehen. Als sie nicht zurückkam, suchte Weißbarth nach ihr und traf sie auf dem Hof mit Fahrenhold und der Toten an.

Leo bedankte sich und wies Neufeld an, im Adressbuch nach einem Schauspiellehrer mit dem russischen Vornamen Oleg zu suchen. Das wäre schnell erledigt, das Branchenverzeichnis war sehr übersichtlich.

»Sehr wohl, Herr Oberkommissar. Da wäre noch etwas. Vorhin hat Dr. Lehnbach angerufen.«

»Hat er die Ergebnisse?«

»Nein, aber die Eltern von Adele Schmidt waren im Leichenschauhaus. Er lässt Ihnen etwas ausrichten, das von Interesse sein könnte.«

Leo setzte sich aufrechter hin. »Und das wäre?«

Neufeld klappte sein Notizbuch auf. »Er hatte die Tote wie üblich bis zum Hals zugedeckt, um die Gefühle der Eltern zu schonen. Die Mutter fragte unter Tränen, ob ihre Tochter unter dem Tuch bekleidet sei, was Dr. Lehnbach mit einem Kopfschütteln beantwortete. Dann deutete er auf einen Tisch, auf dem er die Kleidungsstücke abgelegt hatte. Bevor er sie daran hindern konnte, griff die Mutter nach dem Kleid, das ihre Tochter getragen hatte. ›Das gehört ihr nicht‹, sagte sie entschieden.«

Leo hatte sich mehr erhofft. »Woher will sie das wissen? Ihre Tochter lebte seit Jahren in Berlin, da kann sie sich alles Mögliche gekauft haben.«

»Das war auch mein Gedanke«, sagte Neufeld. »Doch es geht noch weiter. Lehnbach gestattete der Mutter, sich das Kleid näher anzusehen. Darin fand sich das Etikett eines Modesalons namens Couture de Paris in der Fasanenstraße.«

»Das klingt teuer. Vielleicht hat sie darauf gespart?«

»Die Eltern haben übereinstimmend erklärt, ihre Tochter habe sehr bescheiden gelebt. Was sie nicht für ihren Unterhalt benötigte, gab sie für den nicht ganz billigen Schauspielunterricht aus.«

»Könnte das Kleid ein Geschenk gewesen sein?«

»Denkbar wäre es«, meinte Neufeld. »Ich werde Dr. Lehnbach bitten, uns das Kleid zu schicken. Es wird ohnehin auf Spuren untersucht, aber wir sollten auch in dem Modesalon anrufen.« Er hielt inne und sah Leo fragend an. »Verzeihung, falls ich zu voreilig war. Sie entscheiden natürlich, wie wir vorgehen.«

»Sie machen das schon richtig«, sagte Leo.

Neufeld stellte sich geschickt an. Es wäre ungerecht, dem neuen Kollegen nachzutragen, dass er eingesprungen war und seine Pflicht erfüllte – nur weil er nicht Robert war.

Nachdem sich die Tür hinter Neufeld geschlossen hatte, schaute Leo nachdenklich auf den Zettel, der vor ihm auf dem Tisch lag und auf den er beiläufig »Kleid? Couture de Paris? Geschenk?« gekritzelt hatte.

Sie hatten eine erste Spur.

Sie zerrte am Fenster, dessen Rahmen so oft überstrichen worden war, dass es sich kaum öffnen ließ. Schließlich konnte sie es aufstoßen und die frische Luft einatmen. Es war kühler geworden nach dem Gewitter, doch das enge Zimmer war immer noch unerträglich stickig. Sie nahm eine Zigarette aus der Schachtel, setzte sich auf die Fensterbank, zog die Beine hoch und riss ein Streichholz an. Als die Zigarette brannte, legte sie den Kopf in den Nacken, nahm einen tiefen Zug und stieß den Rauch aus.

Endlich konnte sie die Tränen laufen lassen. Es war kein dramatisches, bebendes Schluchzen. Sie weinte stille Tränen, die ihr übers Gesicht rannen, während der Rauch in den Sommerabend hinausschwebte.

»Denk dran, sei morgen zeitig da, ich habe dich schon angekündigt«, hatte Adele gesagt.

»Ich weiß nicht, wie ich dir danken soll«, hatte sie erwidert. Dann war ihr eine Idee gekommen.

Adele hatte beinahe ehrfürchtig über das Kleid gestrichen. »So etwas könnte ich mir nie leisten«, hatte sie gesagt, und Lotte hatte eine unglaubliche Erleichterung verspürt, nachdem sie es ihrer Freundin in die Hände gedrückt hatte. Bei Adele war es besser aufgehoben.

Sie klopfte die Asche ab, grauweiße Flöckchen, die sich in der Luft zerstreuten.

Am Abend hatten sie einander gar nicht mehr gesehen. Lotte hatte schon ihren Platz eingenommen, bevor Adele ihren Dienst an der Garderobe antrat. Irgendwann dann wirre Worte, die sich wie Funken im Ballhaus verbreiteten, von einem zum anderen sprangen und in ihrem Kopf Gestalt annahmen. Zigarettenpause. Hof. Eine tote Frau. Eine Angestellte. Dann der Name.

Da hatte sie gewusst, dass sie wegmusste. Sie hatte sich auf die Toilette entschuldigt und war heimlich in den Hof geschlüpft. Dort hatte sie dem Himmel für die Weinkisten gedankt, die sich vor der Mauer stapelten.

Die Angst hatte ihr ungeahnte Kräfte verliehen. Sie war über die Mauer verschwunden, kurz bevor die Polizei erschien und während drinnen alle von den Gerüchten abgelenkt waren.

Auf dem Krankenhausgelände war es still gewesen bis auf ein schmerzliches Stöhnen, das aus einem offenen Fenster drang. Sie hatte sich dicht bei den Mauern gehalten, um den Laternen auszuweichen.

Nur einmal hatte sie innegehalten, als sie ein Schild mit der Aufschrift *Leichenhalle* bemerkte. Trotz des feuchtwarmen Abends hatte sie ein Schauer überlaufen, ihre Füße schienen einen Augenblick am Boden zu kleben.

Die Fenster der hohen Gebäude, die den Innenhof umgaben, schauten wie Augen auf sie herab. Durch die Spitzbogenfenster der Kirche fiel bläuliches Licht nach draußen.

Sie hatte nicht den kurzen Weg quer über den Hof genommen, sondern war weiter im Schatten der Mauern geblieben.

Im Krankenhaus war sie kurz auf die Toilette gegangen und danach möglichst unauffällig durch die Eingangshalle gehuscht. Der Pförtner hatte ihr einen Blick zugeworfen, aber nichts gesagt. Endlich hatte sie in der Großen Hamburger Straße gestanden und zum ersten Mal, seit sie das Ballhaus verlassen hatte, richtig durchgeatmet.

Dann aber war ihr bewusst geworden, dass sie nur den Lohn für diesen Abend in der Tasche trug. Ihr ganzes restliches Geld lag in dem Koffer, den sie dort zurückgelassen hatte.

Am Abend hielt er den Druck nicht länger aus. Er stopfte wie ein Schlafwandler alles in die Taschen, was er brauchte, und eilte aus dem Haus. Eine Zeit lang lief er blindlings durch die Straßen. Leuchtreklamen, Schlagzeilen, Sonderangebote, die ihm aus Schaufenstern entgegenschrien, alles bunt und durcheinander. Klingelnde Straßenbahnen. Das Rattern von Rädern auf dem Pflaster. Gelächter, das aus einer Stehbierhalle drang. Der Sommer in der Stadt.

Er wurde getrieben von seinem rasenden Herzen, dem Drang, die Wohnung hinter sich zu lassen, deren Wände ihn erdrückten.

Irgendwann blieb er stehen und schaute am nächsten Straßenschild empor. Hochstraße. Wedding. Er war kilometerweit gelaufen, ohne es zu merken.

Er schaute sich um, und dann begriff er. Etwas – was es war, konnte er nicht genau benennen, vielleicht der Druck in seinem Inneren, das unüberwindliche Begehren, das er lange nicht gespürt hatte und das ihn jetzt wie eine Welle verschlang –, dieses Etwas hatte ihn zum Humboldthain geführt, sommerlich grün und dicht belaubt, und er musste nur noch eine Weile warten, bis es dunkel wurde.

Er kaufte sich ein Eis an einem Straßenstand und schlenderte in den Park hinein. Dann setzte er sich auf eine Bank, den Hut ins Gesicht gezogen, die Beine lässig übereinandergeschlagen, das Eis in der Hand.

Niemand würde ihn bemerken. Niemand würde sich an ihn erinnern. Für alle, die vorbeikamen – Kinder mit Tretrollern, Familien auf dem Heimweg, eine alte Frau, die Tauben fütterte –, wäre es, als hätte niemand auf dieser Bank gesessen. So war es ihm schon immer gegangen, und er hatte sich oft gewünscht, einer dieser Männer zu sein, die einen Raum betraten und alle Aufmerksamkeit auf sich zogen, die sich mit einer mühelos hingeworfenen Bemerkung in den Mittelpunkt rückten.

Doch diesmal war er dankbar. Denn niemand würde bemerken, wie sich seine Hand ins Hosenbein krallte, wie heftig er atmete, wie unerträglich lange es dauerte, bis die Sonne unterging und den Humboldthain in Schatten tauchte. Die längsten Tage des Jahres, und ausgerechnet jetzt musste er …

Sein Rücken war schweißnass, obwohl das Wetter kühl geworden war. Er stand auf, spazierte ein Stück und sah zu, wie der Park sich leerte.

Er ging in Richtung Bahngleise, wo es am stillsten war, und glitt in ein Gebüsch. Er tastete in seinen Taschen. Alles da.

Nun musste er nur noch warten.

8

Montag, 2. Juli 1928

»Ihr habt mich ja schnell ersetzt!«

Als Leo die Stimme hörte, begriff er sofort, was geschehen war, und ging rasch nach nebenan.

Walther war blass, aber ordentlich gekleidet und frisiert zum Dienst erschienen und stand mit empörter Miene neben seinem Schreibtisch, an dem bereits Oskar Neufeld saß.

»Darf ich vorstellen? Kriminalinspektor Oskar Neufeld, Kriminalbezirkssekretär Robert Walther. Herr Neufeld wurde vorübergehend von der AIA zu uns abgestellt.«

Neufeld stand auf, nahm seine Sachen, ohne jemanden anzusehen, und blieb dann unschlüssig stehen.

»Wir können zusammenrücken«, sagte Sonnenschein schnell und holte einen Stuhl aus der Ecke. »Bitte sehr.«

Walther nahm schweigend an seinem Schreibtisch Platz, als wäre nichts geschehen. Leo war dankbar, dass Sonnenschein die Situation so rasch entschärft hatte.

»Jakob, würdest du Robert bitte in den Fall Adele Schmidt einweisen? Ich warte auf den Bericht aus dem Leichenschauhaus, der müsste jeden Augenblick eintreffen.«

»Wird gemacht.«

Im Gehen bemerkte Leo den Blick, mit dem Walther den neuen Kollegen bedachte. Unwillig, ein wenig abschätzig. Er würde die beiden im Auge behalten müssen. Beruflicher Ehrgeiz war gut. Missgunst duldete er hingegen nicht. Er konnte nur hoffen, dass Walther sich zusammenriss und schnell wieder in seine Aufgabe hineinfand. Neufeld wusste nicht, dass der Kollege unentschuldigt dem Dienst ferngeblieben war, und so sollte es auch bleiben. Er ging in sein Büro und ließ die Zwischentür offen.

Kurz darauf kam Neufeld mit dem gewaltigen Adressbuch zu ihm und schlug es an einer Stelle auf, die mit einem Lesezeichen markiert war. Er deutete auf die Mitte der Seite. Unter der Rubrik »Lehrer und Lehrerinnen« waren sechzehn verschiedene Kategorien aufgeführt. Gleich der erste Punkt lautete »Atem- und Sprechtechnik«, und tatsächlich fand sich dort der Eintrag *Tarassow, Oleg, Wilmersdorf, Uhlandstraße 23*.

»Gut. Sie fahren sofort mit Sonnenschein nach Wilmersdorf.«

Sonnenschein stand auf und griff nach seiner Aktentasche.

»Fragt ihn nach dem Kleid«, fügte Leo hinzu. »Gebt Acht, wie er darauf reagiert.«

»Falls wir den Eindruck gewinnen, dass er Adele Schmidt näher gekannt hat, als es für einen Schauspiellehrer unbedingt notwendig ist, könnten wir uns auch erkundigen, ob es ein Geschenk von ihm war«, sagte Neufeld.

Leo nickte. »Noch etwas: Wir müssen wissen, ob Fräulein Schmidt jemals einen Bekannten namens Fred erwähnt hat.«

Als die beiden gegangen waren, warf er einen Blick zu Robert, der jetzt allein dasaß. Er schien in die Akten vertieft, doch seine Hand, die den Stift umklammerte, war verkrampft, die Knöchel traten deutlich hervor. Er sagte keinen Ton und blätterte scheinbar ungerührt weiter.

Leo setzte sich wieder an seinen Schreibtisch. Wenn doch

nur der Bericht endlich käme. Solange sie nicht wussten, wie Adele Schmidt gestorben war, würden die Ermittlungen ins Leere laufen.

Chloroform, dachte er. War es überhaupt Mord gewesen, also eine vorsätzliche Tat? Ihm fiel ein, was Lehnbach am Tatort gesagt hatte: dass es äußerst riskant wäre, jemanden damit zu töten, weil man nicht abschätzen konnte, wann der Tod eintrat.

Leo lehnte sich zurück und verschränkte die Hände hinter dem Kopf. Angenommen, das Chloroform sollte tatsächlich nur der Betäubung dienen. Aber warum? Natürlich war es denkbar, dass jemand eine Frau betäubte und dann vielleicht missbrauchte, aber doch nicht im Hof eines Ballhauses, am Samstagabend, bei Hochbetrieb!

Welche Absicht könnte der Täter verfolgt haben, wenn er Adele Schmidt ursprünglich weder töten noch missbrauchen wollte? Sie zu entführen, vielleicht. Angenommen, er hatte gewusst, dass Adele Schmidt nicht freiwillig mitgegangen wäre, und deshalb beschlossen, sie mit Chloroform gefügig zu machen. Die Tote war klein und zierlich. Jeder halbwegs kräftige Mann hätte sie tragen und mit ihr im Durchgang zur Nr. 23 verschwinden können.

Leo sah auf, als ihm bewusst wurde, dass er schon länger kein Umblättern von Papier gehört hatte. Robert saß reglos da und starrte auf die Unterlagen, schien sie aber gar nicht wahrzunehmen.

»Wie weit bist du?«, fragte Leo.

Robert hob langsam den Kopf. Er sah nicht gut aus, hatte tiefe Schatten unter den Augen, ein dünner Schweißfilm bedeckte seine bleiche Haut. »Warum hast du diesen Neufeld mit Jakob losgeschickt?«

»Willst du das wirklich wissen? Dann schau mal in den

Spiegel«, erwiderte Leo barscher als beabsichtigt. »Du siehst nicht aus, als wärst du einer solchen Fahrt gewachsen.«

»Nach Wilmersdorf? Stell dir vor, von dort bin ich heute Morgen gekommen. Das habe ich ganz allein geschafft.« Walthers Stimme klang bitter.

»Und darüber bin ich froh. Aber du bleibst besser noch im Innendienst.«

»Während er mich aus meiner Stellung drängt?«

Jetzt war Leo doch verblüfft. »Was soll das heißen? Neufeld ist eingesprungen, als wir dringend Leute brauchten und du nicht zu erreichen warst. Hier wird niemand aus seiner Stellung gedrängt.«

Walther stand auf und lehnte sich gegen den Schreibtisch. »Er saß an meinem Schreibtisch! Nach zwei Tagen! Als hätte es mich nie gegeben. Und dann soll ich nicht glauben, dass er mich aus meiner Stellung drängt?«

Leo verschränkte die Arme vor der Brust. »Irgendwo musste er sitzen, und dein Platz war frei.« Als er Roberts verstocktes Gesicht sah, verlor er die Geduld. »Ich habe dich gedeckt, als du unentschuldigt gefehlt hast und nicht ans Telefon gegangen bist. Bisher weiß niemand außer mir, warum du nicht im Dienst warst. Und das sollte auch so bleiben, oder?«

Er konnte sehen, wie Robert mit sich kämpfte, gefangen zwischen Scham und Entrüstung, die rechte Hand zur Faust geballt.

»Ich kann verstehen, dass du dich schlecht fühlst. Jenny zu verlieren war ein schwerer Schlag. Aber ich kann nicht zulassen, dass private Schwierigkeiten unserer Arbeit schaden.«

Robert kam mit drei großen Schritten herüber und stützte sich mit beiden Händen auf Leos Schreibtisch. Die Wut in seinen Augen war schockierend.

»Ich kann mich an eine Zeit erinnern, in der es dir auch nicht gutging. Damals haben wir sehr wohl Rücksicht auf dich genommen.«

Leo umklammerte die Armlehnen seines Stuhls, versuchte sich zu beherrschen. Leicht fiel es ihm nicht. »Der Vergleich ist unter deinem Niveau, Robert.«

Nachdem Dorothea gestorben war, hatte er eine Zeit lang schwer gekämpft, um nicht unterzugehen. Seine Schwester Ilse hatte ihm den Haushalt geführt, es war häufig zu Auseinandersetzungen gekommen. Er hatte versucht, Dienst und häusliches Leben voneinander zu trennen, was ihm nicht immer gelungen war. Und ja, Robert war damals immer für ihn da gewesen. Doch dass er damit sein eigenes Fehlverhalten entschuldigen wollte, konnte Leo nicht hinnehmen.

»Ich kann mich nicht erinnern, dass ich jemals unentschuldigt den Dienst versäumt hätte. Oder mich bis zur Besinnungslosigkeit betrunken habe und nicht ans Telefon gegangen bin.«

Roberts Brust hob und senkte sich heftig. »Ich bin gespannt, wie lange du mir das vorhalten wirst.«

Mit diesen Worten stürmte er hinaus und knallte die Tür hinter sich zu.

Leo saß reglos da. In all den Jahren, die sie sich kannten, war dies erst der zweite richtige Streit. Den anderen hatten sie vor zwei Jahren gehabt, als Leos ehemalige Geliebte ermordet worden war und er versucht hatte, die Verbindung zu ihr geheim zu halten.

Das hier aber war anders, und er spürte, dass es nicht nur mit Neufeld zusammenhing. Walthers Eifersucht auf den Kollegen hatte tiefere Gründe. Dass Jenny Blau ihn wegen eines Mannes verlassen hatte, der mehr Geld und mehr Einfluss besaß, hatte ihn tief getroffen. Leo ahnte, dass ihn nicht nur die verlorene Liebe quälte, auch sein Selbstbewusstsein hatte gelitten.

Sonnenschein und Neufeld nahmen die Linie B von der Warschauer Brücke bis Endstation Uhlandstraße. Sie saßen allein im Wagen und konnten sich während der ganzen Fahrt zwanglos unterhalten. Sie sprachen über den Fall und die bevorstehende Befragung, und als es nichts mehr dazu zu sagen gab, fragte Sonnenschein aufrichtig interessiert, ob sich die Arbeit bei der Politischen Polizei sehr von der in der Inspektion A unterschied.

Neufeld, der sich mit seinem Hut Luft zugefächelt hatte, sah ihn überrascht an. »Das ist das erste Mal, dass jemand aus Ihrer Abteilung das wissen möchte.«

»Ich weiß, die Beziehungen sind nicht sonderlich freundschaftlich«, entgegnete Sonnenschein etwas verlegen.

»Offiziell trennt uns nur eine Etage, aber in Wahrheit sind es Welten. Ich weiß auch, dass man uns vorwirft, wir seien von der Politik abhängig und könnten daher nicht objektiv ermitteln«, sagte Neufeld achselzuckend. »Dass wir sozusagen Spione der Regierung seien.«

»Und stimmt das?«

»Manchmal sitzt man zwischen den Stühlen.« Neufeld wedelte wieder mit dem Hut, in den U-Bahn-Wagen war es noch unerträglich warm. »Da war beispielsweise die Sache mit Dillenburger, die hat natürlich für Unruhe gesorgt.«

Polizei-Oberst Otto Dillenburger hatte die Polizeigruppe Ost geleitet, die mehrmals schwere Straßenkämpfe gegen kommunistische Demonstranten ausgetragen hatte. Vor einem Monat war die Lage in der Frankfurter Allee eskaliert, als ein Schupo mit bekannten rechtsnationalen Ansichten den Polizeivizepräsidenten Dr. Weiß ins Gesicht geschlagen hatte. Nach einer Untersuchung hatte man Dillenburger seines Amtes enthoben, worauf dieser die Vereinigung Preußischer Polizeioffiziere aufwiegelte, dagegen zu protestieren. Man hatte ihn tatsächlich wieder eingestellt, wenn auch in Oberhausen. Das hatte er als Sieg betrachtet und betätigte sich seither politisch.

»Hatten Sie mit der Untersuchung zu tun?«, fragte Sonnenschein, der nur am Rande von der Geschichte gehört hatte.

»Ja, es war reichlich unangenehm. Wenn man die politische Einstellung eines Kollegen prüft, der daraufhin entlassen wird, kann man sich so einiges anhören. Da sind Sie von der Inspektion A ganz schön privilegiert«, sagte Neufeld gelassen. »Sie klären die spektakulären Verbrechen auf, erscheinen mit Ihrem schicken Mordauto auf den Titelseiten und werden von der Presse hofiert. Überdies müssen Sie sich nicht die Hände an politischen Intrigen schmutzig machen. Da kann man natürlich gut die Nase über uns rümpfen.«

Sonnenschein sah den Kollegen bestürzt an. »Ich ... ich wollte Sie nicht angreifen. Und ich weiß auch nicht, was an meinen Worten Sie beleidigt haben sollte.«

Zu seiner Überraschung lachte Neufeld. »Das war nicht meine Meinung. Aber es ist die Ansicht vieler Kollegen, wenn es um Ihre Abteilung geht. Ich selbst bin neutral. Ich tue meine Pflicht, wo immer man mich einsetzt.«

Der Ausgang des U-Bahnhofs Uhlandstraße befand sich auf dem Mittelstreifen. Sonnenschein blieb einen Moment stehen, umbraust vom Verkehr, der rund um die Uhr über den Kurfürstendamm toste, und schaute zur Gedächtniskirche hinüber. Er war froh, hier draußen zu sein und ihre Unterhaltung gewissermaßen im Untergrund zurückzulassen. Neufeld war ihm durchaus sympathisch, aber das Gespräch hatte ihn ein wenig befangen gemacht.

»Ich komme selten in diese Gegend«, sagte er entschuldigend. »Da fühle ich mich immer ein bisschen wie ein Provinzler.«

Der Kollege stimmte zu. »Ja, hier ist eine Menge los. Ich gehe öfter im Westen aus.«

Sie überquerten den Kurfürstendamm und bogen in die Uhlandstraße ein. Neufeld zeigte nach links auf ein prächtiges, von drei Türmen gekröntes Eckhaus. »Dort war mal ›Die Rampe‹, das Kabarett von Rosa Valetti. Leider hat es vor einigen Jahren geschlossen, aber ich habe Anita Berber einmal dort gesehen. So etwas vergisst man nicht.«

Sonnenschein sah ihn überrascht von der Seite an. Er hatte nicht erwartet, dass Neufeld Spaß an politischem Kabarett und schillernden Tänzerinnen hatte, was wieder einmal bewies, dass man sich nie auf den ersten Eindruck verlassen durfte.

»Der Oberkommissar hatte mal mit einer Tänzerin zu tun, die wohl ähnlich avantgardistisch war. Das war allerdings vor meiner Zeit in der Inspektion A.«

Dann standen sie vor dem Haus, in dem der Schauspiellehrer Oleg Tarassow wohnte. Neben der Eingangstür hingen mehrere Emailleschilder. Auf einem davon stand:

OLEG TARASSOW
SCHAUSPIELUNTERRICHT
(NACH DER METHODE VON K. S. STANISLAWSKI)
2. ETAGE, UNTERRICHTSZEITEN NACH VEREINBARUNG

Das Haus war großbürgerlich, Treppen aus Marmor, ein gepflegter roter Läufer mit blankpolierten Messingstangen, ein Geländer aus honigfarbenem Holz. An der Tür im zweiten Stock war ebenfalls ein Schild angebracht, diesmal aus Messing.

Sonnenschein klingelte. Es dauerte eine Weile, bis von drinnen Schritte erklangen. Die Tür wurde von einem kleinen, korpulenten Mann geöffnet, der einen elegant gestutzten Schnurr- und Kinnbart trug. Seine dichte graue Mähne stand vom Kopf ab wie ein Heiligenschein. Er war mit einer Art Leinenkittel und einer weiten Hose aus dem gleichen Material bekleidet.

»Sprechzeit nur nach Vereinbarung«, sagte er mit russischem Akzent. »Bin mitten in Unterricht.«

Sonnenschein hielt ihm seine Dienstmarke hin. »Wir müssen dringend mit Ihnen sprechen.«

Der Mann wich zurück, schaute über die Schulter und winkte sie herein. »Wenn Augenblick warten, bitte.«

Er führte sie in ein Zimmer mit gepolsterten Stühlen, dessen Wände mit Theaterplakaten dekoriert waren, die meisten davon mit kyrillischer Schrift.

Er schloss die Tür hinter sich, dann entfernten sich seine Schritte. Einige Minuten später öffnete und schloss sich die Wohnungstür, und Tarassow trat wieder ein. »Danke für Geduld, meine Herren. Ich muss auf meinen Ruf achten.«

Er führte sie in sein Wohnzimmer, das mit weiteren Theaterplakaten und konstruktivistischen Gemälden geschmückt war. Die würden Leo gefallen, dachte Sonnenschein.

Tarassow nahm ihnen gegenüber Platz und schaute sie mit einer Mischung aus Neugier und Beunruhigung an. »Womit kann ich Ihnen dienen? Ich hatte noch nie mit Polizei zu tun.«

Sonnenschein kam gleich zur Sache. »Kennen Sie Fräulein Adele Schmidt?«

»Gewiss, ist Schülerin von mir.« Der Schauspiellehrer fuhr sich mit den Händen über die Oberschenkel und räusperte sich. Seine Brust hob und senkte sich heftig. »Was ist passiert, warum sind Sie hier?«

»Wann haben Sie sie zuletzt gesehen?«

»Nun – letzte Woche Dienstag kam sie zum Unterricht. Kommt immer dienstags um elf.«

»Wie lange kennen Sie Fräulein Schmidt schon?«, fragte Sonnenschein.

»Etwa drei Jahre. Nicht ganz, zwei Jahre, acht Monate.«

»Ist sie eine begabte Schülerin?«

Tarassow zögerte mit der Antwort, als müsste er sich die Worte genau zurechtlegen. »Hat Talent. Aber fällt ihr schwer, sich ganz in Rolle zu versenken. Ich unterrichte Stanislawski-Methode.« Es klang, als wäre das Erklärung genug, doch Sonnenscheins Blick verriet ihm wohl, dass dies nicht der Fall war.

»Konstantin Stanislawski ist der größte Schauspiellehrer, den Welt je gesehen hat«, verkündete Tarassow emphatisch. »Für ihn stehen Schauspieler im Mittelpunkt von Geschehen, immer und überall. Und um Rolle ganz und gar zu verkörpern, müssen alles einbringen, ganzes Wesen, Gefühle, Gedanken.« Er wiegte den Kopf. »Fällt Fräulein Schmidt manchmal schwer. Will spielen, aber genau das sollen Schauspieler gar nicht. Sollen *sein*. Sollen sein, was Rolle verlangt.«

»Und wie genau bewerkstelligen sie das?«, erkundigte sich Sonnenschein, der sich dem leidenschaftlichen Vortrag nicht entziehen konnte.

»Nun, müssen sich in Situation versetzen, in der ihre Gefühle und Gedanken ähnlich wie von Bühnenfigur waren. Heißt natürlich nicht, dass sie Gleiches erlebt haben müssen. Sollten aber versuchen, Gefühle nachzuvollziehen, indem sie eigene Erfahrungswelt erforschen. Wir nennen emotionales Gedächtnis, das geweckt werden muss.«

Sonnenschein merkte, wie Neufeld neben ihm unruhig wurde. Er selbst neigte dazu, auf die persönlichen Geschichten von Zeugen und Verdächtigen einzugehen, und war damit häufig erfolgreich gewesen. Wenn Menschen das Gefühl hatten, dass man ihnen wirklich zuhörte, gaben sie bereitwilliger Dinge preis.

»Danke für die Erklärung, Herr Tarassow. Hatten Sie jemals den Eindruck, dass Fräulein Schmidt bedrückt oder unglücklich war? Oder dass sie sich vor etwas oder jemandem fürchtete?«

Der Russe stand auf und lief umher, wobei er die Arme ausladend hin und her schwang. Es sah aus, als machte er eine Lockerungsübung für die Bühne. Dann blieb er stehen und drehte sich schwungvoll zu den Kriminalbeamten um. »Nein, ist fröhlicher Mensch. Vielleicht sogar zu heiter, um sich in manche Figuren zu versetzen. Ihr fällt nicht leicht, melancholisch oder gedankenschwer zu sein. Aber gibt sich immer große Mühe.«

»Hat sie bei der letzten Unterrichtsstunde etwas Ungewöhnliches gesagt? Oder hatte sie sich in letzter Zeit verändert?«, warf Neufeld ein.

»Mir ist nicht aufgefallen. Wollen Sie mir endlich sagen, warum Sie hier sind? Hatte sie Unfall? Ich habe nie Polizei im Haus gehabt und bin besorgt.«

»Fräulein Schmidt wurde am Samstagabend tot aufgefunden, und zwar im Hinterhof des Ballhauses, in dem sie als Garderobiere arbeitete«, sagte Sonnenschein.

»Nein!«, stieß Tarassow hervor. Er war blass geworden, sein Entsetzen wirkte aufrichtig. Natürlich durfte man sich nicht täuschen lassen, der Mann war Schauspiellehrer, aber bisher gab es keinen Anlass, ihm zu misstrauen. »Heißt das, sie wurde – getötet? Da Sie sind von Kriminalpolizei.«

»Wir gehen davon aus«, sagte Neufeld. »Bitte überlegen Sie noch einmal, ob es nichts gibt, das Ihnen in letzter Zeit verdächtig erschienen ist.«

Tarassow hob hilflos die Schultern. »Die kleine Adele, kann ich nicht glauben. Hatte eine Rolle in Aussicht, zwar nur ein oder zwei Sätze, aber immerhin. Ich hatte sie ihr vermittelt. Also würde ich sagen, dass noch frohgemuter war als sonst.«

»An welchem Theater hatte sie die Rolle?«, fragte Sonnenschein. Sie würden auch dort nachfragen, ob man etwas über die Tote wusste.

»Am Großen Schauspielhaus. In ein Operette.«

»War Ihre Beziehung zu Fräulein Schmidt rein beruflicher Natur?«, fragte Neufeld.

Sonnenschein zuckte ein wenig zusammen. Sie mussten danach fragen, doch der Kollege fiel für seinen Geschmack zu sehr mit der Tür ins Haus. Tarassow sah ihn empört an. »Wollen Sie andeuten, ich hätte Position als Lehrer missbraucht? Beleidigt meine Ehre. Sie hat mich bezahlt, dass ich sie unterrichte, das war alles. Unser Verhältnis war freundschaftlich, nicht mehr.«

Sonnenschein nutzte die Gelegenheit, um das Gespräch in eine andere Bahn zu lenken. »Haben Sie Fräulein Schmidt jemals in einem hellblauen Kleid mit schwarzem Spitzenmuster gesehen? Keine aufgenähte Spitze, das Muster ist aufgedruckt. Und dazu gehört eine schwarze Schärpe.«

Der Russe schüttelte den Kopf. »Habe nicht darauf geachtet, was sie bei Unterricht trägt. Aber an solches Kleid kann ich mich nicht erinnern.«

»Hat sie mal einen Freund namens Fred erwähnt? Vielleicht auch Alfred oder Manfred?«, fragte Neufeld.

»Nein, Name sagt mir nichts.«

»Vielen Dank für Ihre Hilfe«, sagte Sonnenschein, und Neufeld klappte sein Notizbuch zu. »Falls Ihnen noch etwas einfällt, rufen Sie bitte im Präsidium an. Oberkommissar Wechsler ist für den Fall zuständig.«

Tarassow begleitete sie nicht zur Tür. Sonnenschein drehte sich noch einmal um und sah, dass der Russe im Sessel saß und auf seine Hände schaute, als hätte er etwas verloren.

9

Leo hatte im Modesalon Couture de Paris angerufen und eine Beschreibung des Kleides durchgegeben. Man sagte ihm, dass in den Büchern nur Kategorien wie Kleid, Bluse oder Rock vermerkt wurden, sofern es sich nicht um eine Maßanfertigung handelte. Bei Barzahlung wurden Name und Adresse der Kunden nicht verzeichnet. Wenn man eine Fotografie des Kleides bekomme, könne man das Register der Maßanfertigungen überprüfen. Er schickte einen Kollegen mit der erbetenen Fotografie in die Fasanenstraße und beauftragte Hasselmann und Klein, alle Angestellten des Ballhauses nach dem Kleid zu fragen.

Dann widmete er sich Dr. Lehnbachs Bericht, der endlich eingetroffen war.

> »Bei der Toten handelt es sich um eine schlanke, 1,63 Meter große Frau, geschätztes Alter Mitte zwanzig. Die Tote war mit Unterwäsche, Strumpfhaltern, kunstseidenen Strümpfen, schwarzen Lederschuhen mit kleinem Absatz und Riemen über dem Spann sowie mit einem hellblauen Seidenkleid mit einer schwarzen, ebenfalls aus Seide gefertigten Schärpe bekleidet. (Die Kleidungsstücke wurden der zuständigen Abteilung der Kriminalpolizei zur weiteren Untersuchung übergeben.)

> Die Haare sind dunkelbraun, lockig und im Stil eines Bubikopfes geschnitten. Die Augenfarbe ist braun. Die Haut ist hell, ohne auffällige Narben, Muttermale oder Hämatome. Es bestehen keine äußeren Anzeichen einer Erkrankung oder starker Gewaltanwendung. Dies gilt auch für die Sexualorgane.
> Das Gesicht war mit Lippenstift, Lidschatten und leichtem Puder geschminkt.«

Leo überflog die folgenden Absätze, bis er zu den Ergebnissen der rechtsmedizinischen Untersuchung gelangte.

> »Bei der vorläufigen Untersuchung am Tatort wurde von mir ein Chloroformgeruch konstatiert, der auch bei der späteren Sektion noch wahrnehmbar war. Hautirritationen um den Mund in Form von Rötungen lassen ebenfalls auf eine Anwendung dieser Substanz schließen. In der Theorie könnten sie auch eine andere Ursache besitzen, doch in Verbindung mit dem Geruch ist die Anwendung von Chloroform als gegeben anzunehmen.
> Zu beachten sind die Hautabschürfungen, die nicht durch die Reaktion mit Chloroform verursacht wurden. Es wurden minimale Blutungen nachgewiesen, also sind die Verletzungen vor dem Tode entstanden.
> Auch wurden schwach ausgeprägte Hämatome um den Mund und an den Nasenflügeln festgestellt, als Entstehungszeitpunkt ist der Eintritt des Todes anzunehmen.
> Die letztgenannten Merkmale lassen die Theorie zu, dass der Tod durch oronasale Okklusion, d. h.

das mehr oder weniger gewaltsame Zuhalten von Mund und Nase, herbeigeführt wurde.
Es wurden keine Fasern oder anderen Materialreste im Gesicht der Toten gefunden, d. h., der Gegenstand, mit dem das Chloroform zugeführt wurde, hat keine sichtbaren Spuren hinterlassen.
Was eine mögliche Okklusion betrifft, erscheint es daher naheliegend, dass Mund und Nase mit bloßen Händen zugehalten wurden. Allerdings ist nicht ganz auszuschließen, dass ein Objekt wie ein Kissen verwendet wurde, das lediglich keine Spuren hinterlassen hat.
Weitere Befunde deuten ebenfalls auf einen Tod durch Ersticken hin, der durch oronasale Okklusion und/oder das Zuführen von Chloroformdämpfen herbeigeführt wurde.
Äußerer Befund: Es liegen erkennbare Stauungsblutungen vor, vor allem im Gesicht. Einblutungen und Petechien an Augenlidern und Mundschleimhaut. Der Befund ist eher schwach ausgeprägt, weshalb wir von einer vergleichsweise kurzen eventuellen Gewalteinwirkung ausgehen können. Dies wäre vereinbar mit einer vorherigen Betäubung mittels Chloroform, gefolgt von einer oronasalen Okklusion, die letztlich den Tod herbeiführte. Das Gesicht ist leicht gedunsen.
Innerer Befund: In Pleura und Herzbeutel finden sich Tardieu'sche Flecken, d. h. stecknadelkopfgroße Blutungen, die typisch für einen Erstickungstod sind.
Anmerkung: Es liegen keine Hinweise auf eine Perthes-Druckstauung vor, wie sie bei einem Er-

sticken durch Thoraxkompression entsteht. Somit ist davon auszugehen, dass der Tod durch die Zuführung von Chloroformdämpfen oder aber durch diese in Verbindung mit einer oronasalen Okklusion verursacht wurde. Letztere würde den Eintritt des Todes in jedem Falle rascher und sicherer herbeiführen als die reine Zuführung von Chloroform.

Schlussbefund: Der Tod erfolgte zweifelsfrei durch Ersticken (ich verweise auf meine obigen Ausführungen zu den möglichen Ursachen). Mit größter Wahrscheinlichkeit ist der Tod zwischen neun Uhr und Viertel vor zehn am Samstagabend eingetreten.

gez. Lehnbach

»Das Kleid? Hatte ihr eine Freundin geschenkt«, sagte Wolf Meinecke mit bedrückter Stimme und schaute auf seine Füße, die Hände tief in den Taschen vergraben.

Hasselmann sah ihn prüfend an. »Können Sie das genauer erläutern?«

Meinecke schluckte. »Ich … ich hab noch einen Witz gemacht, als ich sie in dem Kleid gesehen habe, von wegen, sie wäre wohl zu Geld gekommen. Adele sah immer hübsch aus, aber das Modell war schnieke, das hätte sie sich kaum leisten können.«

»Hat sie erwähnt, wer diese Freundin war?«

Der Türsteher verneinte.

Hasselmann seufzte. »Aber sie hat ausdrücklich von einer Frau gesprochen? Da war ja dieser Freund namens Fred, den sie als Pianisten empfohlen hat.«

»Sie hat Freundin gesagt, Herr Kommissar, da bin ich mir ganz sicher.« Er schaute wehmütig zur Garderobe, die um diese Tageszeit verlassen war. »Ohne Adele ist es nicht dasselbe. Sie war immer so fröhlich, da bekam man gleich bessere Laune.«

»Danke, Herr Meinecke. Sie wissen ja, falls Ihnen noch etwas einfällt –«

»Melde ich mich. Glauben Sie mir, wenn ich wüsste, wer die Kleene –« Ihm versagte die Stimme. »Und die arme Chefin. Der Mann schwerkrank, und jetzt auch noch das. Wir wollen alle nur, dass Sie den Kerl finden«, sagte er bekräftigend.

Hasselmann ging in den Saal, wo Klein mit den Bedienungen sprach, die um diese Zeit die Theke vorbereiteten.

Als Hasselmann zu ihm trat, nahm Klein ihn beiseite. »Die wissen nicht, von wem die Schmidt das Kleid hatte.«

»Meinecke auch nicht. Nur dass sie es sich selbst nicht hätte leisten können. Wer die Freundin sein könnte, weiß er auch nicht.«

»Was machen wir jetzt?« Klein blätterte im Notizbuch, klappte es wieder zu und klopfte damit auf seine flache Hand. »Wir könnten noch mal mit der Zeugin sprechen, die Fahrenhold und die Tote im Hof entdeckt hat. Irene Freund heißt sie.«

»Haben Sie die Adresse?«

»Nein, ich rufe im Büro an.«

Irene Freund öffnete die Tür, noch in Hut und Mantel, aber ohne Schuhe, und sah die beiden Kriminalbeamten überrascht an. »Oh, ich bin gerade erst nach Hause gekommen. Was gibt es denn?«

Hasselmann und Klein wiesen sich aus. »Wir halten Sie nicht lange auf, Fräulein Freund. Dürfen wir kurz eintreten?«

»Bitte.« Sie zog Hut und Mantel aus, schlüpfte wieder in ihre Schuhe und führte sie ins Wohnzimmer. Es war klein, aber hell und mit geschmackvollen modernen Möbeln eingerichtet. Vor dem Fenster stand ein Blumenhocker mit einer großen Schusterpalme darauf.

Irene Freund deutete aufs Sofa. »Nehmen Sie doch Platz.«

Sie selbst setzte sich in einen Sessel und schlug die Beine übereinander. »Ich musste heute wieder ins Büro. Leider hatte ich meinen Kolleginnen erzählt, dass ich am Samstag zu Clärchen wollte. Sie haben mich mit Fragen gelöchert. Aber ich habe nichts verraten. Das war doch richtig, oder?«

»Genau richtig«, sagte Klein. Die Zeitungen hatten natürlich große Aufmacher gebracht, aber es konnte nicht schaden, wenn Zeugen sich diskret verhielten.

»Ich kann es immer noch nicht richtig glauben. Was die Zeitungen schreiben, klingt so grell. Dabei war die ganze Angelegenheit … wie soll ich sagen … so still und traurig.«

Klein öffnete sein Notizbuch. »Wir möchten noch einmal auf die Tote zurückkommen. Als Sie Ihre Entdeckung im Hof meldeten, erwähnten Sie das Kleid, das Adele Schmidt trug. Wir gehen inzwischen davon aus, dass sie es von einer Freundin geschenkt bekommen hatte. Haben Sie zufällig gesehen, ob Fräulein Schmidt an diesem Abend freundschaftlich mit einer Frau umging? Vielleicht mit einem Gast?«

»Ich habe nur meinen Mantel bei ihr abgegeben«, erwiderte Irene. »Wir haben ein paar Worte gewechselt, das war alles. Als ich sie das nächste Mal sah, war sie tot.«

»Aber das Kleid ist Ihnen aufgefallen. Sie haben es gleich erwähnt.«

»Gewiss. Vielleicht weil das Muster so ungewöhnlich war. Allerdings stand ich auch unter Schock und habe wohl einfach drauflosgeredet.«

»Und vorher an der Garderobe hatten Sie es nicht bemerkt?«

»Nein.« Sie wirkte etwas verlegen. »Nichts für ungut, aber sie war eben die Garderobiere, die meinen Mantel entgegengenommen hat. Und hinter dem Garderobenschalter habe ich ohnehin nur ihren Oberkörper gesehen. Erst als ich sie da draußen liegen sah, auf dem Kies, neben sich den weinenden Mann, ist mir das Kleid ins Auge gesprungen.«

Hasselmann kam noch ein Gedanke. »Haben Sie auf die Kapelle geachtet?«

Irene Freund lächelte flüchtig. »Na ja, mein Begleiter und ich haben uns über den Sänger amüsiert. Was ihm an Stimme fehlte, glich er durch Leidenschaft aus. Und der Mann am Klavier war ganz süß.«

»Wann haben Sie den Pianisten zuletzt gesehen?«, fragte Klein. »Hat er die Orchesternische irgendwann verlassen?«

Sie wurde rot. »Nun, Herr Weißbarth und ich haben ein bisschen geflirtet, er war ziemlich charmant. Da habe ich nicht mehr auf die Musiker geachtet.«

»Danke, Fräulein Freund.«

Auf der Treppe seufzte Hasselmann. »Den Weg hätten wir uns sparen können.«

»Da ist ja mein Clärchen«, sagte Fritz und wandte ihr langsam den Kopf zu. Er saß im Sessel und hatte trotz des warmen Wetters eine Decke über den Beinen. Seit er krank war, fror er immerzu. »Gibt es was Neues?« Er streckte ihr die Hand entgegen, stand aber nicht auf, da ihn jede noch so kleine Bewegung anstrengte.

Clara Bühler küsste ihren Mann auf die Stirn und setzte sich zu ihm auf die Sessellehne. »Die Polizei war wieder da, sie stellen viele Fragen.«

»Nun, das ist kein Wunder. Die arme Adele. Ich hoffe nur, dass nicht einer unserer Gäste ihr das angetan hat.«

»Der Mörder kann von überallher gekommen sein, Fritz, er muss kein Gast gewesen sein. Es wäre sogar möglich, dass er über die Mauer vom Krankenhaus gestiegen ist.«

»Und wie geht es jetzt weiter?«

»Sie haben alles untersucht. Wir dürfen wieder öffnen. Mal sehen, wie viele Leute kommen«, fügte Clara zweifelnd hinzu.

»Mach dir mal keine Sorgen, Clärchen. Unsere Gäste sind treu. Und wer es nicht ist, kommt aus Neugier. Du kennst die Berliner, die lassen sich keine Sensation entgehen.«

Clärchen räusperte sich. »Ich habe ein komisches Gefühl wegen diesem Pianisten«, sagte sie. »Adele hat ihn mir empfohlen. Wenn mit ihm nun was nicht stimmte? Ich habe mir nicht mal seinen Nachnamen und die Adresse geben lassen.«

Er drückte ihre Hand. »Wir saßen doch in der Klemme, nachdem Albert plötzlich auf und davon war. Außerdem hat dieser Fred ein Alibi, das hast du selbst gesagt.«

Sie sah immer noch sorgenvoll aus. »Ja, ich weiß. Aber dass er ausgerechnet an dem Abend, an dem Adele sterben musste, zum ersten Mal bei uns gespielt hat, gefällt mir nicht.«

»Es war bestimmt nur Zufall. Niemand kann dir einen Vorwurf machen, dass du ihn in die Kapelle genommen hast. Hör zu, ich habe eine prima Idee«, sagte Fritz, griff nach Clärchens Kinn und drehte ihren Kopf zu sich. »Wie wäre es, wenn wir Reklame fürs Ballhaus am Automobil anbringen? Und dann lässt du dich darin umherfahren. *Clärchens Ballhaus – bei uns gehn nie die Lichter aus*. Was hältst du davon?«

Sie sah ihren Mann an. »Ich weiß nicht … Die arme Adele ist noch nicht mal unter der Erde.«

Fritz atmete schwer, das Gespräch strengte ihn sichtlich an. »Es geht um unsere Zukunft, nicht nur deine und meine und die unserer kleinen Margarete, sondern um die aller Leute, die für uns arbeiten. Niemand darf glauben, es sei gefährlich, bei Clärchen zu tanzen. Noch besser wär's, wenn du selbst mit dem Auto durch die Stadt fährst.«

Clara hatte erst vor wenigen Wochen ihren Führerschein gemacht und war noch unsicher, wenn sie das große Gefährt durch die schmalen Straßen des Viertels steuerte.

»Ich überlege es mir. Wir können nur hoffen, dass die Polizei schnell herausfindet, wer das getan hat. Erst dann werden sich die Leute bei uns wirklich sicher fühlen.«

Fritz umschloss ihre Hände mit seinen und legte seine ganze Kraft in die Berührung. »Ohne dich wäre das Ballhaus nicht, was es ist. Auf den Papieren mag mein Name stehen, aber du hast hier das Sagen. Und ich vertraue dir.«

Clara schluckte die Tränen hinunter. Fritz mochte so tun, als ginge es um Adeles Tod und was er für das Ballhaus bedeutete. Sie selbst aber wusste, dass er an die Zeit dachte, in der er nicht mehr da sein würde. Und dass diese Zeit nicht mehr so fern war.

10

Leo nutzte die nächste Gelegenheit, um das Büro zu verlassen, und machte sich zu Fuß auf den Weg. An den Lärm der Baustelle am Alexanderplatz, der auch im Büro zu hören war, hatte er sich mittlerweile fast gewöhnt. Rechts von ihm gähnte ein riesiges Loch im Boden, wo die neue U-Bahn-Linie entstand, und die Luft vibrierte, sang im Rhythmus der Presslufthämmer und der Züge, die über die Brücke in den Bahnhof ratterten. Die Berliner ließen sich nicht beirren, suchten ihren Weg zwischen Lattenzäunen und Absperrungen hindurch, wie Wasser, das die Kiesel im Bachbett umspült.

Er lief gerne durch die Stadt, wenn es die Zeit erlaubte, weil es ihm einen klaren Kopf verschaffte. Der Bericht des Gerichtsarztes war aufschlussreich gewesen, wenngleich die Todesursache nach wie vor nicht eindeutig war.

Der Weg zum Chemischen Labor Dr. Friedrich in der Kaiserstraße war nicht weit. Da die Polizei bisher kein eigenes Labor besaß, arbeitete man regelmäßig mit dem Institut zusammen. Sie hatten gute Erfahrungen damit gemacht, doch Leo hoffte, dass man irgendwann ein eigenes Polizeilabor einrichten würde, und nahm sich vor, es Gennat gelegentlich vorzuschlagen. Für Fortschritt war der Chef stets zu haben.

Den Mann, der ihn im Labor empfing, hatte er schon gelegentlich im Präsidium gesehen. Er hatte eine Halbglatze, die er unter den sorgfältig zurechtgekämmten restlichen Haaren zu verbergen suchte, und trug eine randlose Brille, die sein Gesicht ein bisschen verwaschen aussehen ließ. Leo schätzte ihn auf Mitte dreißig.

»Mein Name ist Hartmann, ich bin Chemiker hier. Ich nehme an, Sie kommen wegen der Hautprobe, die uns Dr. Lehnbach geschickt hat?«

»So ist es.«

»Wenn Sie bitte mitkommen möchten, Herr Oberkommissar.«

Hartmann führte ihn durch einen Flur, dessen linke Wand verglast war. Man blickte in große, helle Laborräume, in denen Männer und Frauen in Kitteln über Mikroskope gebeugt saßen und an Arbeitstischen standen, die mit den unterschiedlichsten Apparaturen versehen waren.

»Bitte treten Sie ein.«

Das Dienstzimmer war klein und wirkte mit seiner dunklen Täfelung deutlich altmodischer als die hellen Laborräume. Hartmann holte eine Mappe aus einer Schublade und blätterte sie umständlich durch.

»Haben Sie Spuren von Chloroform gefunden?«, fragte Leo, um die Sache in Gang zu bringen.

Der Chemiker nickte gewichtig. »Das habe ich in der Tat. Sie sind schwach, aber dennoch nachweisbar. Hätte es keinen Kontakt mit der Substanz gegeben, würde man diese auch nicht am Körper finden. Aber Chloroform – oder Trichlormethan, wie die korrekte chemische Bezeichnung lautet – gehört nicht zu den Stoffen, mit denen man im Alltag in Berührung kommt.« Er zögerte. »Das hätte ich Ihnen allerdings auch am Telefon sagen können. Dafür mussten Sie sich nicht herbemühen.«

Leo würde diesem Pedanten nicht auf die Nase binden, dass ihm nach einem Spaziergang gewesen war. Außerdem hatte er weitere Fragen. »Wie sieht es mit der Beschaffung aus? Ist Chloroform frei verkäuflich?«

»Nach der immer noch geltenden kaiserlichen Verordnung über den Verkehr mit Arzneimitteln aus dem Jahre 1901 ist der Verkauf nur in Apotheken gestattet«, erklärte Hartmann sogleich.

»Gut, die werden wir dann wohl überprüfen müssen.«

»Augenblick, ich war noch nicht fertig, Herr Oberkommissar«, unterbrach ihn der Chemiker höflich. »Verfügbar ist Chloroform auch im chemischen Großhandel, der zum Verkauf an Apotheken und Krankenhäuser berechtigt ist, und natürlich in Krankenhäusern und Arztpraxen. Und in Laboratorien wie dem unseren.«

Leo seufzte. »Mit anderen Worten, der Täter kann die Substanz aus einer Vielzahl von Quellen bezogen haben.«

»So ist es. Und Sie sollten eine weitere Möglichkeit bedenken – er könnte sie auch selbst hergestellt haben.«

»Geht so etwas daheim in der eigenen Küche?«

»Das nun nicht«, sagte Hartmann lächelnd. »Eine gewisse Laborausstattung ist schon erforderlich, kann aber privat zusammengestellt werden, notfalls auch von einem fachkundigen Laien. Ausgangssubstanzen sind Chlorkalk und Ethanol, die kann man sich ohne größere Probleme beschaffen.«

»Man kann also aus der Verwendung des Mittels keinerlei Rückschlüsse auf den Täter ziehen?«, fragte Leo leicht resigniert.

Hartmann schloss die Mappe und legte sie vor sich auf den Tisch, genau parallel zur Tischkante.

»Nun, zumindest muss der Täter nicht zwingend Apotheker, Arzt oder Chemiker gewesen sein. Dieses Wissen kann man sich autodidaktisch aneignen.«

»Das heißt, auch wenn wir in sämtlichen Berliner Apotheken, Labors und Krankenhäusern nachfragen, kann es sein, dass uns der Täter gar nicht begegnet.«

»Ich fürchte, so ist es«, sagte der Chemiker.

Leo seufzte. »Besten Dank, Herr Hartmann. Wir werden es dennoch versuchen. Vielleicht haben wir auf diesem Weg Erfolg, ähnlich wie im letzten Jahr. Da hatten wir einen Fall, in dem Capsaicin verwendet wurde.«

»Wie ungewöhnlich«, sagte der Chemiker interessiert. »Aber nicht als Mordwaffe, oder?«

»Der Täter hat einen Anschlag verübt, indem er Kleider damit vergiftete. Zum Glück kam niemand ums Leben.«

»Höchst ausgefallen. Diese Substanz ist natürlich viel seltener als Chloroform und äußerst schwierig zu extrahieren.«

Leo erhob sich. »Sollte Ihnen noch etwas einfallen, melden Sie sich bitte bei uns in der Inspektion A.«

»Mit Vergnügen, Herr Oberkommissar.«

Als Leo den Raum verließ, hörte er, wie der Chemiker leise »Capsaicin, na so was« vor sich hin murmelte.

Im Büro erwartete ihn eine Nachricht aus dem Modesalon Couture de Paris. Man könne auf den ersten Blick sagen, dass das Kleid keine Maßanfertigung gewesen sei, sondern zur hauseigenen Kollektion gehöre. Es stamme aus dem Jahr 1926, sei aus Seide gefertigt und seinerzeit zum Preis von 250 Mark verkauft worden. Leider könne man nicht mehr nachvollziehen, wer dieses Kleid erworben habe.

250 Mark, dachte Leo, ein Vermögen für Adele Schmidt. Selbst wenn sie es gebraucht gekauft hätte, musste es fast unerschwinglich für sie gewesen sein. Also doch ein Geschenk?

Die Antwort lieferten Hasselmann und Klein.

»Sie hatte das Kleid von einer Freundin? Immerhin sind wir einen Schritt weiter«, sagte Leo. »Wir müssen diese Frau unbedingt finden.«

»Der Ausflug zu Irene Freund hat leider nicht so viel ergeben, wie wir gehofft hatten«, sagte Klein.

»Immerhin wissen wir jetzt, dass der Pianist klein, schmal, dunkelhaarig und so attraktiv war, dass ihn eine Frau als ›süß‹ bezeichnen würde«, sagte Leo belustigt, wurde dann aber wieder ernst. »Leider dürfte das kaum dazu beitragen, ihn zu finden.«

»Kommen wir noch einmal auf das Kleid zurück«, warf Sonnenschein ein. »Adele Schmidt trug ein auffälliges Kleid, das ihr ursprünglich nicht gehörte. Wenn der Täter es nun gar nicht auf sie abgesehen hatte?«

»Dann wäre womöglich die Freundin, die Adele Schmidt das Kleid geschenkt hat, sein eigentliches Ziel gewesen«, sagte Leo.

Klein wiegte den Kopf. »Welcher Mann verwechselt denn zwei Frauen, nur weil sie das gleiche Kleid tragen?«

»Das kann durchaus passieren«, entgegnete Leo. »Erstens: Der Hof war nicht sonderlich gut beleuchtet. Zweitens: Der Täter stand unter Druck, da er jeden Moment entdeckt werden konnte. Drittens, und das erscheint mir am wichtigsten: Er könnte erst im Verlauf der Tat gemerkt haben, dass er die falsche Frau erwischt hat. Mitnehmen kann er sie nicht, muss aber verhindern, dass sie aussagt. Wer weiß, vielleicht hat sie sein Gesicht gesehen, ihn sogar erkannt. Also nutzt er es aus, dass sie durch das Chloroform bereits betäubt ist, und hält ihr Mund und Nase zu, bis sie nicht mehr atmet.«

Einen Moment schwiegen alle. Dann begannen die Kollegen zu nicken, auch Klein.

»Es würde alle Indizien erklären, die uns bislang vorliegen«, sagte Sonnenschein.

»Wir müssen diese Freundin ausfindig machen«, sagte Leo. »Ich fahre in die Wohnung von Adele Schmidt. Morgen früh besprechen wir alles Weitere. Aber wir müssen in alle Richtungen ermitteln. Jakob, du überprüfst in der Zentralkartei sämtliche Fälle, in denen Chloroform zum Einsatz gekommen ist.«

»In Berlin?«

»Im ganzen Reich.«

Die Todesermittlungskartei, die offiziell »Zentralkartei für Mordsachen« hieß, hatte Ernst Gennat persönlich eingeführt. Sie war sein ganzer Stolz. In einem eigens dafür bereitgestellten Raum sammelte er Originalakten, Fahndungsplakate, Zeitungsartikel und weiteres Material über Mordfälle, die sich in ganz Deutschland zugetragen hatten. Man erzählte sich hinter vorgehaltener Hand, er leihe sich gern alle möglichen Unterlagen aus und nehme es mit der Rückgabe nicht so genau. Auf diese Weise hatte er eine eindrucksvolle Menge an Material zusammengetragen, die ständig weiterwuchs. Auch wurde verzeichnet, mit welchen Maßnahmen die Kriminalpolizei erfolgreich gewesen war und mit welchen nicht. So ließ sich überprüfen, wie sie ihre Arbeitsweise noch verbessern konnte. Sonnenschein wusste, dass man ihre Inspektion in ganz Deutschland um diese Sammlung beneidete.

Der Raum wurde durch ein großes Fenster und mehrere Kugellampen erhellt, die von der Decke hingen. An den Längsseiten befanden sich Regale voller Aktenordner und Mappen. In der Mitte stand ein langer Arbeitstisch mit Stühlen, dahinter ein halbhoher Schrank mit zahlreichen Karteikästen. An einem Tisch in der Ecke saß Kriminalassistent Otto Knauf, der die Zentralkartei betreute.

»Tag, Herr Kriminalsekretär, womit kann ich dienen?«, fragte Knauf.

Sonnenschein schloss die Tür hinter sich und zog einen Stuhl heran. »Ich suche nach Fällen aus dem gesamten Reichsgebiet, in denen Chloroform verwendet wurde.«

Knauf überlegte eine Weile, erhob sich dann bedächtig und trat an den Karteischrank. Er zog einige Schubladen heraus, blätterte und stellte schließlich zwei Karteikästen vor Sonnenschein hin. Einer trug die Aufschrift »Todesfälle/Betäubungsmittel«, auf dem anderen war »Gewaltverbrechen/Chloroform: Raub- und Sittlichkeitsdelikte« vermerkt.

»Keine Sorge, es ist weniger, als es aussieht«, fühlte er sich bemüßigt zu sagen.

Er kehrte an seinen Schreibtisch zurück. Sonnenschein zog den ersten Karteikasten heran und begann mit der Suche, die tatsächlich nicht viel ergab: Es fanden sich nur drei Unglücksfälle, in denen Chloroform bei vorbelasteten Patienten zu Herzrhythmusstörungen geführt hatte, an denen sie verstorben waren. Diese Fälle konnte er getrost außen vor lassen. Die übrigen bezogen sich auf andere Schlaf- und Betäubungsmittel.

Sonnenschein zog den zweiten Kasten heran, der besser gefüllt war, und ging zunächst die Abteilung Raubdelikte sorgfältig durch. Es fand sich eine beträchtliche Anzahl von Überfällen, bei denen man die Opfer auf der Straße, in ihrem Geschäft oder eigenen Haus betäubt und bestohlen hatte. Alle waren mit dem Leben davongekommen. In keinem der Fälle, auch nicht in den unaufgeklärten, war irgendeine Verbindung zum Fall Adele Schmidt ersichtlich.

Also weiter zur Kategorie »Sittlichkeitsdelikte«. Er stieß

einen leisen Pfiff aus, als er auf drei gefaltete Zeitungsartikel stieß, die alle aus Frankfurt am Main stammten: einer vom Oktober 1921, die beiden anderen von August und September 1922.

> Wie erst jetzt bekannt wurde, kam es bereits vor zwei Wochen in der Nähe des Zoologischen Gartens zu einem Überfall. Eine junge Frau wurde in ein Gebüsch gezerrt und mit Chloroform betäubt. Danach verging sich der Täter an ihr. Die Frau meldete sich erst verspätet bei der Polizei, aus Schamgefühl, wie sie erklärte. Sie könne sich an nichts erinnern und den Täter auch nicht beschreiben, da er sie von hinten angegriffen habe. Die Polizei fordert mögliche Zeugen auf, sich zu melden.

Der Vorfall vom August 1922 klang ähnlich. Zwar hatte er sich in einer anderen Grünanlage zugetragen, die Vorgehensweise war jedoch sehr ähnlich. Auch hier konnte sich die Frau an nichts erinnern und hatte den Täter nicht gesehen, da er sich ebenfalls von hinten genähert hatte. Wieder gab es keine Zeugen und keine Hinweise an die Polizei.

Der dritte Fall war noch schwerwiegender verlaufen.

> Wie schon im vergangenen Monat kam es erneut zu einem Angriff auf eine Frau, die mit Chloroform betäubt und missbraucht wurde. In diesem Fall trat jedoch infolge der körperlichen Schäden der Tod ein. Das Tatopfer wurde nach Auffinden mit schweren Atembeschwerden ins Krankenhaus eingeliefert, wo sie drei Tage später verstarb. Die Obduktion ergab, dass die Frau an Asthma litt,

> was die Wirkung des Chloroforms verstärkt hatte – mit schwerwiegenden Folgen.
> Die Fahndung nach dem Täter gestaltet sich weiterhin schwierig, da keine der Frauen den Angreifer gesehen oder erkannt hat beziehungsweise verstorben ist, ohne sich zum Tathergang äußern zu können. Der Täter, den manche das »Phantom von Frankfurt« nennen, näherte sich in allen drei Fällen von hinten. Es fanden sich keine Tatzeugen und keine sonstigen Hinweise aus der Bevölkerung.

Weitere Unterlagen gab es nicht. Wie es aussah, hatte man den Täter nicht gefasst.

Sonnenschein machte sich Notizen, bedankte sich bei Knauf und verließ den Raum. Ein Anruf bei den Kollegen in Frankfurt konnte nicht schaden, große Hoffnungen machte er sich jedoch nicht. Bis auf das Chloroform wiesen die Fälle keinerlei Ähnlichkeit mit dem Mord an Adele Schmidt auf.

11

Es war keine Wohnung, sondern ein möbliertes Zimmer in der Dunckerstraße in Prenzlauer Berg. Das Mietshaus war groß und grau, im Flur standen Kinderwagen, ein kaputter Roller und drei Bollerwagen, von denen einer nur noch drei Räder hatte. Die Wohnung im zweiten Stock war mit einem schwarzgerahmten Emailleschild als *Pension Mathilde Radtke* ausgewiesen. Auf Leos Klingeln öffnete eine magere Frau mit blassem Gesicht, die die Haare streng nach hinten gesteckt trug und ihn misstrauisch ansah.

Als er seine Dienstmarke vorzeigte, trat sie zurück und winkte ihn herein. »Gut, dass man Sie geschickt hat.«

»Geschickt?«, fragte Leo überrascht. Sie standen in einem engen, kahlen Flur, von dem mehrere mit Zahlen versehene Türen abgingen. Frau Radtke hielt auf Ordnung, wie es schien.

»Ich war doch gestern Abend auf der Wache.« Sie führte ihn ins Wohnzimmer am Ende des Flurs. »Fräulein Schmidt ist nicht nach Hause gekommen.«

»Bitte nehmen Sie Platz, Frau Radtke«, sagte Leo und deutete auf einen Sessel. Sie schien es nicht gewöhnt, in ihrer eigenen Wohnung Anweisungen entgegenzunehmen, gehorchte aber.

»Diese Meldung hat mich nicht erreicht, aber Sie haben recht, ich bin wegen Fräulein Schmidt gekommen. Es tut mir leid, Ihnen sagen zu müssen, dass sie tot ist.«

Frau Radtkes Kopf schoss hoch. »Was soll das heißen? Hat sie einen Unfall gehabt?«

Sehe ich aus wie ein Verkehrspolizist?, dachte Leo bei sich. »Nein, ich bin von der Kriminalpolizei. Vielleicht haben Sie in der Zeitung gesehen, dass am Samstagabend die Garderobiere eines Ballhauses in der Auguststraße getötet wurde.«

»Ich halte nichts von Zeitungen«, erklärte Frau Radtke kategorisch. »Da steht viel zu viel Unsinn drin.«

»Manchmal aber auch die Wahrheit. Die Tote ist Ihre Mieterin, Fräulein Adele Schmidt.«

»Soll das heißen, es war ein Verbrechen?« Frau Radtke legte eine Hand auf die Brust, als müsste sie ihr Herz beruhigen. Leo las aber auch Neugier in ihren Augen. Vermutlich würde sie zu ihren Nachbarn stürzen, sowie er sich verabschiedet hatte.

»Wie es aussieht, ja.« Er holte das Notizbuch heraus. »Wie lange hat sie bei Ihnen gewohnt?«

»Etwa drei Jahre. Wie ist das denn passiert? Sie war immer eine saubere, anständige Mieterin.«

Ohne darauf einzugehen, fragte Leo weiter: »Wie ist sie zu diesem Zimmer gekommen?«

»Ich hatte in einigen guten Geschäften einen Zettel ausgehängt, weil ich eine neue Mieterin suchte. Aber nicht irgendjemanden, es sollte eine ordentliche Person sein. Sauber und anständig.« Das schienen ihre Lieblingsadjektive zu sein.

»Hat Fräulein Schmidt hier Besuch empfangen? Einen jungen Herrn, klein, schlank, dunkelhaarig?«

Die Vermieterin sah ihn empört an. »Wie ich schon sagte …«

»Ich weiß, bei Ihnen geht es sauber und anständig zu. Bitte

beantworten Sie dennoch meine Frage. Der Mann könnte Fred, vielleicht Alfred oder Manfred geheißen haben.«

Sie schüttelte nachdrücklich den Kopf. »Nein. Keine Herrenbesuche.«

»Bitte überlegen Sie genau. Hat sie je den Namen Fred erwähnt?«

Nachdem der erste Schock vergangen war, schien sich Frau Radtke in ihrer Wichtigkeit zu sonnen. Sie könne beschwören, dass Fräulein Schmidt in *ihrer* Pension keinen Herrn empfangen habe. Sie sei allerdings ein paarmal von einem jungen Mann abgeholt worden, der draußen auf der Straße wartete. Sie habe es zufällig durchs Fenster gesehen.

»Können Sie ihn näher beschreiben?«

»Blond, ziemlich groß und kräftig. Ende zwanzig, würde ich sagen. Er war ein Arbeiter, kein Büroangestellter. Er trug eine Schirmmütze und einen Pullover unter der Jacke, nichts Elegantes.«

»Wann haben Sie den Mann zuletzt gesehen?«

»Das ist schon eine Weile her, bestimmt fünf, sechs Monate.«

»Und das war der einzige Mann, mit dem Sie Fräulein Schmidt gesehen haben?«

»So ist es.«

»Wie steht es mit Freundinnen? Ich nehme an, Damenbesuch ist erlaubt«, fügte er mit einer Ironie hinzu, die Frau Radtke völlig entging.

»Fräulein Schmidt blieb eher für sich. Außerdem ist das Zimmer recht klein, es eignet sich nicht, um dort Besuch zu empfangen. Einmal war eine Kollegin aus dem Ballhaus da, ich glaube, sie hieß Hilde. Sie haben im Wohnzimmer Kaffee getrunken, Fräulein Schmidt hatte mich vorher um Erlaubnis gefragt. Die beiden haben sich sehr gut benommen, da kann man nichts sagen.«

»Haben Sie einmal ein blaues Kleid mit schwarzem Spitzenmuster bei Adele Schmidt gesehen?«

Sie beugte sich vor und drückte die Hände auf die Knie. »Ist das wichtig?«

»Möglicherweise.«

»Also, wo Sie es erwähnen: Ich bin am Samstagmorgen in ihr Zimmer gegangen. Sie war noch im Bett, das kam häufig vor, weil sie ja spätabends arbeitete. Aber es half nichts, ich musste die Fenster putzen. Und da habe ich gesehen, dass ein solches Kleid am Schrank hing, auf einem Holzbügel. Ich habe noch gesagt, da haben Sie aber ein schönes Kleid.«

»Hat Fräulein Schmidt etwas dazu gesagt?«

»Nur dass es ein Geschenk war.«

»Können Sie mir sonst noch etwas dazu sagen?«

Frau Radtke schaute ihn dramatisch an, als bereite sie einen großen Auftritt vor. Dann verkündete sie geradezu atemlos: »Sie hat es getragen, als sie am Samstag aus dem Haus gegangen ist. Ich habe mich noch gewundert, warum sie sich für die Arbeit so fein macht.« Unheilschwangere Pause. »Ist sie etwa in dem Kleid gestorben?«

Leo ignorierte die Frage und ließ sich stattdessen das Zimmer der Toten zeigen. Er schloss die Tür hinter sich, obwohl die Vermieterin noch auf der Schwelle stand. Ihre neugierigen Augen konnte er nicht gebrauchen.

Das Zimmer war tatsächlich klein, aber freundlich eingerichtet. Auf dem Metallbett lag eine bunte Flickendecke. An der Wand darüber hingen einige impressionistische Drucke, die Blumen zeigten, und Fotos von bekannten Schauspielerinnen wie Elisabeth Bergner und Tilla Durieux. Auf dem Nachttisch stand ein Wecker, daneben ein Foto von

Fräulein Schmidts Eltern. An der rechten Wand ein Kleiderschrank, dahinter zwei Sessel und ein winziger runder Tisch, auf dem eine Vase mit halb verwelkten Blumen stand. Eine hölzerne Ablage unter dem Fenster diente als Bücherregal.

Er seufzte leise. Ein Zimmer, das die meisten für karg, ja ärmlich halten würden – und doch war Adele Schmidt allem Vernehmen nach ein fröhlicher, lebensbejahender Mensch gewesen. Ob sie es wohl als Schauspielerin geschafft hätte, wenn nicht jemand brutal ihren Lebensfaden durchschnitten hätte? Oder hätte ihr ein Leben in wechselnden ärmlichen Pensionen bevorgestanden?

Leo kniete sich hin. Bücher sagten viel über einen Menschen aus, und auch hier wurde er nicht enttäuscht. Eine Gesamtausgabe von Shakespeare, Schillers Dramen, Tschechow, Ibsen, Strindberg. Einige Werke über Schauspieltheorie, darunter ein Büchlein von Goethe mit dem Titel *Regeln für Schauspieler*. Außerdem eine Theaterzeitschrift, auf der stand: *Die Kunst Stanislawskis*. Diesen Namen hatte der Schauspiellehrer erwähnt. Es passte zu dem, was sie bisher über Adele Schmidt wussten.

Leo zog Handschuhe über und öffnete die Nachttischschublade: ein Stapel saubere, gebügelte Taschentücher, Pastillen gegen Halsschmerzen, ein Lavendelkissen. Er schlug die Bettdecke zurück. Darunter lag ein ordentlich gefaltetes Nachthemd aus weißem Batist.

Er wandte sich zum Schrank, an dem noch der Kleiderbügel hing, und legte den Bügel vorsichtig aufs Bett. Dann öffnete er die Schranktüren. Links befand sich eine Stange, an der mehrere Kleider, zwei Strickjacken, drei Blusen und zwei Faltenröcke hingen. Er schaute sich die Sachen prüfend an. Alles war recht modern und von vernünftiger Qualität, aber keines der Kleidungsstücke sah aus, als stammte es aus einem eleganten Modesalon oder einer Maßschneiderei. In den Fächern lagen einige Pullover, außerdem Halstücher, Unterwäsche, Strumpfhalter und Strümpfe. Der Schrank duftete nach Lavendel, und er entdeckte einige Säckchen, die zwischen der Wäsche verteilt waren. In einem separaten Fach hatte die Tote ihren Monatsgürtel und Stoffbinden aufbewahrt.

Leo trat einen Schritt zurück. Nichts an dem Schrank war auffällig; er enthielt die Garderobe, die man bei einer jungen Frau mit bescheidenen Mitteln erwarten konnte, die auf ihr Äußeres achtete.

Neben der Tür stand eine kleine Frisierkommode, darauf zwei Fläschchen mit preisgünstigem Parfüm. In der Schublade lagen Kamm und Bürste, Haarklammern, Puder und einige Kosmetikartikel. Auch hier deutete nichts auf einen ausgefallenen Geschmack oder teure Dinge hin, die Adele Schmidt sich von ihrem Gehalt nicht hätte leisten können.

In der Schublade darunter fand er einige Briefe, die meisten von ihren Eltern, dazu einige von einer Tante aus Stralsund und einer Freundin, die offenbar nach Köln gezogen war.

Leo schaute sich noch einmal langsam um. Irgendetwas in diesem Zimmer musste ihm doch einen Hinweis liefern. Entweder hatte Adele Schmidt sterben sollen oder aber die Frau, deren Kleid sie getragen hatte. Er wollte schon aufgeben und die Briefe einpacken, als sein Blick auf etwas Weißes fiel, das unter dem Kleiderschrank hervorschaute.

Ein Stück Papier, von dem gerade nur die Ecke sichtbar war.

Es war ein kleines Blatt, aus einem Notizbuch gerissen, auf dem nur vier Worte standen:

Danke für alles! Lotte.

Er ging hinaus und zeigte Frau Radtke den Zettel, worauf diese mit der üblichen Entschiedenheit erklärte, die Schrift sei ihr nicht bekannt und eine Lotte auch nicht.

Natürlich hätte Leo nach Hause fahren und am nächsten Morgen ins Ballhaus gehen können, doch der Zettel brannte ihm in der Tasche. Er hatte genau unter dem Bügel gelegen, der außen am Kleiderschrank hing. Der Zettel hatte ein Loch, als hätte man ihn irgendwo festgesteckt, und auch die Worte ließen vermuten, dass er von der Freundin stammte, die Adele Schmidt das Kleid geschenkt hatte. Der Freundin, auf die es der Täter womöglich eigentlich abgesehen hatte – und die mit Vornamen Lotte hieß.

Kurzentschlossen fuhr Leo in die Auguststraße. Als er den Hinterhof betrat, klang ihm beschwingte Tanzmusik entgegen. Die Fenster des Ballhauses waren erleuchtet, vor der Tür warteten Leute. Wollten sie einfach nur tanzen, oder hatte die Sensation sie angelockt? Überlief sie ein wohliges Schaudern, weil wenige Meter von dort, wo man sich im Tanz drehte, ein Verbrechen geschehen war? Leo musste an das Schauertheater denken, in dem sie vor wenigen Monaten ermittelt hatten. Dort war man dem Grauen so nahegekommen, wie es nur ging, ohne wirklich davon berührt zu werden, und die Menschen waren hingeströmt.

Er schob sich an den Wartenden vorbei und grüßte Wolf Meinecke, der wieder seinen Platz an der Tür eingenommen hatte. Die Leute murrten, weil sie Leo für einen ungeduldigen Gast hielten, doch der Türsteher hob die Hand. »Freunde, der Herr ist von der Kripo, der hat hier zu tun.«

Leo holte den Zettel aus der Tasche und fragte Meinecke, ob er die Handschrift kenne.

»Nee. Sind aber auch nur ’n paar Wörter.« Dann stutzte

er. »Hat das mit dem Mord zu tun?« Er sprach leise, damit die Umstehenden ihn nicht hörten.

Drinnen im Saal wurde eine Polka angestimmt, und Leo musste ihm ins Ohr sprechen. »Der Zettel stammt vermutlich von der Freundin, die Adele Schmidt das Kleid geschenkt hat. Hat sie mal eine Frau namens Lotte erwähnt?«

»Bedaure, nein, Herr Oberkommissar. Ich hätte Ihnen wirklich gern geholfen.«

An der Garderobe bediente heute Hilde Weber.

»Ich bin hier eingesprungen, bis die Chefin jemand Neues findet.«

Er zeigte ihr den Zettel, doch auch Fräulein Weber wusste nichts von einer Lotte. Sie bestätigte, dass sie einmal zum Kaffee bei Adele gewesen sei und die Zimmerwirtin ziemlich aufdringlich gefunden habe.

Leo machte die Runde durchs Ballhaus, zeigte den Zettel an der Theke vor, hielt ihn allen Kellnerinnen und Kellnern und auch Clara Bühler persönlich hin.

Zuletzt begab er sich zur Kapelle und wartete, bis das Stück vorbei war. Die Gäste verließen die Tanzfläche und nahmen an den Tischen Platz, wo ihnen sogleich Getränke serviert wurden. An einem bemerkte er Joachim Weißbarth, den Eintänzer, der am Samstagabend mit Irene Freund zusammen gewesen war.

Keiner der Musiker kannte eine Lotte, die mit Adele Schmidt befreundet gewesen war. Resigniert steckte Leo seinen Zettel wieder ein.

Die Kapelle stimmte einen Slowfox an, und im Gehen hörte er noch den unsterblichen Refrain des Schlagers.

Ich reiß mir eine Wimper aus und stech dich damit tot.
Dann nehm ich einen Lippenstift und mal dich damit rot.
Und wenn du dann noch böse bist, weiß ich nur einen Rat:
Ich bestelle mir ein Spiegelei und bespritz dich mit Spinat.

Er war schon fast zur Saaltür hinaus, als ihm jemand auf die Schulter tippte. Leo drehte sich um und sah sich Joachim Weißbarth gegenüber. Sie gingen in den Vorraum, wo es etwas leiser war.

Der Eintänzer sah ihn leicht verlegen an. »Haben Sie schon Fortschritte gemacht?«

»Darüber kann ich keine Auskunft geben«, erwiderte Leo. »Aber falls Ihnen noch etwas eingefallen ist, bin ich ganz Ohr.«

Weißbarth zögerte. »Nein, das nicht. Es ist nur ... ich will nicht pietätlos klingen, aber ich habe einen wunderbaren Samstagabend mit der Dame verbracht, die unseren Walter bei der Toten entdeckt hat.« Er räusperte sich. »Es war nicht nur beruflich, wenn Sie mich verstehen, da war so etwas zwischen uns. Ich habe mir von der Kapelle zwei Stücke für sie gewünscht, das mache ich sonst nie. Und nun möchte ich sie wiedersehen.«

Leo schob die Hände in die Hosentaschen und zog eine Augenbraue hoch. »Und was hindert Sie daran?«

»Ich weiß nicht, wo sie wohnt.«

»Dafür gibt es Adressbücher.«

»Schon, aber ich kenne auch ihren Familiennamen nicht. Ich kann schlecht alle Irenes besuchen, die im Adressbuch stehen.«

Leo seufzte. Es war spät, er wollte endlich nach Hause. Doch der Blick, mit dem Weißbarth ihn ansah, erinnerte an einen jungen Rauhaardackel.

»Sie wissen, dass ich auch darüber keine Auskunft geben darf, mein *Freund.*« Er legte besonderen Nachdruck auf das letzte Wort, lüftete den Hut und verließ das Ballhaus.

12

Dienstag, 3. Juli 1928

Am Frühstückstisch konnte Marie Wechsler kaum still sitzen vor Aufregung. Heute stand eine Exkursion an. Als sie gehört hatte, wohin es gehen sollte, war sie zunächst enttäuscht gewesen. »Staatlich anerkannte Lehranstalt für technische Assistentinnen« klang nicht sonderlich spannend.

Doch dann hatte man ihr und den drei anderen Mädchen, die mit ihr die Sexta der Oberrealschule besuchten, erklärt, dass in diesem chemischen Laboratorium in Charlottenburg nur Frauen ausgebildet wurden. Darum hatte die Schule dort angefragt, ob man Marie und ihre Klassenkameradinnen herumführen und ihnen den Beruf erklären könne.

»Das ist ein richtiges Labor«, verkündete sie ihren Eltern begeistert. »Man lernt ganz viel Chemie und Medizin, Fotografie und Bakteriologie – natürlich möchte ich am liebsten an der Universität studieren, aber das hier wäre schon ein guter Anfang. Und es ist nur für Frauen! Keine blöden Jungen, die kichern, wenn man eine Frage stellt oder was Falsches sagt.«

Clara zwinkerte ihr zu. »Das ist wirklich etwas Besonderes. Ich kann mich an Zeiten erinnern, in denen Frauen möglichst gar keinen Beruf ausüben sollten.«

»Ich wünsche dir jedenfalls viel Spaß«, sagte Leo.

Die Mädchen nahmen mit ihrem Chemielehrer, Herrn Keller, die U-Bahn bis Kaiserdamm. Marie war überrascht, als sie vor dem Haus Nr. 20 stehenblieben. Sie hatte sich eine Lehranstalt nüchterner vorgestellt, aus Glas und Beton, eher wie eine Fabrik, doch der imposante Eckbau mit den großen Fenstern sah aus wie ein ganz normales Wohnhaus.

Dann öffnete sich eine dunkle Holztür, und eine freundliche Frau mit hochgesteckten Haaren, die einen weißen Laborkittel trug, bat Herrn Keller und seine Schülerinnen herein.

Marie sah sich staunend um und stieß ihre Freundin Franzi an. »Schau nur, die ganzen Mikroskope.«

An einem langen Tisch saßen junge Frauen in weißen Kitteln und schauten konzentriert durch die Okulare, während eine Lehrerin chemische Formeln an die Wandtafel schrieb. Marie betrachtete neidisch die modernen Mikroskope. Bei ihnen in der Schule gab es nur zwei alte Exemplare, an denen sie sich abwechseln mussten. Die Jungen drängten einen gern beiseite oder schubsten, wenn Herr Keller nicht hinsah.

Die Lehrerin blickte auf und schrieb ihre Formel zu Ende. Dann kam sie mit raschen Schritten zu ihnen herüber und stellte sich als Fräulein Schumann vor.

Sie begrüßte die Mädchen und ihren Lehrer und führte sie durch die Räume. Die großen Fenster, die auf den Kaiserdamm hinausgingen, ließen viel Licht herein. Regale voller Flaschen und Gläser säumten die Wände, auf Arbeitstischen aus dunklem Holz standen zahlreiche Behälter und Apparaturen, die Marie aus dem Chemieunterricht kannte: Gasbrenner, Standzylinder, Bechergläser, Erlenmeyerkolben, Pipetten in mehreren Größen, Gestelle mit Reagenzgläsern. Nur war dieses Laboratorium viel größer und besser ausgestattet als das in der Schule.

Fräulein Schumann, eine vor Energie sprühende, hochgewachsene Frau, hielt einen kleinen Vortrag, in dem sie erklärte, wie mühsam sie sich ihren Weg erkämpft hatte. »Damals bezeichnete man uns Frauen als physiologisch und geistig minderwertige Wesen mit 115 Gramm weniger Gehirnmasse«, sagte sie. »Die Herren mussten erst erkennen, dass Quantität nicht immer gleich Qualität ist.«

Marie bemerkte, dass Herr Keller ein bisschen gequält dreinsah.

Die Mädchen lachten, zuerst schüchtern, dann freier. Sie empfanden eine plötzliche Kameradschaft mit der Frau, die sich so selbstbewusst durch ihre eigene Schule bewegte.

»Früher konnten wir nur bei einzelnen Professoren lernen, mussten uns durchfragen und immer wieder darum bitten, dass man uns unterrichtete. Meine Schülerinnen können heute alles, was sie brauchen, in dieser einen Schule lernen. Ich habe sie vor zehn Jahren gegründet, da war ich erst sechsundzwanzig. Ihr könnt euch vielleicht vorstellen, dass es am Anfang nicht einfach war. Die Zeit nach dem Krieg war schwer, aber manche Dinge wurden auch besser. Frauen konnten nun leichter einen Beruf erlernen.«

Fräulein Schumann nahm sich Zeit, beantwortete die Fragen der Mädchen, die zuerst ein bisschen zögernd und dann immer rascher kamen. Herr Keller war beiseitegetreten und hatte sich auf einen Hocker am Fenster gesetzt, als hätte er gemerkt, dass er nicht gebraucht wurde.

Marie stand neben einer jungen Frau, die am Mikroskop saß und etwas auf einem Objektträger betrachtete, das wie ein Stück Haut aussah.

Fräulein Schumann bemerkte ihr Interesse. »Möchtest du mal hindurchsehen? Das ist übrigens meine Assistentin Fräulein Schneider, sie unterstützt mich beim Unterricht und springt ein, wenn ich krank bin.«

Fräulein Schneider, eine rundliche Frau mit Hornbrille und praktischem Kurzhaarschnitt, stand auf und lächelte Marie ermunternd zu.

»Ist das Haut?«, fragte Marie.

»Ja, wir unterrichten hier auch Histologie, so nennt man die Lehre vom Körpergewebe«, sagte Fräulein Schneider und schaute ihre Chefin fragend an.

Marie hatte schon verstanden. »Ich weiß, das ist Haut von einem Toten. Mein Vater ist bei der Kriminalpolizei, ich habe keine Angst vor toten Menschen.«

Fräulein Schumann sah sie lachend an. »Das ist gut. Als ich Histologie gelernt habe – das war im Moabiter Krankenhaus –, musste ich immer durch den Leichenkeller gehen, um ins Labor meines Professors zu gelangen. Das fand ich anfangs ganz schön gruselig. Aber nur zu, schau es dir an.«

Marie führte fasziniert ein Auge ans Okular und kniff das andere zu, drehte mit den Fingern behutsam am Objektiv und sah, wie das Bild der Haut scharf wurde und feinste Härchen und Rillen offenbarte.

»Du machst das prima«, sagte Fräulein Schneider. »Geschickte Finger und ein gutes Auge. Vielleicht sehen wir uns in ein paar Jahren wieder.«

Marie lächelte stolz. »Chemie ist mein Lieblingsfach, darum bin ich auf der Oberrealschule. Wir sind nur vier Mädchen in der Klasse, Franzi, Greta, Irma und ich. Aber das macht mir nichts aus. Mit Jungen kenne ich mich aus, ich habe einen großen Bruder.«

»Möchtest du etwas über klinische Chemie wissen, mit der wir uns hier auch beschäftigen?«, fragte Fräulein Schneider. Als Marie eifrig zustimmte, erklärte sie ihr, wie man mit chemischen Untersuchungen herausfinden konnte, ob jemand an einer bestimmten Krankheit litt oder ein Gift im Körper hatte.

Schließlich rückte sie die runde Hornbrille zurecht und griff in die Kitteltasche. »Als Tochter eines Kriminalbeamten bist du gewiss so abgehärtet, dass du jetzt ein Bonbon vertragen kannst.«

Marie nahm das Bonbon entgegen, das in ein hübsches rot-grünes Papier gewickelt war, und ließ es in die Rocktasche gleiten. »Vielen Dank. Das esse ich später.«

Im Präsidium berichtete Sonnenschein von seinen Recherchen in der Zentralkartei. Der Frankfurter Täter war nie gefasst worden. Es hatte keinerlei brauchbare Zeugenaussagen gegeben; die Opfer wurden von hinten angegriffen und waren während der Tat bewusstlos. Da es seit September 1922 keinen Zwischenfall mehr gegeben hatte, wurden die Ermittlungen schließlich eingestellt.

Es war den Versuch wert gewesen, dachte Leo und schaute kopfschüttelnd auf die Zeitungsausschnitte. »Das Phantom von Frankfurt« – dass die Presse immer gleich ein Sensationsetikett draufpappen musste. Er hasste es, wenn Ermittlungen eingestellt wurden, denn das hieß letztlich immer, dass Verbrechen ungesühnt blieben.

Kurz darauf kam Fräulein Meinelt herein und reichte Leo einen Zettel. »Die Polizeiwache in Bernau hat gerade angerufen und das hier durchgegeben. Es sei eilig.«

Es war eine kurze Liste aller Personen, die Adele Schmidt in den Briefen an ihre Eltern erwähnt hatte:

Frau Bühler (gehört das Ballhaus)
Wolf (Nachname unbekannt)
Hans Henkel (der war mal ihr Freund)

Hilde Weber (Kollegin)
Frau Radtke (Vermieterin)
Oleg Tarassow (ihr Schauspiellehrer)

Bei der Recherche im Adressbuch fand er drei Personen namens Hans Henkel, einen Hans-Georg Henkel und vier Johannes Henkel. Ein Abgleich mit dem Telefonbuch ergab, dass keiner von ihnen einen Anschluss besaß.

Das sollte Hasselmann übernehmen.

Leo legte ihm die Liste auf den Tisch. »Diese Henkels müssen alle überprüft werden. Laut den Eltern heißt Adele Schmidts ehemaliger Freund Hans Henkel. Einer von diesen dürfte es sein, und keiner hat einen Telefonanschluss.«

»Das gibt eine nette Stadtrundfahrt«, sagte Hasselmann im Scherz und machte sich auf den Weg.

Walther saß da und starrte angestrengt auf seine Schreibtischplatte. »Wie schade, dass niemand da ist, der ihn unterstützen kann.«

Was vor kurzem noch ein Scherz gewesen wäre, klang jetzt bitter und sarkastisch.

Ein paar Stunden später war Hasselmann nicht mehr zum Scherzen aufgelegt. Er hatte bereits fünf Männer namens Henkel aufgesucht. Die beiden ersten hatten wenigstens nicht weit entfernt voneinander in Moabit gewohnt, waren aber so unergiebig gewesen wie die drei letzten: ein pensionierter Arzt in Charlottenburg, ein Klavierstimmer in Steglitz und ein Klempnermeister in Schöneberg. Der Arzt war siebenundachtzig und schwerhörig, der Klavierstimmer beinamputiert und der Klempnermeister von Samstag auf Sonntag bei seiner Mutter in Oranienburg gewesen.

Er würde noch einen letzten Versuch unternehmen, überlegte Hasselmann, die übrigen beiden Kandidaten mussten bis morgen früh warten.

Die Gegend um den Schlesischen Bahnhof war nicht dazu angetan, seine Stimmung zu heben. Graue Mietshäuser, Unrat auf den Straßen, und er wusste aus eigener Erfahrung, was hinter diesen Mauern passierte. Hier herrschten die Ringvereine, wo sich hinter honorigen Namen wie Geselligkeitsverein Immertreu oder Männer-Gesangverein Norden üble Gauner verbargen. Betrug, Diebstahl, Rauschgifthandel und vor allem Schutzgelderpressung, diesen ach so ehrenwerten Herren war kein illegales Gewerbe fremd. Wer hier wohnte, lebte entweder vom Verbrechen oder war zu arm, um in eine bessere Gegend zu ziehen.

Hasselmann konnte sich kaum vorstellen, dass Adele Schmidt hier einen Freund gehabt hatte, aber seine Anweisung lautete, alle Kandidaten zu überprüfen. Und Wechslers Wort war Befehl.

Robert Walther arbeitete stumm vor sich hin, doch die zerstörerische Wut schwelte in ihm weiter. Er wusste, es war ungerecht, seinen Unmut an Leo auszulassen, der sich so loyal gezeigt hatte. Aber dass er sofort diesen Neufeld angefordert hatte, einen geschniegelten Besserwisser, der wie ein Musterschüler an Leos Lippen hing, störte ihn gewaltig. Ein Politischer hatte ihnen gerade noch gefehlt. Und nun war er zu allem Übel auch noch dazu verdonnert, Innendienst zu tun, während die Kollegen mit dem Fall vorankamen.

So konnte er nicht weitermachen, unmöglich. Wenn er sich nicht aus dieser Wut befreite, würde er früher oder später explodieren und seine Stelle riskieren.

Er musste etwas unternehmen.

13

Hasselmann stand vor dem Haus, in dem sein nächster Kandidat wohnte. Er rückte die Krawatte zurecht, die er vorhin in der Bahn gelockert hatte. Zum Glück war es nicht mehr so heiß wie letzte Woche, aber in den öffentlichen Verkehrsmitteln hielt sich die Wärme. Er suchte auf dem Stummen Portier nach dem Namen Henkel. Seitenflügel, erster Stock.

Als er die Haustür öffnete und in den Flur trat, schlug ihm ein fauliger Geruch entgegen. Überquellende Mülleimer, jemand hatte einen Haufen Kartoffelschalen danebengekippt. Er atmete durch den Mund, bis er im Hinterhof stand. Ein kümmerlicher Baum reckte die Äste mit den gelb vertrockneten Blättern in den Himmel. Eine Frau hängte Wäsche auf, ein kleines Kind, das nur ein schmutziges Hemdchen trug, klammerte sich an ihr Bein. Wenn sie sich seitwärts bewegte, schleifte sie das Kind am Fuß mit.

Hasselmann trat in den Flur des Seitenflügels. Hier war die Luft noch schlechter als vorn. Die Treppenstufen waren ausgetreten, die Farbe in der Mitte bis aufs blanke Holz abgewetzt. Klosett auf halber Treppe. Im ersten Stock befanden sich zwei Wohnungstüren, an der linken stand der Name Henkel.

Hasselmann klingelte. Er hörte schleppende Schritte, dann wurde die Tür einen Spalt breit geöffnet.

»Wer ist da?«, fragte eine brüchige Frauenstimme.

»Kriminalpolizei, mein Name ist Hasselmann. Ich möchte Hans Henkel sprechen.«

Ein lautes Rumoren war in der Wohnung zu hören. Er lehnte sich gegen die Tür. »Lassen Sie mich rein.«

»Was wollen Sie denn? Mein Sohn ist nicht da.«

Dabei hörte er genau, dass noch jemand in der Wohnung war. Er stieß so fest gegen die Tür, dass sie aufflog. Die Frau prallte gegen die Wand und konnte sich gerade noch fangen. Hasselmann rannte hinein und hörte, wie irgendwo ein Fenster aufgestoßen wurde. Links war eine Tür. Er drückte die Klinke, abgeschlossen. Er warf sich mit aller Gewalt dagegen, bis das Schloss aus dem Rahmen brach, und hörte noch, wie jemand unten im Hof aufkam und davonrannte. Er lief ans offene Fenster und sah einen Mann im Torbogen verschwinden.

Hasselmann stürmte die Treppe hinunter in den Hof, wo die Frau ungerührt weiter ihre Wäsche aufhängte, als wäre es hier üblich, dass Leute ihre Wohnung durchs Fenster verließen. Er rannte auf die Breslauer Straße und schaute in beide Richtungen, doch der Mann war verschwunden. Ein kleiner Junge kickte einen Lumpenball vor sich her.

»Hast du einen Mann gesehen, der weggelaufen ist? Gerade eben?«

Der Junge hob nur die Schultern und kickte weiter. In dieser Gegend waren Männer im Anzug, die Fragen stellten, nicht gern gesehen.

Hasselmann ballte die Fäuste, schwankend zwischen Wut und Befriedigung. Immerhin wussten sie nun, dass Hans Henkel etwas zu verbergen hatte. Nur war er leider entwischt.

Er kehrte in den Seitenflügel zurück und klingelte erneut bei Henkels.

»Ich lass keinen rein«, sagte die Frau verängstigt.

Die Wohnungstür gegenüber öffnete sich, ein kräftig gebauter Mann schaute heraus. »Brauchste mir, Aujuste?«

Hasselmann zeigte seine Marke vor, worauf der Mann murrend in der Wohnung verschwand. Dann beugte er sich vor zur Tür und sagte so ruhig wie möglich: »Frau Henkel, ich ermittle in einem Mordfall. Ich möchte Ihnen nur einige Fragen stellen. Damit helfen Sie Ihrem Sohn.« Er wartete gespannt.

Der Riegel wurde zurückgeschoben. Jetzt konnte er die Frau zum ersten Mal richtig ansehen. Sie war jünger, als er gedacht hatte, aber mager und gebeugt, sie schien krank zu sein. »Was wollen Sie von meinem Jungen?«, fragte sie schwer atmend.

Es schloss die Tür, die Nachbarn mussten das nicht mithören. »Ihr Sohn heißt Hans Henkel?«

»Ja.«

»Können wir uns setzen?«

Sie führte ihn in eine Wohnküche und ließ sich schwer auf einen Stuhl fallen. Den einzigen anderen Stuhl bot sie Hasselmann an. Die Möbel waren alt und abgestoßen, auf einem Teller lag ein Brot, das dünn mit Schmalz bestrichen war. Vielleicht das Abendessen für den Sohn, der sich davongemacht hatte.

»War Ihr Sohn mit einer Frau namens Adele Schmidt befreundet?«

Er las die Überraschung in ihrem Gesicht. Offenbar hatte Frau Henkel mit einer anderen Frage gerechnet.

»Ja, aber das ist schon eine Weile her. Halbes Jahr vielleicht. Sie passte nicht zu ihm. Hielt sich für was Besseres. Wollte Schauspielerin werden.«

Ihrem Tonfall nach zu urteilen, hätte sie ebenso gut Straßenmädchen sagen können.

»Wissen Sie, ob Ihr Sohn noch Verbindung zu ihr hatte?«

Frau Henkel antwortete prompt. »So wie die ihn behandelt hat, ganz sicher nicht.«

»Wie meinen Sie das?«

»Sie hat ihm gesagt, das mit ihnen hätte keine Zukunft. Weil er ein Arbeiter ist. Und ein Roter. Das hat ihr nicht gefallen. Sie wollte hoch hinaus.«

Was durchaus ein Motiv für Henkel sein konnte, dachte Hasselmann. Warum aber hatte er so lange mit der Tat gewartet?

Sie beugte sich vertraulich vor. »Die hatte einen – wie sagt man –, na einen, der ihr helfen wollte, als Schauspielerin groß rauszukommen. Einen Russen, hat er gesagt. Mein Hans war sicher, dass sie ihn deswegen nicht mehr wollte. Dass sie mit dem alten Kerl ins Bett gegangen ist.«

Auch interessant. »Hat Ihr Sohn jemals erwähnt, er wolle sich an Fräulein Schmidt rächen? Nahm er ihr die Trennung noch immer übel?«

Auguste Henkel setzte sich plötzlich aufrecht hin und drückte die Schultern durch. »Was wollen Sie damit sagen?«

»Adele Schmidt wurde am vergangenen Samstag getötet. Eifersucht wäre durchaus ein Motiv.«

Sie wurde blass, fasste sich aber wieder. »Das tut mir leid, aber mein Sohn hatte es nicht nötig, so einer nachzulaufen. Sie war nicht die Richtige für ihn. Und rächen wollte er sich ganz sicher nicht. Er hat Wichtigeres zu tun.«

Der Ton, in dem sie das sagte, machte Hasselmann stutzig. »Wo war Ihr Sohn denn am vergangenen Samstagabend?«

Frau Henkel rutschte auf ihrem Stuhl hin und her. »Ich glaube, auf einer Versammlung.«

»Was für einer Versammlung?«

»Na ja, er ist doch in der KPD. Da treffen sie sich öfter.«

Nun wurde ihm einiges klar. Vermutlich war Henkel geflohen, weil er etwas auf dem Kerbholz hatte – aber das musste nicht der Mord an Adele Schmidt sein, es konnte ebenso gut mit seinen kommunistischen Umtrieben zu tun haben.

»Können Sie mir sagen, wo die Versammlung stattgefunden hat? Gibt es ein Lokal oder einen Verein, in dem sie sich treffen?«

»Damit kenn ich mich nicht aus. Aber Sie können mal bei der Partei nachfragen, die wissen das sicher.«

Hasselmann stand auf, stützte sich auf den Tisch und beugte sich vor. »Frau Henkel, wenn Ihr Sohn wiederkommt, dann richten Sie ihm etwas aus. Er soll sich bei der Kriminalpolizei melden. Wir müssen ihn zum Tod von Fräulein Schmidt befragen. Was er mit den Kommunisten treibt, interessiert mich nicht. Aber ein Alibi muss er uns schon vorlegen.« Er zog eine Visitenkarte aus der Tasche und schob sie über den Tisch.

Frau Henkel wich zurück, als könnte sie sich daran verbrennen.

»Ich erwarte, dass er morgen früh im Präsidium in der Inspektion A vorspricht. Bei Oberkommissar Wechsler oder mir, verstanden? Wenn nicht, lasse ich nach ihm fahnden.«

Leo war sehr zufrieden. Es sah ganz danach aus, als hätte Hasselmann den richtigen Hans Henkel gefunden.

»Der Name kommt mir bekannt vor«, sagte Neufeld.

»Also könnte es letztlich doch eine Eifersuchtsgeschichte gewesen sein«, unterbrach ihn Walther. »Adele Schmidt hat angeblich behauptet, er wäre nicht gut genug für sie und stünde ihren beruflichen Ambitionen im Weg. Und Henkel vermutet, sie hätte ein Verhältnis mit ihrem Schauspiellehrer gehabt.«

Leo war skeptisch. »Warum sollte er so lange mit seiner Rache warten?«

»Verzeihung, aber Henkel ist bei der Politischen Polizei kein unbeschriebenes Blatt«, meldete sich Neufeld erneut zu Wort. »Es wundert mich nicht, dass er vor der Polizei getürmt ist. Das macht ihn allerdings noch nicht zum Mörder von Adele Schmidt.«

Walther platzte der Kragen. »Müssen Sie überall Ihren Senf dazugeben? Wir sind hier nicht bei der Politischen, falls Sie das noch nicht gemerkt haben.«

Leo packte ihn energisch an der Schulter. »Was soll das, Robert? Reiß dich zusammen.« Die Spannung im Raum war fast mit Händen zu greifen. Einen Moment lang hielten alle den Atem an.

Dann ließ Leo Walther los und schaute in die Runde. »Neufeld, Sie besorgen aus Ihrer Abteilung alle Unterlagen über Hans Henkel und gehen die mit Hasselmann durch. Du, Jakob, fühlst Tarassow noch einmal auf den Zahn.« Er runzelte nachdenklich die Stirn. »Wir müssen Frau Henkels Aussage überprüfen. Falls Tarassow gelogen und doch ein Verhältnis mit Adele Schmidt hatte, erhärtet das den Verdacht gegen Henkel.«

Dann berichtete er von dem Zettel, den er in Adele Schmidts Zimmer gefunden hatte, und dass niemand im Ballhaus die Handschrift erkannt oder von einer Lotte gehört hatte. Adele Schmidt könnte das Kleid also von ihr bekommen haben, was eine Verwechslung durchaus denkbar machte. Sie würden weiter in diese Richtung ermitteln.

Als er mit Walther allein war, sagte Leo: »So können wir nicht arbeiten.«

Er hatte sich vorgenommen, nicht die Beherrschung zu verlieren, doch Robert machte es ihm alles andere als leicht. Er erkannte seinen Freund und Kollegen nicht wieder. Noch nie hatte es solche Spannungen mit anderen Beamten gegeben, schon gar nicht, wenn sie neu dabei waren.

»Ich weiß nicht, wovon du redest«, sagte Walther verstockt.

»Und ob du das weißt. Du musst dich daran gewöhnen, dass Neufeld vorläufig zu dieser Mordkommission gehört. Und wenn er aus seiner bisherigen Erfahrung etwas beisteuern kann, soll er das tun.«

»Ich verstehe dich nicht. Hasselmann serviert dir einen Verdächtigen, der ein erstklassiges Motiv hat, auf dem Silbertablett, und dir fällt nichts Besseres ein, als dessen politische Verbindungen zu überprüfen. Hier geht es um einen Mord aus Eifersucht!«

Leo sah ihn kopfschüttelnd an. »Seit wann bist du so voreilig? Du weißt genau, dass wir alles in Erwägung ziehen müssen. Wenn der Mann ein Radikaler ist, könnte er auch deshalb geflohen sein.«

»Ehrlich gesagt überrascht es mich, dass du Henkels rote Verbindungen überprüfen willst. Du bist doch sonst ein Kommunistenfreund.«

»Was soll das heißen?«, fragte Leo.

»Na, wenn's um deinen Freund Joachim Kern geht, drückst du doch gern das linke Auge zu.«

Leo musste sich beherrschen, damit der Zorn nicht mit ihm durchging.

Er presste die Lippen aufeinander und atmete tief durch, bevor er antwortete. »Wir beide vergessen jetzt, was du gerade gesagt hast. Und du gehst nach nebenan und machst deine Arbeit.«

Als Walther sich nicht von der Stelle rührte, fügte Leo eisig hinzu: »Hast du mich verstanden?« Es war der Ton eines Vorgesetzten, der seinen Untergebenen zurechtweist. So hatte er noch nie mit seinem Freund gesprochen.

»Selbstverständlich, Herr Oberkommissar. Auch wenn sie nicht viel wert ist.«

Leo umklammerte die Tischplatte, um an sich zu halten. »Ich gebe dir Zeit bis morgen, um dich zusammenzureißen. Wenn du dich weiter so verhältst und damit die Ermittlungen behinderst, sehe ich keinen anderen Ausweg als Gennat.«

Walther konnte seine Überraschung nicht verbergen, und Leo spürte einen Anflug von Scham, als die Tür hinter ihm zuschlug.

Sonnenschein klingelte. Es dauerte eine Weile, bis er von drinnen Schritte hörte und die Tür geöffnet wurde.

»Unterricht ist schon ... ach, Sie sind es.«

Sonnenschein lächelte verbindlich. »Ich muss Sie noch einmal im Fall Adele Schmidt befragen.«

»Habe doch schon mit Ihnen gesprochen«, sagte Tarassow verwundert.

»Es sind neue Fragen aufgetaucht. Darf ich hereinkommen?«

»Bitte.«

Als sie im Wohnzimmer Platz genommen hatten, fragte Sonnenschein: »Herr Tarassow, Sie haben uns bei der letzten Befragung gesagt, Ihre Beziehung zu Fräulein Schmidt sei rein beruflicher Natur gewesen.«

Tarassows Kiefer mahlte. »Ja, ich habe gesagt.«

»Ist Ihnen ein Hans Henkel bekannt?«

Tarassows Miene verdüsterte sich. »War Freund von Adele.« Sein Tonfall ließ anklingen, dass er den Mann nicht sonderlich geschätzt hatte.

»Was wissen Sie über ihn?«

Tarassow kehrte die Hände nach außen. »Hat Fräulein Schmidt mal abgeholt. Wollte mit mir unterhalten.« Die Verachtung in seiner Stimme war nicht zu überhören.

»Worüber wollte er sich mit Ihnen unterhalten?« Sonnenschein konnte sich nicht vorstellen, was ein Schauspiellehrer und ein kommunistischer Arbeiter für ein Gesprächsthema gehabt haben sollten.

»Über Sowjetunion.« Er spie es aus wie ein übles Schimpfwort. »Wollte mir erzählen, wie wunderbar dort ist. Gleiche Rechte für alle. Herrschaft des Volkes. Arbeiter und Bauern. Dass Deutschland auch braucht.« Er legte eine dramatische Pause ein. »Habe ihm erklärt, dass nicht mein Land ist. Nicht mehr. Ich bin nach Revolution geflohen, ganz über Nacht. Habe in Berlin neue Heimat gefunden. Warum sollte ich über Leute reden, die einsperren und foltern und hungern lassen?«

»Wissen Sie, dass Adele Schmidt und Henkel sich vor einiger Zeit getrennt haben?«

Tarassow stand auf, vergrub die Hände in den Taschen und marschierte im Zimmer auf und ab. »Ha! Natürlich habe ich gewusst. Sie hat mir erzählt, dass sie Schluss macht mit ihm. An dem Tag war sie besonders gut bei Unterricht. Habe ihr Szene gegeben, in der sie wütend und traurig ist zugleich.«

»Wissen Sie, ob es Fräulein Schmidt war, die die Affäre beendet hat?«

»Ja, hat gesagt, er macht ihr Angst«, sagte Tarassow beflissen.

»Einen Augenblick, Henkel machte ihr Angst?«

»Ja. Weil er, wie sagt man, ist jähzornig. Und immer von Politik redet. Wollte sie überzeugen, in seine Partei zu gehen. Aber Adele wollte nicht. Wollte Künstlerin sein.«

»Wissen Sie, ob Henkel sie bedroht hat, nachdem sie sich von ihm getrennt hatte?«

Tarassow nickte wieder. »Zwei Wochen nachdem Schluss war, hat sie geweint hier. War ängstlich. Ich habe Tee gemacht und gesagt, heute kein Unterricht. Heute wird geredet. Sie hat gesagt, er hat ihr aufgelauert, vor Ballhaus, als sie Feierabend hatte. Wollte sie zurückhaben.«

»Hat er Gewalt angewendet?«, fragte Sonnenschein gespannt.

»Sie sagte, Polizist kam um die Ecke, gerade rechtzeitig. Sie ist fort. Er hat wohl nicht getraut, ihr nachzulaufen.«

»Warum haben Sie uns das nicht schon früher erzählt?«

Tarassow zuckte mit den Schultern. »Ist lange her. Danach hat sie Mann nicht mehr erwähnt. War wieder wie früher.«

»Herr Henkel hat seiner Mutter erzählt, Adele habe sich von ihm getrennt, weil sie sich als etwas Besseres fühlte. Vor allem hat er angedeutet, Sie hätten ihr Versprechungen gemacht, dass Sie sie als Schauspielerin groß herausbringen würden. Gegen bestimmte Gefälligkeiten, wie er sagte.«

Eine rote Welle stieg an Tarassows Hals empor und flutete in sein Gesicht. »Er hat das geglaubt, ist aber nicht wahr. Wir haben auf Wangen geküsst, wie Russen tun, war alles. Hat mir vertraut. Aber ich verkaufe nicht Karriere gegen Liebe, mein Herr. Ich nutze Schülerinnen nicht aus. Ich bin Lehrer und Freund, sonst nichts.« Er hielt inne und fügte dann hinzu: »Sie war nicht solche Frau. Sie wäre nicht mit Mann ins Bett gegangen für Erfolg.«

Sonnenschein glaubte ihm. Tarassow mochte sich auf Schauspielerei verstehen, aber die roten Zornesflecken waren zweifellos echt. Und der Stolz in seinen Worten auch.

»Ich danke Ihnen, Herr Tarassow.«

Der Schauspiellehrer ballte die Faust. »Ich hoffe, Sie finden Mörder. Bald.«

14

Die Inspektion E, im Volksmund Sittenpolizei, rief an, als Leo gerade Feierabend machen wollte.

»Fritzsche am Apparat. Sie bearbeiten doch den Mordfall, bei dem Chloroform verwendet wurde.«

Leo setzte sich auf die Schreibtischkante. »Das ist richtig.«

»Gestern Nachmittag war eine Frau Vierroth mit ihrer Tochter bei uns. Das Mädchen wurde am Sonntagabend im Humboldthain betäubt und vergewaltigt.«

»Geben Sie mir bitte die Details«, sagte Leo und begann mitzuschreiben.

»Der Vorfall ereignete sich im nördlichen Bereich des Humboldthains, in der Nähe der Bahngleise, das ist die einsamste Ecke. Hedwig Vierroth befand sich auf dem Heimweg von einer Freundin und nahm die Abkürzung durch den Park. Sie wohnt gleich dahinter in der Böttgerstraße. Jemand drückte ihr von hinten ein Tuch aufs Gesicht, das offenbar mit Chloroform getränkt war. Laut ihrer Aussage kann sie sich an einen süßlichen Geruch erinnern. Das Tuch sei sehr weich gewesen, es habe sich beinahe angenehm angefühlt. Ja, das sind ihre genauen Worte. Als sie wieder zu sich kam, lag sie in einem Gebüsch. Ihr Rock war hochgeschoben, ihr Unterkörper entblößt. Sie richtete sich notdürftig her und ging nach Hause –«

»Nach Hause?«, unterbrach ihn Leo.

»Sie stand völlig unter Schock und hat sich in ihrem Zimmer verkrochen. Erst am nächsten Morgen hat ihre Mutter bemerkt, dass etwas nicht stimmte, und ist mit ihr zur Polizei gegangen. Wir haben die erforderlichen ärztlichen Untersuchungen eingeleitet, es ist tatsächlich zum Geschlechtsverkehr gekommen. Es liegen keine Abwehrverletzungen vor, was darauf hindeutet, dass das Mädchen bewusstlos oder zumindest bewegungsunfähig war. Dabei fiel mir natürlich Ihr Fall ein. Meinen Sie, es könnte ein Zusammenhang bestehen?«

Leo überlegte. Ausgeschlossen war es nicht, doch die Vorgehensweise und vor allem die Auswahl des Tatorts waren völlig anders. »Die Methode ist ähnlich, das stimmt, ansonsten unterscheiden sich die Vorfälle beträchtlich. Das Opfer wurde in Ihrem Fall nicht getötet, dafür aber vergewaltigt, der Tatort war einsam und abgelegen, während bei uns …« Dann kam ihm ein Gedanke. »Mein Kollege hat in der Zentralkartei recherchiert, ob es vergleichbare Fälle gegeben hat. Dabei stieß er auf eine Serie von Überfällen mit Chloroform, die sich vor einigen Jahren in Frankfurt am Main ereignet haben.«

Er hörte, wie Fritzsches Stift über das Papier kratzte. »Vielen Dank, Herr Kollege. Ich sehe mir das sofort an. Frankfurt, sagten Sie? Ich halte Sie auf dem Laufenden.«

Leo hängte ein und sah seine Notizen noch einmal durch. Im ersten Moment hatte er gedacht, es könnte ihr Täter sein. Dass zweimal so kurz hintereinander Chloroform verwendet worden war, konnte kaum ein Zufall sein. Die Überfälle in Frankfurt waren allesamt in Parks geschehen, an entlegenen Stellen, nach Einbruch der Dämmerung, die Opfer schienen willkürlich ausgewählt. Hedwig Vierroth passte offenbar in dieses Schema.

Adele Schmidt hingegen nicht.

Noch war es hell, doch bald würden die Lichter an der Friedrichstraße angehen. Die Leuchtreklamen an den Revue-Palästen und Restaurants würden erstrahlen und die Menschen für einige Stunden in ihren Bann schlagen. Lange Frauenbeine, Männer im Frack, schmissige Musik mit frechen Texten, fantasievolle Bühnenbilder, erschaffen von Könnern ihres Fachs, Sekt und Häppchen mit Lachsersatz und falschem Kaviar. Ein Traum, den man für ein paar Mark an der Abendkasse kaufen konnte.

Robert Walther stand gegenüber vom Großen Schauspielhaus an die Wand gelehnt, mit Blick auf den Bühneneingang, über dem die neueste Revue angepriesen wurde. Er hielt eine Zeitung in der Hand und tat, als würde er darin lesen, schaute aber immer wieder über die Straße.

Ein Blick auf die Uhr. Halb sieben. Er musste den richtigen Moment abpassen. Lange konnte es nicht mehr dauern, bis die Probe vorbei war; die Abendvorstellung begann um Viertel nach acht.

Auf dem Schiffbauerdamm eilten die Leute im Laufschritt zum Bahnhof. Feierabend. Wer nicht zu weit draußen wohnte, konnte sich noch zu Hause schön machen und rechtzeitig zur Vorstellung wieder hier sein.

Dann hörte er Stimmen, Absätze klapperten. Der Bühneneingang hatte sich geöffnet und eine Gruppe Frauen in kurzen Kleidern und leichten Mänteln ausgespuckt. Einige zündeten sich Zigaretten an, andere winkten einander zu, scherzten, verabschiedeten sich bis zum nächsten Tag.

Jenny kam als Letzte. Sie bückte sich und richtete etwas an ihrem Schuh. »Bis morgen, Kinder, und benehmt euch!«, rief sie einigen Frauen nach, die in Richtung Friedrichstraße gingen, und ihre Stimme schnitt wie ein Messer in ihn hinein.

»Das musst gerade du sagen«, rief eine Kollegin zurück und winkte im Gehen über die Schulter.

Jenny blieb stehen und holte ein zerdrücktes Päckchen Zigaretten aus der Manteltasche. Bevor sie nach ihrem Feuerzeug suchen konnte, war Walther schon da und hielt ihr seins mit brennender Flamme hin.

Sie zuckte zusammen. »Was machst du denn hier?«

»Ich wollte dich sehen. Ich weiß ja nicht, wo du jetzt wohnst.«

»Robert.« Erstaunlich, wie kühl sein Name klang, den sie immer mit so viel Wärme ausgesprochen hatte. »Bitte, lass mich einfach gehen.«

»Das kann ich nicht. Ich kann gar nichts mehr, das Denken fällt mir schwer, bei der Arbeit bekomme ich ständig Streit mit Leo. Bitte lass uns etwas essen gehen, dann können wir in Ruhe miteinander reden.«

Jenny stand ganz still, nur ihre Augen zuckten fieberhaft von links nach rechts. »Es gibt nichts mehr, über das wir reden müssen. Ich habe mich entschieden. Es ist endgültig.«

»Du verkaufst dich an ihn«, stieß er hervor.

Sie verschränkte die Arme, die Zigarette zwischen den Fingern. »Ich verkaufe mich an niemanden, verstanden? Ich allein entscheide, was ich mit meinem Leben anfange.«

»Er verspricht dir Dinge, und du bist ihm dafür zu Willen. Wenn das kein Geschäft ist, weiß ich es nicht.«

Ihre Kehle bewegte sich, als sie mühsam schluckte. Es fiel ihr also nicht leicht, ihm zu widerstehen. Er war auf dem richtigen Weg, und wenn er jetzt beharrlich blieb –

»Ich liebe dich, Jenny. Überleg nur, was wir uns alles erträumt haben. Dass wir zusammenziehen, bei mir in der Wohnung ist doch genügend Platz. Ich war immer so stolz, wenn ich dich auf der Bühne gesehen habe.«

Sie trat einen Schritt zurück. »Ja, auf kleinen Kellerbühnen, wo zehn Leute im Publikum saßen.« Sie deutete hinter sich auf die gewaltige Fassade des Schauspielhauses. »Schau nur, wo ich jetzt bin. Hier trete ich bald auf, in einer neuen Revue, die ganz Berlin sehen wird.«

»Du kannst doch auch hier singen, wenn wir zusammen sind.«

Ihre Augen wurden schmal. »Und bis wann darf ich weitersingen? Bis du mich lieber zu Hause haben möchtest? Bis du eine Familie mit mir gründen willst? Und dann ist es mit meiner Karriere vorbei. Dann sitze ich in Schürze und mit Kind auf dem Arm zu Hause und warte, dass du irgendwann vom Dienst kommst. Nein, so ein Leben passt nicht zu mir.«

Er wusste selbst nicht, ob er sich das wirklich vorgestellt hatte. Er wusste nur, dass alle Hoffnungen, die er sich für die Zukunft gemacht hatte, mit Jenny verbunden waren. »Wir machen alles so, wie du es möchtest. Du bist noch jung, du hast Zeit, um berühmt zu werden. Und wenn du erst berühmt bist, lässt sich alles andere arrangieren.«

Sie ließ die Hände sinken und schüttelte resigniert den Kopf. »Du verstehst es nicht, oder? Ich will nicht in einer Genossenschaftswohnung leben. Und vor allem will ich nicht, dass meine Karriere nur das nette Steckenpferd einer Beamtenfrau ist, über das man hinter meinem Rücken tuschelt.«

Walther spürte seine Füße nicht mehr, es war, als gäbe der Boden unter ihm nach, als verschöbe sich das Pflaster, bis ein Abgrund unter ihm gähnte. Er streckte die Hand aus, wollte Jenny berühren, nur noch dieses eine Mal, aber sie verstand ihn falsch und begann zu schreien.

Er machte noch einen Schritt auf sie zu, sie sollte nur aufhören zu schreien, er hatte ihr doch nichts getan. Er hörte gar nicht, dass hinter ihm ein Wagen anhielt.

Die kräftige Hand auf seiner Schulter riss ihn nach hinten. »Ich muss doch bitten. Lassen Sie Fräulein Blau gefälligst in Ruhe.«

Der Mann trug trotz der Jahreszeit einen dunklen Tuchmantel. Er war so groß wie Walther, aber breiter in den Schultern. Seine graumelierten Haare waren an den Seiten militärisch kurz geschnitten, und er trug ein Monokel im linken Auge. Walther war ihm nie begegnet, aber er wusste sofort, dass er Adalbert Krüger vor sich hatte.

»Es ist mein gutes Recht, mit meiner Freundin zu sprechen.«

»Mit Verlaub, es sah nicht aus, als wären Sie mit ihr befreundet. Mir scheint, die Dame hat Angst vor Ihnen.«

Walther schaute Jenny an. Einen Moment lang schien es, als wollte sie den Mund aufmachen und ihn verteidigen, doch dann schloss sie ihn und senkte den Blick.

»Wer sind Sie überhaupt?«

»Robert Walther, Kriminalpolizei.«

Krüger lachte. »Ich dachte, Leute wie Sie wären da, um Frauen zu beschützen, statt sie zu belästigen.«

Walther merkte, wie ihn glühender Zorn durchzuckte, wie er die Beherrschung verlor. Er krallte die Hände in den Kragen des Mantels und stieß Krüger mit aller Gewalt nach hinten. Der Mann verlor das Gleichgewicht und fiel aufs Pflaster. Inzwischen waren Passanten stehengeblieben und schauten neugierig auf die drei Personen, die vor dem Großen Schauspielhaus eine solche Szene aufführten. Die kostenlose Vorstellung mitten auf der Straße wollten sie sich nicht entgehen lassen.

Jenny reichte Krüger die Hand, der aufstand und sich den

Mantel abklopfte. »Sie hören von mir, Herr Walther«, zischte er wütend.

Krüger legte Jenny den Arm um die Schultern und führte sie zu seiner Limousine, die mit laufendem Motor am Straßenrand wartete.

Hasselmann und Klein traten aus dem Bühneneingang. Die Befragung des Regisseurs, der Adele die Rolle zugesagt hatte, war ergebnislos verlaufen. Er hatte die junge Frau beim Vorsprechen vor drei Wochen das erste und einzige Mal gesehen. Die Proben hätten erst nächste Woche beginnen sollen. Niemand hier kannte die Schmidt oder hatte irgendwelche Informationen über sie. Eine Sackgasse.

Als sie auf die Straße hinaustraten, deutete Klein auf einen Mann, der um die nächste Ecke in Richtung Schiffbauerdamm verschwand. »Der sah doch aus wie Walther. Was macht denn der hier?«

15

Mittwoch, 4. Juli 1928

Leo saß noch beim Frühstück, als das Telefon klingelte. Er war in Gedanken beim Fall Vierroth. Er hatte gestern noch lange darüber nachgedacht und wollte gleich die Meinung der Kollegen dazu einholen. Daher hörte er nur mit halbem Ohr, wie Clara sich meldete.

»Sicher, Herr Kriminalrat, ich sage ihm sofort Bescheid. Einen Moment, bitte.«

Leo sprang auf. Wenn Gennat ihn zu Hause anrief, musste es dringend sein.

»Wechsler.«

Er hörte Gennats schweren Atem durch den Hörer. »Kommen Sie gleich als Erstes in mein Büro. So schnell wie möglich, bitte.«

Leo spürte, wie sich die Härchen auf seinen Armen aufstellten. Der Ton des Kriminalrats gefiel ihm gar nicht.

»Selbstverständlich. Geht es um den Fall Schmidt?«

»Nein, es geht um den Fall Walther.«

Leos Hand am Hörer wurde feucht. »Was ist passiert?«

»Das möchte ich nicht am Telefon besprechen.«

Es wäre unauffälliger gewesen, im Dunkeln zu kommen, doch dann wäre Erich zu Hause, das konnte sie nicht riskieren.

Lotte stand in einem Durchgang gegenüber und betrachtete das Haus, in dem sie jahrelang ein und aus gegangen war. Die dicke Frau des Buchhalters, die im ersten Stock des Vorderhauses wohnte, kam mit einer Einkaufstasche nach Hause. Zwei kleine Zwillingsmädchen mit blonden Zöpfen, deren Namen sie nicht kannte, stürmten mit einem Springseil zur Tür heraus und verschwanden um die nächste Ecke.

Sie biss sich auf die Lippe. Ihr Herz schlug so heftig, dass sie nicht wagte, den Mund zu öffnen, als könnte es sonst davonhüpfen. Sie schwitzte, obwohl es ein kühler Morgen war, das Gewitter hatte den Hochsommer gründlich vertrieben.

Als niemand mehr zu sehen war, eilte sie über die Straße und durch den Torbogen. Im Treppenhaus öffnete sich prompt eine Tür, und der alte Hermann, der ein bisschen nach dem Rechten sah, steckte den Kopf heraus.

»Tag, junger Mann«, sagte er und schaute sie blinzelnd an. »Wo wollnse denn hin?«

»Danke, weiß schon Bescheid«, rief sie und eilte in den Seitenflügel. Sie konnte nur hoffen, dass er den Weg nach draußen scheute. Er empfand sich als eine Art Hausmeister, obwohl er kaum noch hören und sehen konnte.

Sie holte mit zitternder Hand den Schlüssel aus der Jackentasche.

Die Wohnung war vertraut und fremd zugleich. Der Geruch, die Möbel, das Licht, das durch die Gardinen fiel, all das atmete Zuhause. Und doch war in den letzten Tagen so viel geschehen, dass sie sich wie eine Diebin in der eigenen Wohnung fühlte.

Sie holte eine lederne Reisetasche aus dem Wandschrank und eilte ins Schlafzimmer, um Wäsche, Strümpfe und einige Kleidungsstücke zu holen.

In der Tür blieb sie abrupt stehen. Das Bett war ordentlich gemacht, auf Erichs Nachttisch lag ein Buch mit Lesezeichen, daneben stand ein leeres Wasserglas.

Doch in der linken Zimmerhälfte bot sich ein Bild der Zerstörung. Die Kommodenschubladen waren herausgerissen, Strümpfe, Strumpfhalter, Unterwäsche, Pyjamas, Blusen allesamt auf den Boden geschleudert, zerrissen, zerschnitten, die Knöpfe wie Bonbons verstreut. Daneben lag das gerahmte Hochzeitsfoto, das auf ihrem Nachttisch gestanden hatte, das Glas gesplittert, zermahlen unter einem Schuhabsatz. Sie stand da wie betäubt.

Selbst in seiner Wut war er noch exakt, dachte sie. Als hätte er penibel eine unsichtbare Grenze zwischen den Zimmerhälften gezogen.

Schließlich öffnete sie vorsichtig den Kleiderschrank. Er war leer. Kein Kleid, kein Rock, kein Mantel, nichts mehr da. Sie ging ins Wohnzimmer und blieb vor der Anrichte stehen, besann sich und holte aus der Küche einen Stapel Geschirrtücher, die sie in der Tasche ausbreitete. Das silberne Teeservice, das Tablett, die Serviettenringe, alles wurde in ein weiches Bett aus Baumwolle und Leinen gelegt.

Dann kam ihr ein Gedanke. Sie trat an Erichs Kleiderschrank und nahm eine Hose, die ihm schon immer zu kurz gewesen war, zwei Hemden und eine Strickweste heraus und stopfte alles in die Tasche. In einem Fach lag ein alter Filzhut, der wanderte gleich hinterher.

Als sie fertig war, schaute sie sich noch einmal im Garderobenspiegel an. Sie horchte, das Ohr an die Wohnungstür gedrückt. Jemand ging durchs Treppenhaus, hustete heftig. Sie wartete.

Als es still war, schlich sie aus der Wohnung, die Treppe hinunter, deren Knarren wie ein Revolverschuss in ihr widerhallte. Sie eilte durch den Hof, ohne jemandem zu begegnen. Als sie auf der Straße stand, zwang sie sich, ruhig davonzugehen.

Erst als sie um die nächste Ecke gebogen war, sank sie gegen die Hauswand und musste die Augen schließen. Sie sah nur noch die Wut, die Raserei und die Glassplitter, die sich mit den Perlmuttknöpfen auf dem Boden mischten.

Leo war froh, als er endlich bei Gennat im Büro saß. Auf dem Weg ins Präsidium hatten sich sämtliche Verkehrsmittel gegen ihn verschworen, waren ihm vor der Nase weggefahren oder verspätet angekommen. Und er hatte sich die ganze Zeit den Kopf zermartert, was mit Walther passiert sein mochte.

»Erst mal Kaffee«, sagte Gennat und goss ihm eine Tasse ein. »Fräulein Steiner ist bei ihrer Schwester in Mecklenburg, also übernehme ich das heute selbst. Himbeer-Sahne?«

Eigentlich war Leo – zumal um die Uhrzeit – gar nicht nach Torte zumute, doch er wollte nicht unhöflich erscheinen. »Ein kleines Stück, bitte.«

Nachdem das, was der Kriminalrat für ein kleines Stück Torte hielt, auf Leos Teller gelandet war, ließ Gennat sich ächzend auf seinem abgewetzten Sofa nieder.

»Wie ich bereits am Telefon sagte, geht es um den Kollegen Walther. Er wurde erst kürzlich zum Kriminalbezirkssekretär befördert. Sie haben ihn empfohlen, und ich habe der Beförderung aus Überzeugung zugestimmt.«

»Was ist denn passiert?«, fragte Leo beklommen.

»Zunächst möchte ich Sie etwas fragen: Hat Walther sich in letzter Zeit anders als üblich verhalten?« Gennat klang nicht ungehalten, sondern aufrichtig besorgt.

Leo begriff, dass er nicht länger schweigen konnte, und

berichtete, was sich seit dem vergangenen Wochenende zugetragen hatte. Jenny Blau und Adalbert Krüger erwähnte er jedoch nicht. Manche Dinge sollten privat bleiben. »Ich bin mir bewusst, dass ich es hätte melden müssen, und entschuldige mich für die Unterlassung. Aber ich habe ehrlich geglaubt, dass er den Dienst bald pflichtbewusst wie immer versieht.«

Gennat räusperte sich. Dann beugte er sich ächzend vor und griff mit seiner dicken Hand nach einem Blatt, das auf dem Tisch lag. Er hielt es Leo schweigend hin.

Während Leo es durchlas, wurde sein Mund trocken, und er musste rasch einen Schluck Kaffee trinken.

Es war eine Anzeige wegen tätlichen Angriffs und Körperverletzung, begangen durch Kriminalbezirkssekretär Robert Walther am 3. Juli 1928 um 18.36 Uhr vor dem Haupteingang des Großen Schauspielhauses in der Karlstraße. Der Name des Opfers lautete Adalbert Krüger. Der Geschädigte hatte persönlich Anzeige bei der Schutzpolizei erstattet.

Verdammt, Robert musste nach ihrem Streit geradewegs dorthin gegangen sein.

»Sie kennen den Namen?«, erkundigte sich der Kriminalrat.

Leo seufzte. »Er ist Theaterproduzent und hat Walther die Freundin ausgespannt. Hat ihr eine große Karriere versprochen.«

Gennat hob die Augenbrauen. »Oh, sind das die privaten Sorgen, auf die Sie vorhin anspielten?«

»Es hat ihn schwer getroffen«, sagte Leo. »Darum hat er auch getrunken und ist dem Dienst ferngeblieben.«

»Ich habe auf dem fraglichen Revier angerufen«, sagte Gennat. »Als dieser Krüger Anzeige erstattete, befand er sich in Begleitung einer Dame, die seine Angaben bestätigt hat.

Es sei zu einem Streit gekommen, und der Beschuldigte habe Herrn Krüger gestoßen, worauf dieser zu Boden gefallen sei. Dabei habe er sich schmerzhaft das Handgelenk verstaucht und sei deswegen ärztlich behandelt worden. Er habe ein entsprechendes Attest vorgelegt.«

Leo bereute, dass er die Sahnetorte gegessen hatte. Sie vermischte sich mit dem Kaffee in seinem Magen zu einem sauren Brei. »Sie kennen Robert Walther genauso lange wie ich. Er ist kein gewalttätiger Mensch.«

Der Kriminalrat wiegte nachdenklich den Kopf. »Ich stehe für meine Leute ein, das wissen Sie selbst am besten. Aber Sie müssen zugeben, der Kollege hat sich einer schweren Pflichtverletzung schuldig gemacht. Und nun kommt noch ein Fall von tätlichem Angriff mit Körperverletzung hinzu.«

»Haben Sie mit ihm gesprochen?«

»Ja, das habe ich. Gerade eben. Sie hätten einander im Flur begegnen müssen.«

Vermutlich hatte Robert den Hinterausgang genommen, um genau dies zu vermeiden, dachte Leo. »Und was hat er gesagt?«

»Er hat es zugegeben. Besser gesagt, er hat erklärt, er habe Krüger lediglich geschubst, es sei kein tätlicher Angriff gewesen, er habe ihn nicht verletzen wollen. Natürlich kann der Mann unglücklich gefallen sein und sich dabei das Handgelenk verstaucht haben. Aber das ändert nichts daran, dass Walther den Sturz verursacht hat.«

Leo umklammerte die Armlehnen des Stuhls. Hätte Robert sich besser in der Gewalt gehabt, wäre das nie passiert. Es passte nicht zu ihm. Oft war er sogar derjenige, der Leo daran hinderte, aus einem Impuls heraus zu handeln. Aber seit Jenny ihn wegen Krüger verlassen hatte, war er nicht mehr derselbe.

»Was geschieht jetzt?«

»Falls Krüger die Anzeige nicht zurückzieht, kommt es entweder zu einem Verfahren oder einer gütlichen Regelung. Doch wie immer die Geschichte ausgeht, Walther wird vorläufig keinen Dienst in der Inspektion A tun. Und auch nirgendwo sonst im Präsidium.« Gennat legte eine Pause ein und schenkte sich Kaffee nach. »Ich werde seine vorläufige Versetzung in eine örtliche Inspektion beantragen.«

In den zwanzig Berliner Polizeiämtern gab es immer auch eine Inspektion der Kripo. Diese Inspektionen waren meist nur mit einem oder zwei Beamten besetzt und spielten bei wichtigen Ermittlungen keine Rolle. Hatten sich Kriminalbeamte etwas zuschulden kommen lassen, das keine Entlassung rechtfertigte, wurden sie gelegentlich dorthin versetzt, bis sie wieder in Gnaden aufgenommen wurden. Oder auch nicht.

»Mehr kann ich für den Kollegen Walther leider nicht tun«, sagte Gennat, als Leo schwieg. Sein Bedauern klang aufrichtig.

»Ich weiß, Herr Kriminalrat.« Leo nahm sich zusammen. »Ich wäre Ihnen sehr dankbar, wenn Sie sich für eine Versetzung in eine örtliche Inspektion verwenden könnten.«

»Das werde ich tun«, sagte Gennat. »Im Polizeiamt 2 wurde kürzlich ein Kollege pensioniert. Das könnte also klappen.«

»Ich bin mir sicher, dass Herr Walther sich dort bewähren und erholt in den Dienst zurückkehren wird«, sagte Leo diplomatisch.

Gennat schaute ihn prüfend an. »Vielleicht können Sie vorher mit ihm sprechen, Sie sind doch gut befreundet. Er kann jetzt Freunde gebrauchen.«

Leo schob sich das letzte Stück Torte in den Mund, wischte

sich mit dem Taschentuch über die Lippen und stand auf. »Wäre das alles, Herr Kriminalrat?«

Gennat hob den Zeigefinger. »Nur eins noch. Wie macht sich Neufeld?«

»Er fügt sich gut ein und hat wertvolle Beiträge zu den Ermittlungen im Fall Schmidt geleistet.«

»Dann bleibt er vorerst in Ihrer Kommission. Ihnen fehlt ja nun ein Mann.«

»Danke, Herr Kriminalrat«, sagte Leo und verließ das Büro.

Er ging in die Toilette, ließ kaltes Wasser über seine Handgelenke laufen und schaute in den Spiegel. Gerade erst den Dienst angetreten, und er sah schon aus, als hätte er seit Tagen nicht geschlafen. Er stützte sich aufs Waschbecken und ließ einen Augenblick den Kopf hängen, bis er sich beruhigt hatte.

Er schätzte Neufeld, mit ihm zu ermitteln war angenehm und zielführend. Und doch konnte er sich des irrationalen Gefühls nicht erwehren, dass er Robert im Stich gelassen hatte.

16

Nachdem er sich gefasst hatte, kehrte Leo ins Büro zurück und rief die Kollegen zusammen.

»Walther ist noch nicht da«, sagte Hasselmann. »Wollen wir auf ihn warten?«

Leo verneinte und gab eine kurze Erklärung ab. Er schaute in betretene Gesichter.

»Ich hoffe auf Ihre Diskretion«, fügte er hinzu. »Ich möchte nicht, dass in den anderen Inspektionen darüber geklatscht wird, ist das klar?«

Nicken.

»Gut.« Dann berichtete er vom Überfall auf Hedwig Vierroth. Er war nicht richtig bei der Sache und schaute öfter als sonst in seine Notizen, weil es ihm schwerfiel, seine Gedanken beisammenzuhalten. Zum Glück schien es niemand zu bemerken.

Auch die anderen hatten Zweifel, dass der Fall Vierroth mit ihrem zusammenhing, obgleich das Chloroform ein Hinweis war, den man nicht einfach übergehen konnte.

Schließlich schlug Klein vor, die Kollegen von der Sitte sollten nachfragen, ob es der übliche Heimweg des Mädchens gewesen sei. »In diesem Fall könnte man sie bewusst beobachtet und als Opfer ausgewählt haben. Oder der Täter ist womöglich ein Bekannter, der mit ihren Angewohnheiten vertraut war.«

Leo nickte. »Ich habe Fritzsche auf die Fälle aus Frankfurt hingewiesen. Damals gab es keinerlei Hinweise auf eine Bekanntschaft zwischen Opfern und Täter. Reden Sie mit ihm und berufen Sie sich auf mich. Sonst noch etwas?«

Neufeld deutete auf den Aktenordner, der vor ihm auf dem Tisch lag. »Ich bin die Unterlagen durchgegangen, Herr Oberkommissar. Henkel wird verdächtigt, im April an der Befreiung von Otto Braun beteiligt gewesen zu sein.«

»Was!«, rief Leo, schlagartig von seinen düsteren Gedanken abgelenkt. »Diese Aktion im Moabiter Gericht! Ich kann mich an den Aufruhr erinnern.«

Der Kommunist Otto Braun hatte eineinhalb Jahre in Untersuchungshaft in Moabit gesessen, weil er beschuldigt wurde, Dokumente der deutschen Geheimpolizei an die Sowjetunion weitergegeben zu haben. Bei einem Besuch seiner Freundin Olga Benario, ebenfalls Kommunistin und politisch aktiv, war es zu einer spektakulären Befreiungsaktion gekommen. Die Helfer trugen ungeladene Waffen bei sich und hielten damit das Wachpersonal in Schach, so dass Braun und seine Freundin fliehen konnten.

»Braun versteckte sich danach vier Wochen lang in verschiedenen Quartieren, vermutlich auch in der Wohnung der Henkels. Aber man konnte ihnen nichts nachweisen. Sie wissen, wie die Kommunisten zusammenhalten, wenn es gegen die Polizei geht«, sagte Neufeld.

Leo schaute nachdenklich auf den Ordner.

»Deutet etwas darauf hin, dass Henkel gewalttätig ist?«

»Jenseits der üblichen Schlägereien mit der SA? Nein. Wir wissen allerdings wenig über sein Privatleben. Er wohnt mit seiner verwitweten Mutter zusammen und ist ausgebildeter Maurer.«

»Arbeitet er in dem Beruf?«

»Er war in einem Bauunternehmen angestellt, bis er vor eineinhalb Jahren entlassen wurde. Seinem Chef gefielen seine politischen Aktivitäten nicht. Seither schlägt er sich mit Gelegenheitsarbeiten durch. Aber er ist nicht ungebildet, hat auch einige Artikel in KPD-nahen Blättern veröffentlicht.«

»Wie hat er Adele Schmidt wohl kennengelernt? Er scheint mir nicht der Mann zu sein, der in Ballhäusern verkehrt.«

»Wohl kaum«, sagte Neufeld und sah auf die Uhr. »Henkel ist bis jetzt nicht aufgetaucht. Was machen wir?«

»Genau das, was der Kollege Hasselmann ihm angedroht hat. Wir leiten die Fahndung ein.«

Leo ging in sein Büro und rief in der Inspektion H an, die für Fahndungen zuständig war. Danach blieb er am Schreibtisch sitzen und stützte den Kopf in die Hände. Wie einfach wäre es doch, wenn Hans Henkel seine ehemalige Freundin aus Eifersucht getötet hätte. Eine saubere Lösung, zwei Fliegen mit einer Klappe, für die Inspektion A und die Politische Polizei. Doch zu vieles passte nicht zusammen: Das Chloroform. Der öffentliche Schauplatz. Dann war da noch das Kleid. Und jetzt auch noch der Fall Vierroth, den sie im Kopf behalten mussten.

Leo wusste, dass es sträflich wäre, Hans Henkel zu vernachlässigen. Aber sein Gefühl sagte ihm, dass Adele Schmidt nicht das Ziel und der Mörder kein eifersüchtiger Kommunist gewesen war. Andererseits hatte Oleg Tarassow ausgesagt, der Mann sei jähzornig und Adele habe sich zeitweise vor ihm gefürchtet.

Immerhin lenkten ihn die Überlegungen von den Gedanken an Robert ab, der das Präsidium durch die Hintertür verlassen hatte. Beinahe wie ein Verbrecher.

Wolf Meinecke betrat den Spiegelsaal. Hier oben war es fast immer dämmrig, selbst tagsüber und im Sommer, als wäre dieser Raum nur für den Abend geschaffen. Staubflocken tanzten im Lichtstrahl, der durch ein Fenster fiel. Unten herrschte beinahe täglich Saalbetrieb, im ganzen Haus nur an manchen Abenden. Clärchen plante für den übernächsten Samstag einen großen Kostümball, bei dem in beiden Sälen getanzt werden sollte.

Das verlangte genaue Planung und eine Menge Arbeit. Sie mussten für den Abend zusätzliches Personal und eine zweite Kapelle engagieren. Tischtücher, Dekorationen, Gläser und Geschirr mussten ausgepackt und sorgfältig gereinigt werden, damit am Abend das Licht in makellosem Glas funkelte.

Meinecke ging durch den Saal, die Hände in den Hosentaschen, und sah sich nachdenklich um. Wenn hier der Kostümball stattfand, war Adele schon zwei Wochen tot. Natürlich musste alles weitergehen, doch es bedrückte ihn, wie selbstverständlich sich die Lücke schloss, die sie hinterlassen hatte.

Er musste an die Ferien bei seinen Großeltern an der Ostsee denken. Als kleiner Junge hatte er mit Vorliebe tiefe Löcher am Strand gebuddelt, die sich sofort wieder mit Sand und Wasser füllten. Ohne die geringste Spur zu hinterlassen.

Meinecke trat ans Fenster und schaute in den Hof. Da unten hatte sie gelegen in ihrem wunderschönen Kleid. Er seufzte und drehte sich um, nahm den Saal in Augenschein. Das Parkett war ziemlich stumpf geworden, aber sie durften es mit dem Bohnern auch nicht übertreiben, damit die Leute nicht beim Tanzen ausrutschten.

Sein prüfender Blick wanderte nach links, wo sich eine geräumige Nische für die Kapelle befand. Früher hatten die

Musiker auf einer an einen Balkon erinnernden Empore gesessen, doch die war irgendwann zu klein geworden. Ihm hatte die Empore mit ihren üppigen Schnitzereien schon immer gefallen. Sie erinnerte ihn an eine herrschaftliche Loge in einem Schloss oder eleganten Theater. Meinecke wollte sich gerade abwenden, als er stutzte.

Rasch durchquerte er den Saal und blieb vor der schmalen Treppe stehen, die zur Empore führte. Davor lag ein zerknülltes Papier. Er bückte sich und hob es auf. Es war ein Butterbrotpapier.

Meinecke hielt es an die Nase. Es roch noch schwach nach Wurst. Er faltete es auseinander – es haftete noch ein Schmierfleck Margarine daran.

Er ließ das Papier fallen und sah sich verwundert um. Wenn hier nicht getanzt wurde, war der Saal verlassen. Er hatte noch nie erlebt, dass jemand seine Pause hier verbracht hätte.

Also stieg er die Treppe hinauf und schaute durch die Tür auf die Empore.

Im nächsten Moment stürzte er aus dem Saal, die Treppe hinunter und in Clärchens Kontor.

Leo und Sonnenschein fuhren sofort zum Ballhaus. Clara Bühler empfing sie am Eingang, die Hände in die Hüften gestemmt.

»So was habe ich in all den Jahren nicht erlebt«, verkündete sie und deutete anklagend auf die Tür, durch die man in den ersten Stock gelangte. »Kommen Sie mit.«

Die Kriminalbeamten folgten ihr die Treppe hinauf. Im Saal schaute Leo sich staunend um. Er war noch nicht hier oben gewesen und war beeindruckt von den gewaltigen Spiegeln, den vergoldeten Leuchtern und dem Stuck, den geschnitzten Verzierungen und Wandtäfelungen, die auch in ein Schloss gepasst hätten.

»Da drüben«, sagte Frau Bühler energisch und deutete auf die Holztreppe in der rechten Ecke, vor der ein zerknülltes Butterbrotpapier auf dem Boden lag. »Wie ich schon sagte, Meinecke hat es vorhin entdeckt. Nur darum ist er überhaupt auf die Empore gegangen, die wird eigentlich nicht mehr benutzt.«

Sonnenschein zog Handschuhe über, bückte sich und schob das Papier in eine Tüte, die er in seiner Aktentasche verstaute.

Ohne etwas zu berühren, stieg Leo die Treppe hinauf und trat in die offene Tür.

Auf der Empore lagen eine Decke und zwei Kissen. Daneben stand ein Lederkoffer. Er drehte sich zu Sonnenschein um.

»Sieht tatsächlich so aus, als hätte hier jemand übernachtet und wäre überstürzt aufgebrochen. Jedenfalls hat die Person ihren Koffer zurückgelassen.«

Er zog Handschuhe über, machte einen Schritt nach vorn und hob den Koffer hoch. Er war nicht sonderlich schwer. Er trug ihn nach unten und legte ihn auf den Boden, wobei ihn Sonnenschein und die Ballhausbesitzerin gespannt beobachteten. Es war ein einfacher, aber gut gearbeiteter Koffer, dessen Ecken leicht abgestoßen waren. Er öffnete die Schnallen und klappte den Deckel hoch.

Dann ging er den Inhalt vorsichtig durch, ohne etwas herauszunehmen. Es waren Frauenkleider: Wäsche, Strümpfe, Strumpfhalter, ein Paar handgestrickte Socken. Zwei Blusen. Zwei Tageskleider, gute Qualität, ein Rock. Ein Waschbeutel mit einem Stück Lavendelseife, Taschenspiegel, Puder, Lippenstift. Haarbürste, ein Fläschchen Brillantine. Im Innendeckel befand sich ein Fach aus Stoff mit Gummizug. Leo schob die Hand hinein und zog einige Geldscheine heraus. Er fächerte sie auf.

»Fünfzig Mark.« Er schaute Frau Bühler an. »Haben Sie eine Vorstellung, wem die Sachen gehören?«

»Das hätte ich Ihnen wohl gesagt, Herr Oberkommissar«, entgegnete sie entrüstet. »Erst geschieht hier dieses schreckliche Verbrechen, dann stellt sich heraus, dass jemand mein Ballhaus als Hotel benutzt. Ich habe Ihnen alles gesagt, was ich weiß. Dies ist ein anständiges Haus, wir haben nichts zu verheimlichen.«

»Das behauptet auch niemand, Frau Bühler«, sagte Sonnenschein beschwichtigend. »Aber wenn sich hier jemand versteckt hat, wäre es denkbar, dass es mit dem Fall Adele Schmidt zu tun hat.«

»Aber das sind Frauensachen«, sagte die Ballhausbesitzerin. »Sicher hat doch ein Mann Adele getötet, oder?«

Leo klappte den Koffer zu und stand auf. »Das wissen wir nicht mit Sicherheit. Wie viele Zugänge hat der Saal?«

»Zwei«, erklärte Clara Bühler sofort und deutete auf die Orchesternische. In der Wand dahinter befand sich eine Schiebetür, die kaum zu bemerken war. »Durch diese Tür gelangt man ins Treppenhaus. Allerdings sitzt die Kapelle davor, daher wird sie nur selten benutzt. Und wenn, dann nur von den Musikern oder dem Personal. Gäste haben keinen Zutritt.«

»Und dann gibt es noch die Außentür, durch die wir vorhin gegangen sind?«

»Die schließe ich immer persönlich auf und zu. Sollte ich verhindert sein, übernimmt das Meinecke, er hat die Zweitschlüssel. Mein Mann hat auch ein Bund, aber er ist gesundheitlich nicht in der Lage, ins Ballhaus zu kommen.«

»Wäre es denkbar, dass jemand die Frau während der Öffnungszeiten hereingelassen hat?«

»Sie meinen, jemand vom Personal hat sie dort versteckt?«, fragte Clara Bühler.

»So ist es.«

»Gewöhnlich lege ich für meine Angestellten die Hand ins Feuer, aber ... ich weiß nicht.« Sie zögerte. »Ich kann mir jedenfalls nicht vorstellen, dass jemand von ihnen kriminell ist.«

»Nun«, Sonnenschein räusperte sich, »mit viel Fantasie könnte man das Vergehen als Hausfriedensbruch bezeichnen, aber es ist nichts Schlimmes passiert, keine Schäden oder Diebstähle. Bislang steht nur fest, dass jemand dort geschlafen und ein Butterbrot gegessen hat. Das ist an sich noch kein Verbrechen.«

»Wir müssen noch einmal mit allen Angestellten sprechen«, sagte Leo. »Wir fangen jetzt gleich damit an, und wer noch nicht im Hause ist, wird später von unseren Kollegen befragt.«

Sie nickte. »Ich gehe nach unten und rufe alle zusammen, die schon da sind. Ich kann nicht dulden, dass solche Dinge hinter meinem Rücken passieren.« Ihr Gesichtsausdruck verhieß nichts Gutes für ihre Angestellten.

Nachdem sie den Saal verlassen hatte, schaute Leo Sonnenschein an. »Es wäre denkbar, dass die Person, die diese geheimnisvolle Frau versteckt hat, uns gar nichts mehr verraten kann.«

»Adele Schmidt?«

»Möglich wäre es.«

Adele Schmidt könnte einer Freundin geholfen haben, die sich in einer Notlage befand und dringend eine Unterkunft brauchte. Sie selbst konnte sie nicht aufnehmen. Also schmuggelte sie die Frau in den Spiegelsaal. Denkbar, dass die Freundin ihr als Dank das blaue Kleid geschenkt hatte.

Ihm kam noch ein Gedanke. Die Unbekannte hatte Geld besessen, sich aber kein Zimmer in einer Pension genommen. Hatte sie das Geld für etwas anderes gebraucht? Oder sollte niemand wissen, wo sie war?

Als sie nach den unergiebig verlaufenen Befragungen mitsamt dem Koffer auf dem Hof standen, sagte Sonnenschein: »Glaubst du, der Täter könnte es auf die Freundin abgesehen haben?«

Leo nickte. »Es passt. Mal sehen, ob uns der Koffer noch etwas verrät.«

Es wurde immer rätselhafter, dachte Leo und betrachtete die Kleidungsstücke, die auf seinem Schreibtisch ausgebreitet waren. Gute Qualität, aber keines davon stammte aus einem Maßatelier, das über seine Kundinnen Buch führte; vermutlich hatte die Besitzerin sie im Warenhaus erstanden. Man hatte eine Vielzahl von Fingerabdrücken auf den Geldscheinen gefunden, die einander überlagerten und verwischten. Mit den Schließen des Koffers sah es etwas besser aus. Zwei Sätze von Fingerabdrücken, die man nun der Kartei zuzuordnen versuchte; die Überprüfung würde eine Weile dauern.

Er hob den Kopf. »Weißt du, was mir nicht aus dem Kopf geht? Ein Bekannter, der Pianist ist, und eine Freundin, die heimlich im Ballhaus übernachtet haben könnte, und beide sind verschwunden.«

»Denkst du das Gleiche wie ich?«, fragte Sonnenschein.

»Möglich ist es, aber dafür brauchen wir Beweise.«

Leos Schritte waren schwer, als er die Haustür öffnete und durchs Treppenhaus ging, das gewöhnlich kühl war, in dem sich aber noch die Sommerhitze staute. Seine Haare unter dem Hut klebten feucht an den Schläfen, die Aktentasche schien seinen Arm herabzuziehen.

Er war heilfroh gewesen, als er das Präsidium verlassen konnte. Die Ermittlungen machten Fortschritte, aber Roberts Versetzung lag wie ein Albdruck auf ihm.

Es gab nur einen Menschen, mit dem er über all das sprechen wollte.

Er wollte gerade den Schlüssel im Schloss drehen, als die Tür von innen geöffnet wurde. Als er Clara sah, wurde ihm ganz warm in der Brust.

Sie trug ein neues dunkelgrünes Kleid, das wunderbar zu ihren dunkelroten Haaren passte, und war beim Friseur gewesen. In der Hand hielt sie eine große Tasche, aus der mehrere Bücher und ein Stapel Papiere hervorschauten.

»Du erinnerst dich doch?«, fragte sie, als sie seinen Gesichtsausdruck bemerkte.

Er trat ein und küsste sie zur Begrüßung. »Woran?«

»Na, an meinen Vortrag heute Abend. Bei Elly an der Hochschule, über den Krieg in der jüngeren deutschen Literatur. Ich habe dir davon erzählt.« Sie klang nicht vorwurfsvoll, eher belustigt.

Er hängte den Hut an den Haken und fuhr sich über die feuchten Haare. »Ja, hast du. Tut mir leid. Musst du sofort weg?«

»Ich bin schon spät dran. Das Essen steht in der Küche. Marie macht Hausaufgaben bei ihrer Freundin Franzi und isst bei ihr zu Abend.« Sie sah ihn prüfend an, kniff ein wenig die Augen zusammen. »Ist etwas? Du siehst bedrückt aus.«

Er zog Jackett und Weste aus. »Nein. War ein anstrengender Tag. Geh nur, ich wünsche dir viel Erfolg. Nächstes Mal bin ich dabei.«

Sie küsste ihn auf die Wange und verschwand durch die Tür.

Die Wohnung war ganz still. Er ging langsam in die Küche und füllte ein Glas mit kaltem Wasser, trank es in einem Zug aus, stellte es ab und sah sich unschlüssig um.

Er nahm sich den Teller mit den Broten und die Suppe, die Clara in ein Handtuch gewickelt und in die Kochkiste gestellt hatte, und setzte sich damit an den Tisch.

Leo starrte auf das Essen, ohne es wirklich zu sehen. Er fühlte sich in die Vergangenheit zurückversetzt, in eine Zeit, in der er sich allein gefühlt hatte, obwohl er mit Ilse und den Kindern zusammenlebte.

Das war natürlich Unsinn. Er wusste, dass Marie jeden Augenblick auftauchen konnte und Clara heute Nacht neben ihm im Bett liegen würde, und doch schmerzte etwas tief in seinem Inneren.

Er ließ den Bügelverschluss der Bierflasche knallen, die Clara extra für ihn in der Eckkneipe besorgt haben musste, und nahm einen tiefen Zug. Dann hielt er inne, die Flasche in der Hand.

Robert war für ihn da gewesen, als er schwere Zeiten durchgemacht hatte. Zwischen ihnen hatte es keine Geheimnisse gegeben, und Sorgen wurden bei Aschinger, in einer Kneipe oder dem Schrebergarten geteilt. Dem Schrebergarten, den Robert für Jenny aufgegeben hatte.

Nun drohte ihre Freundschaft zu zerbrechen, und er wusste nicht, wie er das verhindern sollte.

Dann hörte er, wie sich ein Schlüssel im Schloss drehte. Es war Marie, wie erwartet.

»Tag, Vati.«

»Tag, Liebes. Was hast du heute angestellt? Komm, iss noch ein Brot mit mir.«

Marie setzte sich auf den Stuhl ihm gegenüber, nahm sich ein Brot und erzählte mit vollem Mund: »Der Matthias hat einen Papierkorb angezündet, weil er gehofft hat, dass die Feuerwehr kommt und wir dann frei haben. Aber der Pudel hat's gemerkt. Also mussten wir bis eins in der Schule bleiben, und der Matthias muss nachsitzen. Und der Pudel hat ihm einen Brief für seine Eltern mitgegeben.«

Leo biss in sein Brot und fragte: »Welcher Pudel?«

»Dr. Pudlowski, mein Deutschlehrer«, sagte Marie lachend. »Wir nennen ihn Pudel, weil er so lockige Haare hat. Er macht da nicht dieses Zeug rein, das du immer nimmst, und dann stehen sie vom Kopf ab wie bei einem Pudel.«

»Das Zeug nennt man Frisiercreme. Und ich stelle mir gerade vor, wie dein Lehrer hechelnd und bellend zur Tür reinkommt.«

Marie prustete los. »Vati!«

»Was ist denn?«, fragte er mit Unschuldsmiene. Auf einmal fühlte er sich ein bisschen leichter und konnte mit Appetit seine Suppe essen.

»Du bist mein Vater. Du musst sagen, das gehört sich nicht.«

Leo lachte. »Marie, mein Schatz, es gibt ganz andere Dinge, die sich nicht gehören, die sehe ich täglich bei der Arbeit. Seinem Lehrer einen Spitznamen zu geben ist verzeihlich.«

»Du bist lieb. Kann ich dich jetzt allein lassen?«

Er blickte erstaunt auf. »Natürlich. Warum fragst du?«

Marie lächelte nur und verschwand aus der Küche.

Leo saß kopfschüttelnd vor seiner Suppe und fragte sich, seit wann seine Tochter ihn tröstete statt umgekehrt.

17

Donnerstag, 5. Juli 1928

Robert Walther ging das kurze Stück vom Bahnhof Tiergarten zur Klopstockstraße zu Fuß. Hinter ihm lag das weite Grün des Parks, nach rechts führte die Charlottenburger Chaussee am Schloss Bellevue vorbei in Richtung Brandenburger Tor. Er kam selten ins Hansaviertel und hatte ganz vergessen, wie prächtig die meisten Häuser in dieser Gegend waren.

Er trat den Dienst mit gemischten Gefühlen an. Einerseits war er froh, Leo, Neufeld und die anderen eine Zeit lang nicht zu sehen. Andererseits wusste er nur zu gut, dass dies eine Bewährungsprobe, ebenso gut aber auch eine dauerhafte Verbannung sein konnte.

Das Polizeiamt 2 war für dreizehn Reviere zuständig, was eindrucksvoll klingen mochte, doch Walther war klar, dass die Kriminalbeamten hier keine großen Fälle bearbeiteten. Nun denn, er musste sich fürs Erste damit abfinden und sich bewähren, damit er irgendwann ins Präsidium zurückkehren konnte. Immerhin hatte Gennat rasch gehandelt und ihn nicht lange hingehalten.

Nachdem er das Präsidium durch eine Hintertür verlassen hatte – er wollte niemandem begegnen, den er kannte –, hatte Walther den gestrigen Tag damit verbracht, die Bierflaschen in seiner Küche anzustarren und schließlich nacheinander im Spülbecken zu zerschlagen. Dabei hatte er sich in die Hand geschnitten, ziemlich schmerzhaft, ein großes Pflaster klebte auf der Wunde. Aber es war ihm gelungen, keinen Schluck zu trinken. Das allein zählte.

Nun stand er vor der großen Doppeltür von Nummer 29, neben der ein Schild das Polizeiamt ankündigte. Er holte tief Luft und stieß die Tür auf.

Der Schupo am Empfang sah ihn fragend an.

»Kriminalbezirkssekretär Walther, melde mich zum Dienst.«

»Oberinspektor Kirche mein Name«, erwiderte der Schupo. »Man hat Sie angekündigt.« Er deutete mit dem Daumen die Treppe hoch. »Dritte Tür links, Kriminalkommissar Richter.«

Hatte ihn der Mann verächtlich angesehen, oder bildete er sich das nur ein? Walther gab sich einen Ruck, während er die Treppe hinaufstieg; er sah schon Gespenster. Ein einfacher Schutzmann würde kaum wissen, was sich in der Inspektion A abgespielt hatte.

Seine Schuhe quietschten leise auf dem Linoleum, als er sich nach links wandte und an die dritte Tür klopfte. In der Sekunde, bevor ihn eine Stimme hereinbat, dachte er an Leo. Der war sieben, nein, acht Jahre sein Vorgesetzter gewesen, und jetzt auf einmal sollte er einen anderen bekommen.

Walther drückte die Klinke hinunter und trat ein.

Der Mann sah aus wie ein Walross. Er war dick, nicht so dick wie Gennat, aber sein kugelrunder Bauch lugte über die Schreibtischplatte, und der dichte graue Schnurrbart ragte rechts und links über die Wangen hinaus.

»Kriminalbezirkssekretär Walther, nehme ich an, nur herein mit Ihnen«, sagte er in jovialem Ton. »Ludwig Richter.«

Sie gaben einander die Hand. Der Kommissar deutete auf den Stuhl, der vor seinem Schreibtisch stand. »Nehmen Sie Platz. Ihr Büro ist nebenan, aber wir sollten uns erst mal kennenlernen.«

Walther setzte sich. Mit einem so herzlichen Empfang hatte er nicht gerechnet. Richter verschränkte die Hände auf der Tischplatte und beugte sich vor. »Ich bin froh, dass Sie da sind, Walther. Seit der Pensionierung des Kollegen Otto war es hier ein bisschen einsam. Die örtlichen Inspektionen sind Inseln inmitten eines Meeres von Schutzpolizei. Man kommt sich vor, als wäre das Präsidium unendlich fern. Dabei kann man jederzeit in die Bahn steigen und zum Alex fahren, aber warum sollte man das tun?« Er sah Walther an, als erwartete er eine Antwort.

Dieser räusperte sich. »Sie sind nie im Präsidium?«, fragte er vorsichtig.

Richter lächelte. »Äußerst selten.« Dann wurde er ernst, sein Ton geradezu vertraulich. »Ich weiß nicht, warum man Sie hierher versetzt hat, und stelle auch keine Fragen. Sollten Sie sich irgendwann Luft machen wollen, finden Sie bei mir ein offenes Ohr.«

Walther musste ihn wohl überrascht angesehen haben, denn Richter fügte hinzu: »Kein Kriminalbeamter verlässt freiwillig eine Position im Präsidium, um in einer örtlichen Inspektion zu versauern. Oh, nun schauen Sie nicht so, Walther, wir machen es uns hier schon nett. Ein Vorteil ist, dass es kaum lange Abende und Wochenenddienste gibt.«

Walther schwankte zwischen Unbehagen und dem irrationalen Wunsch, sich Richter tatsächlich anzuvertrauen. Doch er musste gar nichts sagen, denn sein Gegenüber redete genug für zwei.

»Ich selbst bin seit fünf Jahren hier, ehemals Inspektion B.

Meine politischen Ansichten waren den Herren da oben nicht genehm. Beruflich habe ich mir nicht das Geringste zuschulden kommen lassen, aber Sie wissen ja, wie das ist. Wer nicht das richtige Parteibuch oder die richtige Gesinnung hat, kann bei der Berliner Polizei nichts werden. Wer nicht kuscht, landet auf dem Abstellgleis.«

Walther kämpfte mit sich. Es gefiel ihm nicht recht, dass Richter sich so vertraulich gab; andererseits musste er auf absehbare Zeit mit ihm zusammenarbeiten. Er wusste nicht, wann man ihn ins Präsidium zurückholen und ob er dann gleich wieder in der Inspektion A eingesetzt würde. Wenn er ehrlich war, wusste er nicht einmal, ob er in der Sache Krüger einigermaßen glimpflich davonkommen würde. Im schlimmsten Fall stand ihm eine Verhandlung wegen Körperverletzung bevor, die seine ganze berufliche Laufbahn zerstören konnte.

»Ich verstehe«, sagte Richter auf sein Schweigen hin. »Wir kennen uns gerade erst und müssen miteinander warm werden. Wenn Sie mögen, trinken wir nach dem Dienst gelegentlich mal ein Bier. Und wenn Sie was loswerden wollen, kommen Sie zu mir. Am besten, Sie gehen jetzt nach nebenan und richten sich dort ein. Ich habe Ihnen die Unterlagen aller laufenden Fälle auf den Tisch gelegt.«

Erleichtert stand Walther auf. Er wollte sich in Ruhe mit der neuen Aufgabe vertraut machen. Und es konnte jedenfalls nicht schaden, wenn ihm sein neuer Vorgesetzter wohlgesinnt war.

Als er an der Tür war, sagte Richter: »Eins noch, Walther. Als Unzufriedener ist man nicht so allein, wie man vielleicht glaubt.«

»Wie meinen Sie das?«

Richter strich sich über den ausladenden Schnurrbart.

»Ach, das war nur so dahingesagt. Ich heiße Sie jedenfalls willkommen im Polizeiamt 2.«

Sie erwischten Hans Henkel, als er sich am Boxhagener Platz eine Wurst kaufen wollte. Er war in eine Metzgerei gegangen, die auch warme Buletten und Brühwurst anbot. Er hielt sich bei einem Genossen versteckt, dem er nicht zur Last fallen wollte. Die Familie hatte auch ohne ihn genügend hungrige Mäuler zu stopfen.

Gerade schob er das Geld über den Tresen, als zwei Schupos mit gezogenen Gummiknüppeln hereinstürmten, dass die Tür gegen die Wand schlug und die Glocke wild bimmelte. Einer drückte Henkel gegen den Tresen, der andere drehte ihm die Arme auf den Rücken und legte ihm Handschellen an.

»Was soll das?«, fragte der Metzger, der gerade die Wurst mit Schrippe herüberreichen wollte.

»Behalt das Geld«, sagte Henkel. »Ich hab was bei dir gut.«

Dann zerrten sie ihn aus dem Laden und verfrachteten ihn in den wartenden Wagen.

Henkel wehrte sich nicht. Dass sie nach ihm fahndeten, ließ befürchten, dass sie tatsächlich irgendwie von dem Päckchen erfahren hatten, das eine Woche lang tief unten in Mutters Wäscheschrank gelegen hatte. Der Genosse aus Leipzig hatte es ihm in die Hand gedrückt und gesagt: »Pass drauf auf, ich hole es bald ab.« Was er auch getan hatte. Drei Tage später hatten sie ihn wegen eines versuchten Sprengstoffanschlags auf eine Bank verhaftet. Hatten sie herausgekriegt, dass er zuvor bei Henkel gewesen war? Oder hatten sie etwa Beweise für die Sache mit Otto Braun gefunden? In diesem Fall wäre der Spaß erst mal vorbei, dann könnte er sich die Welt durch schwedische Gardinen ansehen.

Er fragte sich allerdings, wer ihn verraten hatte. Die Genossen hielten zusammen, da wurde niemand verpfiffen. Braun und seine Freundin Olga hatten sie auch nicht erwischt, die waren längst in Moskau. Der Kriminalbeamte hatte mit Muttchen gesprochen, aber die wusste natürlich weder von dem Päckchen noch von dem Coup in Moabit.

Eigentlich hatte er vorgehabt, heute Abend im Schutz der Dunkelheit bei Muttchen vorbeizuschauen, aber das war nun unmöglich. Hoffentlich sagte ihr jemand Bescheid, dass es ihm gutging, sie machte sich immer solche Sorgen.

Er schaute nach draußen. Wären sie nicht zum Präsidium unterwegs gewesen, hätte er die Fahrt genießen können. Jemand wie er hatte selten das Vergnügen, in einem Automobil zu fahren.

Dann tauchte der Schlesische Bahnhof auf, das war sein Kiez, hier war er aufgewachsen. Es drängte ihn, aus dem Wagen zu springen und zu seiner Mutter zu laufen, doch der Schupo neben ihm behielt ihn die ganze Zeit im Auge.

»Stiften jehn is nich, klar?«

»Daran würd ick im Traum nich denken, Herr Wachtmeister.« Henkel hatte gelernt, dass sinnlose Provokationen nichts brachten. Er würde sich seine Kraft besser fürs Verhör aufheben.

»Immerhin haben wir zwee Tage jebraucht, um dir zu finden«, sagte der Schupo.

Er sollte sich mal nicht beschweren, da hatten sie noch Glück gehabt. In einer Stadt wie Berlin konnte man ewig untertauchen, wenn man die richtigen Verbindungen besaß. Aber Hunger und Ehrlichkeit hatten Henkel in die Metzgerei getrieben.

»Ist doch schön, dass Sie auch mal Erfolg haben.«

Der Schupo sah ihn misstrauisch an, als überlegte er, ob das eine Beleidigung sein sollte oder nicht.

Henkel schaute wieder aus dem Fenster. Vor ihnen tauchte das gewaltige rote Gebäude auf, in dem schon viele seiner Kameraden festgehalten worden waren, Symbol einer Republik, die ihre Arbeiter enttäuscht und verraten hatte. Er selbst war der Burg bis jetzt entgangen, doch irgendwann erwischten einen die Schweine eben doch.

Der Wagen fuhr in den Innenhof, der von einem Glasdach überspannt wurde. Die Tür wurde aufgerissen, ein Polizist zog Henkel am Arm heraus. Dann führten sie ihn zu zweit ins Gebäude, durch endlos erscheinende Flure, mehrere Treppen hinauf und durch eine Glastür. Inspektion A?

Er blieb unvermittelt stehen. »Was soll das?«

»Weitergehen.«

»Verdammt, ich weiß, wo ich hier bin! Das ist die Mordinspektion! Ich hab niemand umgebracht!« Er stemmte die Füße auf den Boden und weigerte sich, auch nur einen Schritt weiterzugehen. Die Schupos zerrten an seinen Armen, rissen ihn mit, dass seine Schuhsohlen quietschend über den Boden schabten.

Eine Tür wurde geöffnet, ein Mann trat in den Flur. Henkel hob den Kopf und sah ihn an.

Graue Weste, weißes Hemd, dunkle Haare. An seiner linken Schläfe zog sich eine auffällige Narbe entlang. »Was soll der Lärm?«

»Wir haben Henkel gefunden«, verkündete ein Schupo. »Den wollten Sie doch haben, Herr Oberkommissar.«

Der Kriminalbeamte trat beiseite und deutete in sein Büro. »Rein mit ihm.«

Dann saß Henkel auf einem Stuhl, die gefesselten Hände

vor sich im Schoß. Der Oberkommissar nahm ihm gegenüber am Schreibtisch Platz.

»Mein Name ist Wechsler. Sie wurden zur Fahndung ausgerufen, Henkel.«

»Was soll ich hier?«, stieß er hervor. »Das ist doch die Mordabteilung!«

Wechsler sah ihn gelassen an. »Sie befinden sich in der Inspektion A, sehr richtig. Wir sind für Gewaltverbrechen zuständig, und dazu gehört auch Mord.«

Henkel beugte sich vor, um seinen Worten mehr Nachdruck zu verleihen. »Mit Mord hab ich nichts zu tun. Ich hatte Ärger mit den Politischen, aber ich hab keinen umgebracht.«

»Um das zu erörtern, haben wir Sie hergeholt.«

Henkel überlegte fieberhaft. Bei der Befreiung von Otto Braun war niemand umgekommen, das wusste er genau. Sicher, er hatte schon den einen oder anderen SA-Mann verprügelt und selbst auch tüchtig eingesteckt, aber noch nie jemanden getötet.

Wozu also das ganze Theater?

Der Oberkommissar beobachtete ihn genau, schien jede seiner Regungen wahrzunehmen. Er kniff ein wenig die Augen zu. Dann trank er einen Schluck Wasser, stellte das Glas wieder ab und lehnte sich zurück. Er schob einen Finger in den Kragen, als wäre ihm warm.

»Was sagt Ihnen der Name Adele Schmidt?«

Henkel war verblüfft, damit hatte er nun wirklich nicht gerechnet. »Sie war mal meine Freundin, aber das ist vorbei. Ich hab sie seit sechs Monaten nicht gesehen.«

»Adele Schmidt starb am vergangenen Samstag an ihrem Arbeitsplatz in Bühlers Ballhaus. Sie wurde getötet. Wo waren Sie an diesem Abend?«

Henkel wollte aufstehen, griff nach der Tischkante, die sich stetig von ihm entfernte. Der Oberkommissar wurde immer kleiner, schien auf einen Punkt zu schrumpfen, dann …

»Hoppla, trinken Sie erst mal einen Schluck.«

Er spürte etwas Hartes am Rücken, etwas Weicheres unter dem Kopf, über ihm war eine weiße Decke mit einem Wasserfleck. Henkel drehte langsam den Kopf nach rechts. Eine Hand unter seinen Schultern, die ihn behutsam anhob, dann ein Glas an den Lippen, Wasser rann ihm in die Kehle.

Er legte sich zurück, tastete mit der rechten Hand. Boden, harter Boden. Stoff unter seinem Kopf. Rau an der Wange. Ein Herrenjackett.

»Können Sie sich hinsetzen?«

Der Oberkommissar kniete neben ihm, das Glas in der Hand. Henkel nickte und ließ sich aufhelfen. Die Handschellen blieben, wo sie waren. Als er wieder auf dem Stuhl saß, sah ihn Wechsler nachdenklich an.

»Entweder sind Sie ein brillanter Schauspieler, oder Sie wussten wirklich nicht, dass Adele Schmidt umgebracht wurde. Ich wiederhole meine Frage: Wo waren Sie am Samstagabend?«

Er ließ den Kopf hängen und holte tief Luft. Dann blickte er auf. »Bei einer politischen Versammlung. In Moabit.«

»Wo genau?«

»In einer Kneipe in der Turmstraße. Zum roten Heinrich heißt die.«

Zu seiner Überraschung sagte der Oberkommissar: »Die kenne ich. Dann wird sicher jemand bestätigen können, dass Sie dort waren.«

»Bestimmt«, sagte Henkel sofort. »Ich hab nichts zu verbergen. Ich bin Mitglied der KPD, Unterbezirk Friedrichshain, und hab mich mit Genossen aus dem UB Moabit getroffen. Ich war bis kurz vor zwölf dort und bin mit dem Fahrrad nach Hause gefahren. Das können die Genossen bestätigen.« Er wischte sich die Augen und schaute den Oberkommissar trotzig an.

»Namen?«

»Obholzer, Schmude, Kern.«

Beim letzten Namen nickte der Oberkommissar leicht. »Joachim Kern? Das trifft sich gut. Herr Kern und ich sind befreundet.«

Ein Oberkommissar von der Kripo, der mit einem KPD-Mann befreundet war? Sachen gibt's, dachte Henkel bei sich.

»Kann ich jetzt gehen?«

»Nicht so schnell«, sagte der Oberkommissar. »Haben Sie eine Vorstellung, wer Adele Schmidt getötet haben könnte? Kennen Sie ihren Freundeskreis, ihre Kollegen?«

Das ging alles zu schnell. Er hatte doch gerade erst erfahren, dass sie tot war. Dann riss er sich zusammen. »Sie hat mal ihre Chefin erwähnt, die hat sie ziemlich bewundert. Patente Frau, hat sie gesagt. Und da war eine Kollegin namens Hilde, mit der sie sich gut verstanden hat. Über ihre Familie hat sie selten gesprochen, nur dass die Eltern irgendwo außerhalb wohnen.«

»Wie war das mit dem Schauspiellehrer?«

Henkel überlegte rasch und entschied sich für die Wahrheit. »Ich hab ihr vorgeworfen, sie hätte was mit ihm angefangen, wegen der Karriere. Sie hat alles abgestritten. Aber –« Er schluckte, seine Kehle war auf einmal furchtbar trocken. »Aber ich konnte einfach nicht fassen, dass sie mich nicht mehr wollte. Da war es leichter, an einen anderen Mann zu glauben.«

»Jetzt glauben Sie das nicht mehr?«

»Schon lange nicht mehr. Tief drinnen wusste ich ja, dass Adele nicht so eine ist.«

»Stimmt es, dass Sie ihr eines Abends vor dem Ballhaus aufgelauert haben?«

»Sie wissen aber auch alles«, entfuhr es Henkel.

Der Oberkommissar zog eine Augenbraue hoch. »Dafür sind wir da.«

Henkel sagte resigniert: »Ja, stimmt. Ich wollte sie zur Rede stellen. Aber ich hab sie nicht angefasst, das schwöre ich. Dann kam ein Schupo um die Ecke, und ich bin abgehauen. Das war alles. Ist auch schon Monate her.«

Wechsler ließ sich nicht in die Karten schauen, aber etwas an seinem Gesicht gab Henkel das Gefühl, dass der Mann ihm glaubte.

»Können Sie sich erinnern, ob Adele Schmidt jemals ein blaues Kleid mit schwarzem Spitzenmuster getragen hat?«

»Nee, wüsste nich.«

»Das Kleid stammt aus einem teuren Modesalon in der Fasanenstraße. Sie trug es, als sie getötet wurde. Angeblich war es das Geschenk einer Freundin. Können Sie sich vorstellen, wer das gewesen ist?«

»Wenn die Freundin kein kleingeratener Russe ist, kann ich Ihnen nicht helfen«, platzte es aus ihm heraus. »'tschuldigung. Aber darüber weiß ich wirklich nichts. Die Hilde Weber wird es kaum gewesen sein. Außerdem waren wir immer zu zweit, ich bin ihren Freundinnen oder Eltern nie begegnet.«

Der Oberkommissar lehnte sich zurück und legte die Fingerspitzen auf die Tischplatte. »Ich werde mit Ihren Genossen aus Moabit sprechen. Wenn diese Ihr Alibi bestätigen, sind Sie fürs Erste aus dem Schneider. Sie halten sich aber zu unserer Verfügung und verlassen die Stadt nicht, verstanden?«

Henkel atmete auf. Wie immer, wenn er erleichtert war, wurde er redselig. »Herr Oberkommissar, ich schwöre, ich hab nichts mit dem Mord zu tun. Ich war wütend auf Adele, das geb ich zu, und es tut mir immer noch weh, dass sie mich sitzengelassen hat. Aber ich hätte ihr niemals etwas angetan, nie im Leben. Ich würde überhaupt keiner Frau was antun. Ich achte Frauen, da können Sie mein Muttchen fragen.«

»Sie hören von uns. Sie können jetzt gehen.«

18

»Hast du von Robert gehört?«, erkundigte sich Sonnenschein.

»Er hat heute seinen ersten Tag im Polizeiamt 2«, sagte Leo.

Als nichts weiter folgte, wechselte Sonnenschein rasch das Thema. »So ... du bist sicher, dass Henkel nicht der Mörder ist?«

»Sicher bin ich mir nicht, aber er wirkte überzeugend. Natürlich überprüfe ich sein Alibi. Joachim Kern, ein Freund von mir, war angeblich zur selben Zeit in der Kneipe. Wir kennen uns seit einer Ewigkeit; er wird mich nicht belügen, selbst wenn wir für die KPD ein rotes Tuch sind.«

In diesem Augenblick klingelte das Telefon. »Wechsler.«

»Das St.-Hedwig-Krankenhaus. Ich stelle durch«, sagte Fräulein Meinelt.

Sonnenschein wandte sich zum Gehen, doch Leo bedeutete ihm, noch zu bleiben. Nachdem er zugehört hatte, sagte er: »Mein Kollege kommt sofort vorbei. Bitte halten Sie sich bereit.« Als er eingehängt hatte, sagte er: »Das war eine Krankenschwester aus dem Hedwig-Krankenhaus, die ein paar Tage verreist war. Sie hat gesehen, wie am Samstagabend jemand über die Mauer vom Ballhaus gestiegen ist. Sie wollte der Sache nachgehen, doch dann kam ein dringender Notfall dazwischen, und sie hat es vergessen. Heute ist sie wieder im Dienst und hat sich sofort daran erinnert.« Leo schrieb etwas auf einen Zettel. »Schwester Adelgunda, Männerflügel des Hauptgebäudes. Sie erwartet dich.«

Sonnenschein ging vom Alexanderplatz aus zu Fuß. Die Geschichte mit Walther hatte ihn erschüttert. Er konnte nicht glauben, dass der meist so fröhliche Kollege handgreiflich geworden war. Walther war lange genug dabei, um zu wissen, dass ein Polizeibeamter sich keine derartigen Übergriffe erlauben konnte, und schon gar nicht, wenn es dabei um sein Privatleben ging.

Immerhin konnte sich Leo nun wieder ganz auf den Fall konzentrieren. Die Reibereien der letzten Tage und Walthers offenkundige Eifersucht auf Neufeld waren schwer erträglich gewesen.

Als Sonnenschein in die Große Hamburger Straße einbog, ragte das St.-Hedwig-Krankenhaus vor ihm auf, ein gewaltiger Bau aus rotem Backstein, dessen Dach von spitzen Giebeln und Türmchen gekrönt wurde. Er betrat die große Halle im Vorderhaus, fragte kurz am Empfang und verließ das Gebäude wieder durch den Hinterausgang. Dieser führte auf einen großen Innenhof, der an drei Seiten von Gebäuden eingefasst wurde. In der Mitte befand sich ein Rondell mit bunten Sommerblumen, das der Anlage einen freundlichen Anstrich verlieh. Am großen Bau gegenüber standen Gerüste, das war wohl das Hauptgebäude, in dessen Männerflügel die Zeugin arbeitete. Sie hatte gesagt, sie werde in der Halle auf ihn warten.

Und tatsächlich kam ihm, sowie er durch die Tür trat, eine zierliche Ordensschwester in schwarzer Tracht entgegen. Der weiße Rand ihres Schleiers und das goldene Kreuz, das sie um den Hals trug, waren die einzigen hellen Flecken an ihrer Erscheinung. Ihr freundliches Lächeln erhellte die Düsternis der Tracht. Sie stellte sich als Schwester Adelgunda von den Barmherzigen Schwestern vom heiligen Karl Borromäus vor.

»Können wir uns irgendwo in Ruhe unterhalten?«, fragte Sonnenschein.

Sie deutete auf die Tür. »Ich schlage vor, wir gehen nach draußen. Dort kann ich Ihnen am besten zeigen, wo ich am Samstag meine Beobachtung gemacht habe.«

Der Kriminalbeamte folgte ihr in den Innenhof, wo sich die Ordensschwester nach links wandte. Dort begrenzte eine Kirche mit Ecktürmchen und gotischen Fenstern das Krankenhausgebäude.

»Wie ich Oberkommissar Wechsler bereits sagte, arbeite ich im Männerflügel.« Sie gingen um die Kirche herum, Schwester Adelgunda blieb stehen und deutete nach oben. »Er befindet sich unmittelbar hinter der Kirche. Von dort oben blickt man auf das Kesselhaus, die Wäscherei und die Leichenhalle.« Sie zeigte auf die fraglichen Gebäude, die alle aus dem gleichen roten Backstein errichtet waren.

»Am Samstagabend habe ich dort oben ein Fenster geöffnet, weil es so drückend war. Sie erinnern sich gewiss an das heftige Gewitter, das an dem Abend niederging. Dabei schaute ich zur Wäscherei hinüber. Es war noch nicht ganz dunkel, und das Gelände ist gut beleuchtet. Da bemerkte ich, dass jemand über die Mauer kletterte.«

»Welche Mauer war das, Schwester Adelgunda?«, fragte Sonnenschein, das Notizbuch in der Hand.

»Kommen Sie.« Ihre Schritte waren erstaunlich ausgreifend für eine so kleine Person. Hinter der Wäscherei wandte sie sich nach rechts und blieb vor einer Mauer stehen. »Diese hier.«

Sonnenschein versuchte, sich die Lage der Gebäude in Erinnerung zu rufen, doch die Schwester kam ihm zuvor.

»Dahinter befindet sich ein Ballhaus. Dessen Hof grenzt auf zwei Seiten ans Krankenhausgelände – hier und an der Rückseite der Wäscherei.«

»Kommen wir zu Ihrer Beobachtung. Was genau haben Sie gesehen?«, fragte Sonnenschein.

»Jemand ist über die Mauer gestiegen, und zwar vom Ballhaus aus zu uns herüber. Er schob sich bäuchlings über die Mauerkrone und sprang auf dieser Seite herunter. Dann ist er dort entlanggelaufen …«, sie zeigte auf den Weg, den sie soeben gekommen waren. »Er hat versucht, im Schatten zu bleiben, als wollte er nicht gesehen werden, tauchte aber immer wieder im Licht der Laternen auf. Dann ist er im Vorderhaus verschwunden.«

»Woher wissen Sie, dass es ein Mann war?«

»Nun, ich mag Ordensschwester sein, aber so etwas erkenne ich durchaus. Er trug einen dunklen Anzug und hatte die Haare mit Pomade frisiert. Die glänzte, als er unter einer Laterne hindurchlief.«

»Verstehe. Was haben Sie dann unternommen?«

Sie wurde ein wenig rot. »Ich wollte der Sache nachgehen. Wir dulden keine Unbefugten auf dem Gelände. Doch dann rief man mich zu einem Notfall. Es kam zu einer langwierigen Behandlung mit nachfolgender Operation, und ich muss gestehen, ich habe den Vorfall vergessen. Danach war ich einige Tage im Mutterhaus in Trier, und als ich zurückkam, las ich in der Zeitung von dem Verbrechen.«

»Das ist eine sehr wichtige Aussage, Schwester Adelgunda«, sagte Sonnenschein. »Wissen Sie noch, um wie viel Uhr Sie das beobachtet haben?«

»Gewiss. Ich habe auf die Uhr gesehen, die im Flur hängt. Es war kurz nach zehn.«

»Ganz sicher? Könnte es auch Viertel oder zwanzig vor zehn gewesen sein?«

»Nein, es war nach zehn, das weiß ich genau«, sagte die Ordensschwester entschieden.

»Haben Sie jemanden auf dem Gelände bemerkt, der den Mann ebenfalls gesehen haben könnte? Oder haben andere Mitarbeiter des Krankenhauses ihn erwähnt?«

»Nicht dass ich wüsste. Ich habe wohl als Einzige im richtigen Moment aus dem Fenster gesehen. In der Wäscherei war um diese Zeit niemand mehr. Als ich von dem Mord erfuhr, habe ich auf der Station herumgefragt, ob sonst jemand etwas bemerkt hat, aber das scheint nicht der Fall zu sein.«

»Sollte Ihnen noch etwas einfallen, rufen Sie uns bitte an. Wir lassen Ihnen die Aussage zur Unterschrift vorlegen. Und vielen Dank, dass Sie sich gemeldet haben, Schwester Adelgunda«, sagte Sonnenschein.

Als die Ordensschwester wieder im Gebäude verschwunden war, schaute er sich nachdenklich um. Er hatte nicht grundlos nachgehakt, als es um die Uhrzeit ging. Die Leiche von Adele Schmidt war um Viertel vor zehn entdeckt worden. Falls der Mann auf der Mauer sie getötet hatte, müsste er sich unmittelbar nach dem Mord versteckt oder dreist unter die Gäste gemischt haben und unbemerkt über die Mauer gestiegen sein, nachdem das Durcheinander losgebrochen war. Ein großes Risiko.

Er fragte sich, ob es jemand anders gewesen sein könnte. Aber wer außer dem Mörder hätte Grund gehabt, sich auf diesem Weg aus dem Ballhaus zu stehlen?

Sonnenschein hatte eine leise Ahnung.

Georg Wechsler war auf dem Heimweg. Er hatte mit Christoph für die Mathematikarbeit geübt, die am nächsten Tag anstand, und pfiff vor sich hin, als er das Haus in der Elberfelder Straße verließ, in dem die Behlers wohnten. Sie waren seit einigen Monaten gut befreundet, und er dachte kaum noch an Wolfgang, mit dem er so viel Zeit verbracht hatte. Im Januar war für Georg eine Ära zu Ende gegangen, die er zusammen mit der gelbbraunen Uniform eingemottet hatte.

Mit dieser Ära – und mit Wolfgang – hatte er abgeschlossen, das hatte er sich geschworen, und eigentlich hatte er die Uniform verkaufen und das Geld seinem Vater zurückgeben wollen. Doch das hatten seine Eltern abgelehnt.

»Dann trägt sie nur ein anderer Junge«, hatte Clara gesagt und ihn eindringlich angesehen, worauf Georg die Uniform zusammengefaltet und ganz hinten in den Kleiderschrank gelegt hatte.

Ab und zu begegnete er Wolfgang auf der Straße. Dann nickten sie einander zu, grüßten sich auch, ansonsten aber war es, als hätte es die Zeit bei den Adlern, den Schuppen und die heimlichen Treffen mit dem SA-Mann Karl Boehse nie gegeben.

Er nahm den Umweg durch die Waldenser Straße, weil es dort die besten Brausebonbons gab, und kaufte eine extragroße Tüte, damit für Marie auch etwas übrigblieb.

Im Gehen kickte er einen Stein vor sich her und überlegte, ob er seinen Vater fragen sollte, wann sie wieder mal zum Fußball gingen. Der Riemen der Schultasche drückte, und er schwitzte, obwohl es gar nicht mehr so warm war. Er blieb stehen und schob sich die Haare aus der Stirn, bevor er weiterging und mit der Sandale gegen den Kiesel trat, der hochhüpfte, wenn er gegen die Kante einer grauen Gehwegplatte stieß.

Da war die Ecke Emdener Straße, nur noch ein paar Minuten, dann war er zu Hause. Vielleicht hatte Clara Himbeerlimonade kaltgestellt, die machte sie im Sommer oft selbst.

Die Hand schoss so schnell aus dem Torbogen, dass Georg nicht mehr reagieren konnte. Jemand riss ihn am Arm in den dunklen Durchgang, weitere Hände griffen nach ihm und stießen ihn zu Boden. Etwas Hartes traf seinen Magen, dann seinen Kopf. Sein Mund schmeckte nach Metall.

Ich werde verprügelt, dachte er ganz sachlich. Das Unheimliche war, dass niemand ein Wort sprach. Er hörte schweren Atem, keuchend von der Anstrengung, mit der ihn die Sohlen trafen. Schuhe scharrten über den Boden.

Georg brauchte keine Stimmen oder Worte, um zu wissen, wer es war. Wolfgang Müller und seine Freunde.

Dann riss Papier, ein Regen aus Brausebonbons ergoss sich klickend auf den Steinboden. Sie knirschten unter den Füßen der davonrennenden Jungen.

Georg drehte sich auf den Rücken, schaute nach oben und dachte an den Tag vor einem halben Jahr, als dieselben Jungen Christoph verprügelt hatten. Damals hatte Georg ihm geholfen.

Für ihn war heute niemand da.

19

Als Leo die Kneipe betrat, erscholl Gesang aus dem Hinterzimmer. »Dem Morgenrot entgegen«, wenn er sich nicht täuschte. Vermutlich der Arbeiterchor, in dem auch Joachim sang, er kam also gerade richtig.

»Tag, Herr Kommissar«, sagte der Wirt Heinrich Lauffen und schaute auf die Uhr. »Sie sind ja früh dran heute.«

»Ich bin dienstlich hier.«

Lauffen sah ihn erstaunt an. »Seit wann sind Sie denn ein Politischer?«

»Bin ich gar nicht. Es geht um einen Mordfall, genauer gesagt um ein Alibi. Hat sich am letzten Samstag ein Hans Henkel hier aufgehalten?«

Der Wirt antwortete, ohne zu zögern. »Sicher war der hier. Hat mit Joachim, Willy und Helmut und den anderen von der Moabiter Bezirksleitung zusammengesessen. Danach kam es zu einer Schreierei mit ein paar Braunen. Darum erinnere ich mich so genau.«

»Verkehrt er öfter hier?«

Der Wirt ging nach nebenan und kam mit einem Teller Buletten zurück, den er unter eine Glashaube auf die Theke stellte. »Wollen Sie eine? Hat meine Minna frisch gemacht.«

»Danke, aber ich werde zum Abendessen erwartet. Meine Frage …«

»Ach so, ja, der kommt gelegentlich vorbei, wenn die Friedrichshainer was zu bereden haben. Will hoch hinaus, hat Joachim gesagt.«

»Wie lange war er am Samstag hier?«

Lauffen kratzte sich am Kopf. »Mindestens bis um elfe, wenn nicht länger.«

Nebenan erklang nun die Internationale. Leo dankte dem Wirt und klopfte an die Tür zum Nebenraum, bevor er eintrat. Eine Gruppe von etwa zwanzig Männern stand im Halbkreis, Liedblätter in der Hand. Alle trugen Schirmmützen. Hüte waren bei den Roten verpönt.

Joachim Kern, der den Chor dirigierte, drehte sich um und sah Leo überrascht an, dann klopfte er ihm auf die Schulter. »Fünf Minuten Bierpause«, rief er.

Die Männer verschwanden eilig in den Schankraum.

»Was machst du denn hier?«

Leo wiederholte seine Frage.

Kern setzte sich auf einen Stuhl und streckte die Beine vor sich aus. »Ja, Henkel war hier. Guter Mann. Bisschen übereifrig, aber engagiert. Die Bezirksleitung hält große Stücke auf ihn.«

»Wie lange wart ihr zusammen?«

»Leo, nur damit das klar ist. Ich kann hier nicht über Parteiangelegenheiten reden.«

»Das sollst du auch nicht.« Leo zog einen Stuhl heran und setzte sich rittlings darauf. »Es geht nur um Henkels Alibi, nicht um seine politischen Aktivitäten.«

»Gut. Er kam um halb neun. Gegen elf sind wir nach draußen gegangen, da kamen ein paar SA-Leute vorbei. Wir haben uns tadellos benommen, das Einzige, was geflogen ist, waren Kraftausdrücke.«

»Und dann?«

»Wir haben uns verabschiedet. Ich bin nach Hause gegangen, Hans war mit dem Fahrrad da.«

»Gut, das reicht mir.«

»Darf ich fragen, worum es geht?«

»Hast du von dem Mord im Ballhaus gelesen, drüben in der Auguststraße?«

»Na sicher. Die tote Garderobiere. Dein Fall?«

»Ja«, sagte Leo. »Henkel kannte das Opfer. Aber wie es aussieht, war er zur Tatzeit hier mit euch zusammen.«

»Da bin ich froh. Wäre ein Verlust für die Partei. Er reißt gern mal das Maul auf, ist aber ein anständiger Kerl. Für sein Muttchen tut der alles.«

»Hat er die ermordete Frau mal erwähnt? Sie hieß Adele Schmidt.«

»Wir reden meist über Politik«, sagte Kern. »Von seinem Muttchen weiß ich nur, weil er öfter sagt, er macht das alles für sie. Damit sie stolz auf ihn ist. Sie hat sich für ihn krummgelegt.«

Leo stand auf und ging zur Tür. »Ich schicke dir die Sänger wieder rein. Vielleicht brauche ich deine Aussage noch schriftlich, dann melde ich mich.«

»Lass uns mal wieder ein Bier trinken, wenn du Zeit hast.«

»Abgemacht.« Leo ging in den Schrankraum. »Meine Herren, der Chorleiter wartet.«

Er wollte sich gerade von Lauffen verabschieden, als die Tür zur Straße aufgerissen wurde. Ein Mann, eine Schultasche über die Schulter gehängt, schleppte einen Jungen herein, der an Mund und Kopf blutete. Er hielt sich gekrümmt, als hätte er Schmerzen. »Helfen Sie mal, den hab ich um die Ecke in einem Hauseingang gefunden!«

Der Wirt eilte hinter der Theke hervor, in der Hand ein sauberes Geschirrtuch.

Sie setzten den Verletzten auf einen Stuhl. Als der Wirt seinen Kopf anhob, um das Blut abzuwischen, erkannte Leo, wer der Junge war.

Magda Schott stand vor der Praxistür, die Abendsonne im Rücken, und wollte gerade abschließen, als ein blonder Mann angerannt kam. Er trug keine Jacke, sein Hemd stand am Kragen offen. Er blieb keuchend stehen und drückte die Hände an die Hüften, als hätte er Seitenstiche. »Frau Doktor …«

Sie sah ihn resigniert an. »Es tut mir leid, aber ich habe einen langen Tag hinter mir. Falls es ein Notfall ist, wenden Sie sich bitte an –«

»Kern mein Name. Leo Wechsler schickt mich«, stieß der Mann hervor und nahm die Mütze ab, um sich den Schweiß von der Stirn zu wischen. »Die Kneipe hat kein Telefon, und er wollte den Jungen sofort nach Hause bringen.«

»Was ist passiert?«

Als er zu Ende gesprochen hatte, holte Magda rasch ihre Arzttasche aus der Praxis. »Kommen Sie, schnell.«

»Hat Leo die Polizei gerufen?«, fragte sie unterwegs, bevor ihr bewusst wurde, dass die Frage ziemlich absurd klang. Leo *war* die Polizei.

Sie überquerten im Eilschritt die Turmstraße, schlängelten sich zwischen Omnibussen, Radfahrern und Pferdefuhrwerken hindurch.

»Nein. Was machen die Schupos denn schon? Die würden sagen, ein Streit zwischen Jungen, so was kommt vor«, meinte Kern, der kein großes Vertrauen in die Schutzpolizei zu setzen schien.

»Und was glauben Sie, wer ihn verprügelt hat?«

Kern sah sie von der Seite an. »Sie sind doch eine Freundin

der Familie, oder? Dann wissen Sie auch, was bei Georg vor einem halben Jahr los war.«

»Die Sache mit der Hitlerjugend?«

Sie bogen in die Emdener Straße ein.

»Ich wette einen Monatslohn darauf, dass die dahinterstecken«, sagte Kern. In seiner Stimme lag so viel Hass, dass Magda ihn überrascht ansah.

»Denen hat es sicher nicht gefallen, dass Georg ausgestiegen ist. Der Sohn eines Kriminalbeamten, das war doch ein großer Fang für sie.«

Dann standen sie im Hausflur und stiegen rasch die Treppe zur Wohnung der Wechslers hinauf.

Georg saß in der Küche, sein Hemd hing über dem Stuhl. Clara hatte sein Gesicht notdürftig gereinigt und seinen Oberkörper mit kalten, feuchten Handtüchern umwickelt. Sie sah Magda erleichtert an. Leo lehnte am Fenster, die Arme verschränkt, die Lippen aufeinandergepresst, während Marie neben ihm stand und ganz blass aussah. Ihr trotziger Blick verriet, dass sie sich geweigert hatte, die Küche zu verlassen.

»Danke, Joachim, das vergesse ich dir nicht«, sagte Leo.

»War doch selbstverständlich.« Kern nickte Georg zu. »Das werden die bereuen, mein Junge. Gute Besserung.« Mit diesen Worten war er zur Wohnungstür hinaus.

Magda stellte die Tasche auf den Tisch. »Georg, ich werde dich jetzt untersuchen. Kann sein, dass es ein bisschen wehtut, aber das lässt sich nicht ändern.«

Er nickte wortlos.

Sie umfasste sein Kinn und tastete behutsam Wangenknochen und Nase ab. »Die Platzwunde an der Stirn müsste eigentlich genäht werden. Mal sehen, ob ich das hier machen kann.« Georg zuckte zusammen, als sie seine geschwollene Lippe berührte. »Die brauchst du nur zu kühlen.«

Dann tastete sie seine Rippen ab. »Zumindest angebrochen, ein oder zwei, würde ich sagen.«

»Was macht man da?«, fragte Leo besorgt.

»Nichts«, sagte Magda lakonisch. »Die heilen von selbst, aber er wird die nächsten Wochen Schmerzen beim Atmen haben. Und auch bei jeder Bewegung. Sollten die Schmerzen plötzlich sehr stark werden, musst du ins Krankenhaus, Georg, dann könnte eine Rippe die Lunge verletzt haben.«

Leo trat zu seinem Sohn und legte ihm die Hand auf die Schulter. »Ich will wissen, wer das war.«

»Ich sag doch, ich hab's nicht gesehen. Die kamen ganz plötzlich und haben mich auf den Boden geworfen. Ich konnte sie nicht erkennen.«

»War Wolfgang dabei? Hast du vielleicht ihre Stimmen gehört?«

Georg schaute vor sich hin. »Nein. Die haben kein Wort gesagt.«

Magda säuberte sorgfältig die Platzwunde an der Stirn und betrachtete sie kritisch. »Ich versuche, die Pflaster so zu setzen, dass wir auf die Naht verzichten können.«

»Danke«, sagte Georg leise.

Leo rieb sich den Nacken. »Hat Wolfgang dich in den letzten Monaten mal bedroht?«

Clara nahm Marie bei den Schultern und schob sie sanft aus der Küche. »Komm, du wolltest mir noch deinen Deutschaufsatz zeigen.«

Als sie hinausgegangen waren, setzte Leo sich neben seinen Sohn und schaute ihn erwartungsvoll an.

»Nein, hat er nicht. Ganz im Gegenteil.« Georg zuckte zusammen, als Magda die Pflaster andrückte. »Er wollte, dass ich zurückkomme. Die anderen hätten nach mir gefragt, ich sollte doch kein Feigling sein und vor der Verantwortung kneifen und so.«

»Der Verantwortung?«, warf Magda ein.

»Für Deutschland«, erwiderte Georg, als wäre es offensichtlich.

»Ich gehe noch heute zu Wolfgangs Eltern«, erklärte Leo. »Du bist bei diesen Leuten ein und aus gegangen, Wolfgang war ständig bei uns. Und dann hast du dich von der HJ-Kumpanei losgesagt und ihn nicht mehr getroffen. Er muss etwas damit zu tun haben, es kann nicht anders sein.« Leo stand auf und schob ruckartig den Stuhl zurück, worauf Georg sich zu ihm umdrehte und bei der hastigen Bewegung vor Schmerz aufschrie.

»Nein, Vati«, rief er und hielt Leo am Arm fest. »Ich rede selbst mit ihm. Wenn du bei seinen Eltern auftauchst, wird es nur noch schlimmer.« Er kämpfte sichtlich mit den Tränen.

Magda zog die Augenbrauen hoch und schaute Georg an. »Respekt.«

Leo stand auf und ging in der Küche umher, nahm ein Glas aus dem Schrank, ohne etwas einzugießen, drehte es nur in der Hand. Es drängte ihn, seinen Sohn zu beschützen, so wie er es getan hatte, als Georg noch klein und beim Spielen hingefallen war. Aber er hatte ihm vertraut, als es um den HJ-Austritt ging; also würde er ihm auch jetzt vertrauen. Diese Gelegenheit musste er Georg lassen. Sollte es jedoch einen weiteren Vorfall geben, würde er die Sache persönlich in die Hand nehmen.

20

Freitag, 6. Juli 1928

Bei der Besprechung am nächsten Morgen fasste Leo – ziemlich übernächtigt, weil er nach dem gestrigen Vorfall kaum geschlafen hatte – zusammen, was die Inspektion E berichtet hatte. Hedwig Vierroth ging selten durch den Park und gewöhnlich nie allein. Nur hatte sie sich an diesem Abend verspätet und wollte Streit mit ihren Eltern vermeiden. Sie hatte den Mann nicht gesehen, da er sie von hinten angegriffen hatte, und weder sie noch die Eltern konnten sich vorstellen, wer aus ihrer Bekanntschaft zu einem solch abscheulichen Verbrechen fähig sein sollte. Man hatte in der Presse Zeugen aufgerufen, sich zu melden, bisher erfolglos. Auch mit den Kollegen in Frankfurt am Main hatte man sich in Verbindung gesetzt.

Das alles half ihnen nicht weiter.

Dann berichtete Sonnenschein, was er im Krankenhaus von der Ordensschwester erfahren hatte.

Leo schaute in die Runde. »Die anderen Befragungen im Krankenhaus haben nichts erbracht, stimmt's?«

Die Kollegen nickten.

»Die Mauer ist nur von einem bestimmten Teil des Gebäudes einsehbar«, sagte Neufeld. »Um zehn Uhr abends sind die Stationen für den Nachtdienst besetzt. Also gibt es weniger Ärzte und Schwestern und natürlich keine Besucher.«

Leo überlegte. »Wir sollten trotzdem noch einmal nachfragen, zumindest an den Stellen, an denen der Mann gesehen worden sein könnte: auf den Stationen, deren Fenster zur Mauer hinausgehen, und an der Pforte.«

Sonnenschein notierte es. »Das übernehme ich.«

Leo schaute Neufeld an. »Wir beide fahren ins Ballhaus. Die Mauer möchte ich mir mit eigenen Augen ansehen.«

Aus der Tordurchfahrt in der Auguststraße rollte eine Bierkutsche, der Kutscher knallte unnötig laut mit der Peitsche, als er an ihnen vorbeifuhr, und bedachte sie mit einem finsteren Blick.

Im Innenhof trafen Leo und Neufeld Clara Bühler an, die Hände in die Hüften gestemmt, das Gesicht gerötet.

»Guten Morgen«, sagte sie schwer atmend.

Leo grüßte und deutete mit fragendem Blick über die Schulter.

»Der Kerl hat versucht, mich zu betrügen. Als wenn ich nicht wüsste, wie schwer ein volles Bierfass ist.« Ein muskulöser Mann in Hemdsärmeln kam aus dem Ballhaus. Leo erinnerte sich, ihn bei der Befragung gesehen zu haben.

»Und mein Ecki hier weiß es auch. Der schleppt die nämlich rein, und wenn sie ihm zu leicht vorkommen, sagt er sofort Bescheid.«

»Vielleicht sollten Sie die Brauerei wechseln«, meinte Neufeld.

Clara Bühler lachte kurz auf. »Nee, da wird eher der Kutscher die Stelle wechseln. Haben Sie was über Adele herausgefunden? Oder wer auf meiner Empore übernachtet hat?«

»Wir müssen uns noch einmal bei Ihnen im Hof umschauen«, sagte Leo.

»Bitte.« Sie deutete zur Tür. »Mein Haus steht Ihnen offen. Wenn Sie mich brauchen, rufen Sie einfach.«

Im Morgenlicht sah der Ballsaal reichlich entzaubert aus. Natürlich, Lichtwunder brauchten die Dunkelheit, um ihre Magie zu entfalten.

Sie gingen nach draußen und blieben vor der Mauer stehen, die den Hof an der rechten Seite begrenzte. Sie war etwa drei Meter hoch und am oberen Drittel mit Efeu bewachsen. Leo pfiff leise vor sich hin. Dass die Backsteine verputzt waren und nur an einigen Stellen freilagen, wo sich der Putz gelöst hatte, machte ein Hinaufsteigen nicht einfacher.

»Er muss Hilfe gehabt haben«, sagte er nachdenklich.

»Oder sehr sportlich sein«, erwiderte Neufeld.

»Hm. Die Mauer bietet wenig Halt, selbst mit Anlauf ist das kaum zu schaffen.« Leo trat ein Stück zurück und schaute nach links und rechts. »Aber sehen Sie mal da«, er deutete auf einige Kisten mit der Aufschrift »Rheinwein der Extraklasse«, die im Schatten der Mauer aufgestapelt waren. »Die könnten ihm geholfen haben. Auch die Stelle würde passen. Wenn er mit der Kraft der Verzweiflung hochgesprungen ist und sich irgendwo festgeklammert hat ... Auf der anderen Seite steht ein Baum, an dem er hinuntergeklettert sein könnte.«

Neufeld verschränkte die Arme. »Und das soll niemand gesehen haben? Die hatten volles Haus.«

»Aber die Leute waren abgelenkt«, gab Leo zu bedenken. »Drinnen spielte die Musik weiter, es wurde sogar noch getanzt. Frau Bühler wollte eine Panik verhindern. Falls der Mann die Nerven hatte, in aller Ruhe den geeigneten

Moment abzupassen, könnte er tatsächlich unbemerkt entkommen sein.«

»Sie haben recht. Zudem ist der Hof nicht sonderlich gut beleuchtet.«

»Eben.«

Leo schaute sich um. Zwischen der Mauer und dem Schankraum gab es einen schmalen Durchgang, an dessen Ende sich ein Tor aus hölzernen Latten befand. Er ging hin, rüttelte daran, und es schwang knarrend auf. Leo trat hindurch und fand sich im Hinterhof des Nachbarhauses wieder.

Neufeld war ihm gefolgt.

»Warum hat das noch niemand untersucht? Dieser Durchgang taucht in keinem Bericht auf.« Leo schaute sich um. »Das hier muss der Hof von Nr. 23 sein. Offenbar kann man hier ein und aus gehen. Warum hat der Täter nicht diesen Weg genommen?«

Neufeld wiegte den Kopf. »Na ja, vielleicht war ihm das Risiko zu groß. An einem Sommerabend dürften noch einige Leute wach gewesen sein, haben vielleicht draußen gesessen und die Kühle nach dem Gewitter genossen. Im Krankenhaus herrschte hingegen Nachtruhe. Oder er hat den Durchgang schlicht nicht gesehen.«

Leo sah ihn nachdenklich an. »Trotzdem. Wir müssen nochmals die Bewohner von Nr. 23 befragen.«

Neufeld notierte es, und sie kehrten in den Hof des Ballhauses zurück. Leo warf noch einen Blick auf die Weinkisten. Er zog sein Jackett aus und reichte es dem Kollegen. »Halten Sie mal.«

Neufeld sah ihn fragend an und nahm das Jackett entgegen. Leo stieg auf die Kisten, ging in die Knie und sprang an der Mauer hoch. Er krallte die Hände in die wenigen

Fugen und tastete mit den Füßen nach einem Halt, strampelte aber hilflos in der Luft, da seine Ledersohlen an den Steinen abrutschten. Er ließ sich fallen und landete unsanft auf den Kisten.

»Soll ich Ihnen helfen, Herr Oberkommissar?«

»Augenblick, ich probiere noch etwas aus.«

Diesmal versuchte er es langsam und ohne Schwung, konnte sich etwa einen halben Meter hochziehen, fand dann aber keinen Halt mehr.

Er drehte sich um und winkte Neufeld zu sich. »Also doch Räuberleiter, Herr Kollege.«

Neufeld zog ebenfalls sein Jackett aus, legte beide in sorgsam auf den Boden und kletterte auf die Kisten. Er verschränkte die Hände, bückte sich und ließ Leo draufsteigen.

»Schwung?«

»Ich bitte darum.«

Neufeld riss die Hände nach oben und verlieh Leo damit den nötigen Impuls, um die Arme nach oben zu strecken und die Mauerkrone zu erreichen. Er krallte die Hände in die dicken Efeuranken, stemmte die Füße gegen die Steine und drückte sich hoch. Dann setzte er sich rittlings auf die Mauer und sah zu Neufeld hinunter.

»Ich hoffe, Ihre Hände sind heil geblieben.«

Neufeld klopfte sie an der Hose ab und hielt sie demonstrativ in die Höhe. »Alles in Ordnung.«

»Ich klettere auf dieser Seite runter und sehe mich nach Spuren um. Sie fragen Frau Bühler und alle Angestellten, die schon da sind, ob sie etwas an der Mauer oder dem Durchgang bemerkt haben. Denn eins hat unser Experiment bewiesen: Entweder war der Mann ein Akrobat, oder er hatte Hilfe.«

Leo kletterte am Baum hinunter und blieb darunter stehen. Er musterte den Stamm und die Äste, sah zur Mauer hinauf und ließ die Augen Zentimeter für Zentimeter darüberwandern. Er hatte auf ein Stück Stoff, einen Blutfleck oder eine andere Spur gehofft, die der Mann bei der Flucht hinterlassen hatte, doch es war nichts zu finden.

Vor dem Weg befand sich ein Beet mit mehreren Büschen. Er schaute sich das Erdreich genau an; falls überhaupt noch Spuren vorhanden waren, wollte er sie nicht verwischen. Auf den ersten Blick war nichts zu entdecken. Er beugte sich vor und kniete sich dann hin. Im Beet war ein Abdruck, dessen Form auf einen Herrenschuh hindeutete, da es keinen für Damenschuhe typischen Absatz gab, der sich tiefer in die Erde gedrückt hätte. Allerdings müsste es ein ungewöhnlich kleiner Herrenschuh gewesen sein. Obwohl er gründlich weitersuchte, fand er keine weitere Spur. Vermutlich war die Person vom Baum gesprungen und hatte einen großen Satz bis auf den Weg gemacht. Er würde den Erkennungsdienst herschicken, um einen Gipsabdruck zu nehmen. Vielleicht wären darauf Eigenheiten wie eine Markenprägung oder Nagelspuren zu erkennen, die ihnen wertvolle Hinweise liefern konnten.

Er schaute sich ein letztes Mal um, dankbar, dass er nicht den Rückweg über die Mauer nehmen musste. Dann ging er über das Krankenhausgelände in die Große Hamburger Straße.

Kurz darauf stand er wieder im Ballhaus, wo Neufeld ihn mit Frau Bühler erwartete.

»Am Montag wurden Kisten abgeholt«, sagte die Ballhausbesitzerin.

Leo brauchte einen Augenblick, bis er die Verbindung hergestellt hatte. »Aus dem Hof, meinen Sie?«

»Ja, der Stapel war am Samstag höher. Ihr Kollege hat mir

erklärt, worum es geht. Am Montag hat mein Lieferant zwanzig Kisten abgeholt, die am fraglichen Abend an der Mauer standen.«

»Mit anderen Worten, man schafft es auch allein«, sagte Neufeld. »Ohne Räuberleiter.«

Gegen elf kam Ilse in Claras Leihbücherei gestürmt. »Magda hat mir eine Stunde freigegeben. Wie geht es Georg?«

»Tut mir leid, dass du es von Magda erfahren hast, aber wir mussten uns gestern Abend zuerst um Georg kümmern.« Leos Schwester hatte in ihrer Wohnung kein Telefon.

»Nun sag schon«, drängte Ilse.

Clara seufzte. »Er ist zur Schule gegangen, weil er es unbedingt wollte. Ich hätte ihn lieber zu Hause behalten, aber er wollte angeblich nichts versäumen. Ich hatte eher den Eindruck, dass er sich ablenken will.«

»War es dieser Wolfgang?«

»Wir vermuten es. Eigentlich hatte ich gehofft, die Sache mit der Hitlerjugend wäre erledigt, es ist ja Monate her, dass er mit Wolfgang so eng befreundet war. Aber der hat wohl nicht lockergelassen. Und statt ihm gleich die Wahrheit zu sagen, hat Georg es hinausgezögert.«

»Hat er euch das so gesagt?«

»Das nicht«, erwiderte Clara. »Aber ich befürchte, dass er Wolfgang hingehalten hat. Und dann haben seine Kumpane es spitzgekriegt und ihn verprügelt. Die haben es nicht gern, wenn jemand ihren Verein verlässt. Vor allem …«

»Vor allem was?«

Clara stand auf und ging zwischen den Regalen auf und ab. »Georg hat mal was erwähnt, es ist schon eine Weile her. Die Nazis hätten ihn als eine Art Trophäe betrachtet, weil er der Sohn eines Polizisten ist. Es war ein besonderer Triumph, dass ausgerechnet er bei ihnen eingetreten ist. Der Sohn eines Kriminalbeamten und dann noch aus dem roten Moabit.«

Ilse schaute sie betroffen an. »Du meinst, es ging ihnen nicht nur um Georg, sondern auch um Leo? Als Symbol sozusagen?«

»Ich könnte mir vorstellen, dass diese Leute so denken«, sagte Clara. »Wenn es ihnen gelingt, den Sohn eines Polizeibeamten, der für seine sozialdemokratische Gesinnung bekannt ist, für sich zu gewinnen – wo sind dann die Grenzen?«

Ilse seufzte. »Ich habe diesen braunen Haufen nie richtig ernst genommen. Richard schon. Er liest alles, was die Zeitungen darüber schreiben. Wenn er das mit Georg hört, wird er außer sich sein. Was wollt ihr denn jetzt unternehmen?«

»Leo wollte auf der Stelle zu Wolfgangs Eltern gehen, aber Georg war dagegen. Er hat ihn geradezu angefleht, es nicht zu tun. Er will selbst mit Wolfgang reden.«

»Hältst du das für eine gute Idee?«

Clara warf die Hände hilflos in die Luft. »Als Leo damals erfahren hat, dass Georg in der Hitlerjugend ist, hat er ihm die freie Wahl gelassen. Er sollte selbst entscheiden, ob er dabeibleiben oder austreten will. Ich war zuerst im Zweifel, habe dann aber begriffen, dass es richtig war. Georg ist alt genug, um selbst zu entscheiden.«

»Sie haben ihn verprügelt, das ist kriminell«, stieß Ilse empört hervor.

»Ich weiß. Aber bevor wir etwas unternehmen, müssen wir Georg seinen Weg gehen lassen. Auch wenn es mir schwerfällt. Und Leo noch viel mehr.«

Sie sah aus dem Fenster. Nach dem Tod seiner ersten Frau hatte Leo geglaubt, Georg und Marie die Mutter ersetzen zu müssen. Clara kannte ihn seit sechs Jahren, seit fünf Jahren waren sie verheiratet. Sie vier waren längst zu einer Familie geworden, aber es gab eine Grenze, ab der es Leos Kinder waren und nicht die ihren. Clara hatte sich nie deshalb gegrämt, doch heute wünschte sie sich, dass Georg ihr leiblicher Sohn wäre. Sie wusste selbst nicht, was es geändert hätte, aber Gefühle gehorchten nicht immer der Logik.

»Nächste Woche halte ich wieder einen Vortrag«, sagte sie, um die gedrückte Stimmung zu vertreiben. »Kommst du?«

»Gern.« Ilse sah auf die Uhr. »Oh, ich muss los. Liebe Grüße und gute Besserung an Georg.«

Sonnenschein versuchte es zuerst beim Pförtner, dessen Loge sich in der Eingangshalle mit den roten Backsteinsäulen befand.

»Tut mir leid, da war ich nicht im Dienst«, sagte der Mann bedauernd. »Wäre mir sicher aufgefallen, wenn einer spätabends hier herumgelaufen wäre.«

»Wer hatte denn am Samstagabend Dienst?«, fragte Sonnenschein geduldig.

Der Pförtner kratzte sich am Kopf und kramte einen Dienstplan hervor. Er fuhr mit dem Finger umständlich an den Spalten entlang, bis er die richtige gefunden hatte.

»Theodor Langfuß. Alter Kollege, wir arbeiten schon seit zwanzig Jahren zusammen. Ich könnte Ihnen Geschichten erzählen …« Der Pförtner sah aus, als hätte er gern eine Anekdote nachgeschoben, bemerkte aber Sonnenscheins strengen Blick und verstummte.

»Wo finde ich ihn?«

»Zu Hause, er hatte wieder Nachtschicht.«

»Hat er Telefon?«

»Natürlich nicht«, entgegnete der Pförtner beinahe entrüstet, als wollte er sagen, von unserem Gehalt? »Aber er wohnt nicht weit von hier. Oranienburger Straße.«

Theodor Langfuß war hager und gebeugt, aus Ohren und Nase sprossen weiße Haare, als wollten sie seinen kahlen Kopf wettmachen. Er trug einen Schlafanzug und darüber einen ausgeleierten Pullover.

»Am letzten Samstag?«, fragte er mit einer Stimme, die von zu vielen Zigaretten rau geworden war.

»So ist es.«

»Wie spät?«

»Um kurz nach zehn.« All das hatte er in seiner einleitenden Frage bereits erwähnt, doch der Mann schien gerade aus dem Bett zu kommen.

»Da ist aber keine Besuchszeit mehr.«

Sonnenschein musste sich beherrschen. »Das ist mir bekannt, Herr Langfuß. Denken Sie bitte genau nach: Haben Sie um diese Zeit eine Person in der Eingangshalle gesehen, die nicht wie ein Arzt oder Pfleger oder eine Krankenschwester aussah?«

Das Gesicht des alten Pförtners verzog sich zu einem breiten Grinsen. »Wenn Sie es so sagen – da war jemand. Oh ja, und hübsch war die.«

»Eine Frau?«, fragte Sonnenschein leicht entnervt. »Wir suchen einen jungen Mann im dunklen Anzug, wie ich bereits sagte. Mit Schnurrbart.«

Langfuß kicherte selbstzufrieden. »Na ja, ’nen dunklen Anzug hatte sie wohl an, aber keinen Schnurrbart. Hab mir nichts dabei gedacht, die Frauen von heute tragen ja die tollsten Sachen. Die war tipptopp, sag ich Ihnen, da schau ich genau hin, für so was bin ich nicht zu alt. Dunkle Haare, ziemlich kurz, Bubikopf nennt man das wohl.«

Sonnenschein atmete tief durch.

Fred war Lotte.

21

Als die Meldung kam, konnte Walther sein Glück kaum fassen. Er hatte sich zwei Tage im Polizeiamt 2 eingearbeitet, und mehr Zeit würde er auch nicht brauchen. Ladendiebstahl, häuslicher Streit oder Hausfriedensbruch, mehr passierte in der Gegend nicht. Er hatte Aktenordner um sich aufgetürmt, damit er beschäftigt wirkte, versuchte in Wahrheit aber nur, sich die Langeweile zu vertreiben. Er konnte sich nicht vorstellen, wie er diese Eintönigkeit auf Dauer aushalten sollte. Er versuchte, nicht darüber nachzudenken, wie der Fall Adele Schmidt wohl vorankam und was die Kollegen in der Inspektion A gerade machten, aber es fiel ihm schwer, weil es nichts gab, womit er sich ablenken konnte.

Richter hatte sich vor einer halben Stunde mit den Worten »Sie halten ja die Stellung, Herr Kollege« verabschiedet. Gleich könnte auch er Feierabend machen. Als es klopfte, wollte er sich gerade daranmachen, die Akten wegzuräumen – nicht zu weit weg, denn morgen früh würde er sie wieder hervorholen, um den Eindruck zu erwecken, er sei beschäftigt.

»Herein.«

Polizeioberinspektor Kirche trat ein und legte die Hand ans Tschako. »Ein Streifenpolizist vom Revier 21 meldet einen Vorfall am Holsteiner Ufer Nr. 16, Herr Kriminalbezirkssekretär.«

»Was für einen Vorfall?«, fragte Walther begierig.

»Der laute Schrei einer Frau drang aus einer Wohnung. Die besorgten Nachbarn wandten sich umgehend an den nächsten Schupo, der mich verständigte. Er vermutet ein Verbrechen und erbittet Instruktionen.«

»Ich werde mir das selbst ansehen.« Walther stand auf und griff nach seiner Aktentasche. Dann fiel ihm ein, dass er ganz auf sich gestellt war – hier gab es kein Mordauto, keinen Polizeifotografen, keinen Erkennungsdienst, hier machte man alles allein. Er eilte in den Ausrüstungsraum, den Richter ihm gestern gezeigt hatte, und packte rasch das Spurensicherungsbesteck und die Kamera zusammen.

Dann machte er sich zusammen mit dem Streifenpolizisten, der den Vorfall gemeldet hatte, auf den Weg zum Holsteiner Ufer.

Das Haus Nr. 16 gehörte zu einem Ensemble hochherrschaftlicher Bauten, die unmittelbar auf die von Bäumen gesäumte Spree blickten. Die Fassade bestand aus rotem Backstein und cremeweißem Putz, die Balkone hatten verschnörkelte schmiedeeiserne Geländer. Der Vorgarten war von einer Ligusterhecke eingerahmt und mit großen Hortensienbüschen bepflanzt. Hier wohnte es sich angenehm, dachte Walther beiläufig.

Vor der Haustür standen mehrere Leute, eine Frau deutete aufgeregt zum Hochparterre. Sie wurde von einem älteren Herrn mit silbernem Haarkranz und Monokel gestützt, der ihr ein Glas Wasser reichte. Ein paar Schaulustige hielten Maulaffen feil.

Walther stellte sich vor. »Bitte schildern Sie mir, was geschehen ist. Sind Sie die Betroffene?«, fragte er die Frau. Sie war um die dreißig, klein und zierlich mit dunkelroten Haaren, die in sanften Wellen ihr Gesicht umflossen. Sie trug einen seidenen Hausmantel, der aufwändig mit goldenen Drachen bestickt war.

Sie trank das Glas aus, gab es dem älteren Mann zurück und holte tief Luft. »Ich heiße Carla Herzog und wohne in der Wohnung dort. Als ich vorhin ... als ich nach Hause kam ...« Sie atmete stoßweise und musste sich beruhigen, bevor sie weitersprechen konnte. »Ich wurde bestohlen. Jemand ist in meine Wohnung eingedrungen.«

Walther wandte sich an den Schupo. »Sie sichern die Haustür und befragen die übrigen Bewohner. Ich kümmere mich um den Tatort.«

Dann führte er Fräulein Herzog ins Hochparterre und blieb vor der Wohnungstür mit dem Buntglasfenster stehen. Er streifte Handschuhe über und untersuchte das Schloss. »Das sieht aber nicht nach Gewaltanwendung aus.«

»Das stimmt, es ist nichts kaputt. Aber es war jemand in der Wohnung, das weiß ich genau.«

»Geben Sie mir den Schlüssel.« Walther schloss die Tür auf und betrat vor Carla Herzog den Flur. Die Wohnung war ebenso prächtig wie das ganze Haus. Vier Meter hohe Decken mit aufwändigen Stuckarbeiten, ein funkelnder Kronleuchter, eine geschnitzte Doppeltür, die ins Wohnzimmer mit dem Balkon führte, hinter dem das Grün der Uferbäume schimmerte. Erlesene Möbel und als Kontrast moderne Gemälde, die Leo sicher als Originale identifiziert hätte. Er verdrängte den Gedanken.

»Was wurde denn gestohlen?«

»Kommen Sie bitte mit.«

Carla Herzog führte Walther in ihr Schlafzimmer, das ganz in Weiß und Chrom gehalten war. Neben dem breiten Bett mit dem Metallgestell stand eine Frisierkommode, deren unterste Schublade offenkundig aufgebrochen worden war.

Er holte die Kamera aus der Ledertasche, kniete sich hin und fotografierte den Schaden. Dann öffnete er die Schublade, in der eine Schmuckkassette stand. Auch sie war aufgebrochen worden.

Aber sie war keineswegs leer.

Carla Herzog musste seine Verwunderung bemerkt haben, denn sie sagte sofort: »Es wurde eine goldene Halskette mit seltenen schwarzen Opalen gestohlen, die dazu passenden Ohrringe und ein Armband. Es war ein Ensemble, eine Arbeit aus dem frühen 19. Jahrhundert, und überaus kostbar.«

Das erschien ihm kurios. »Und sonst fehlt nichts?« In der Schmuckkassette glitzerten Diamanten, Rubine, Smaragde und andere Edelsteine, deren Namen er nicht kannte.

»So ist es.« Sie lächelte verhalten. »Ich kenne meinen Schmuck, Herr Kommissar.«

Er korrigierte sie nicht.

Diebstahl war nie seine Abteilung gewesen, doch das sollte ihn nicht kümmern. Im Polizeiamt 2 war er für alle Arten von Verbrechen zuständig. Er überlegte. Vielleicht handelte er sich um eine Auftragsarbeit, es gab kriminelle Sammler, die Diebe irgendwo einsteigen ließen, nur um bestimmte Objekte zu entwenden. Ein gewöhnlicher Dieb hätte sich wohl alles in die Taschen gestopft und gemacht, dass er wegkam. Bei diesem Täter sah es hingegen aus, als hätte er die Stücke mit Bedacht ausgewählt.

Walther spürte ein leises Kribbeln. Kostbarer Schmuck aus dem 19. Jahrhundert? Wenn er diesen Fall rasch löste, könnte es der erste Schritt zu seiner Rehabilitation sein.

Als er ins Büro zurückkehrte, rief er Ludwig Richter zu Hause an, um Meldung zu erstatten.

»Da ist Ihnen ja ein dicker Fisch ins Netz geschwommen«, sagte sein Vorgesetzter belustigt.

»Wie meinen Sie das?«, fragte Walther überrascht.

»Ach ja, Sie sind neu in der Gegend. Man nennt die gute Carla Herzog auch die Herzogin vom Hansaplatz. Sie hat einen gewissen Ruf, und es würde mich nicht wundern, wenn es sich bei den Juwelen um Geschenke wohlhabender Gönner handelte.«

»Sie ist eine … Prostituierte?«

Richter lachte schallend. »Das ist, als würde man einen Bugatti als Auto bezeichnen, Herr Kollege. Ich weiß nicht, was genau in ihrer Wohnung passiert, und es geht mich auch nichts an, solange es im Rahmen des Gesetzes bleibt.«

»Und wer sind diese Gönner?«, fragte Walther.

»Sagen wir so: Bei ihr treffen sich auch Herren, die im Reichstag Rang und Namen haben. Also passen Sie auf, wem Sie auf die Füße treten.«

Wolfgang hatte alles abgestritten, erzählte Georg bedrückt. Er hatte sich sogar beleidigt gegeben und gefragt, ob Georg ihm so eine Schweinerei denn wirklich zutraue.

Ob er sich sicher sei, dass Wolfgang dabei gewesen war, hatte Leo nachgehakt.

»Ja, bin ich. Die haben nicht geredet, aber ich habe es gerochen. Ich kenne das Mottenpulver, das seine Mutter verwendet.«

Die Sache duldete keinen Aufschub. Je länger sie abwarteten, desto mehr Zeit blieb den Angreifern, sich eine Geschichte zurechtzulegen. Georg hatte stumm genickt, als Leo erklärt hatte, er werde auf der Stelle zu Müllers gehen.

Nun stand er vor dem Mietshaus in der Bremer Straße und schaute auf den Stummen Portier. *Müller, Seitenflügel links, 1. Etage.*

Er trat in den Durchgang, in dem es trotz des Sommerwetters kühl war und muffig roch. Im Hinterhof spielten Kinder mit einem Lumpenball, ein Mann, der auf einer Eisenstange hämmerte, blickte nur kurz auf und widmete sich wieder seiner Arbeit. Leo schaute am Seitenflügel hoch. Stellenweise blätterte die Farbe vom Putz, die Mauern waren feucht.

»Ick hab dir schon zweemal jerufen, Rieke! Komm rauf, sonst kannste dir 'n neuet Hinterteil koofen!«

Ein Mädchen löste sich aus der Kindergruppe und rannte ins Hinterhaus. Die Mutter, eine hagere Frau mit Kopftuch, knallte das Fenster zu, dass die Scheibe im Rahmen erbebte.

Leo betrat den Seitenflügel und ging in den ersten Stock hinauf. So schäbig das restliche Gebäude wirkte, hier war alles akkurat: die Tür frisch gestrichen, das Schild mit dem Namen Müller blank poliert, die Fußmatte exakt im rechten Winkel ausgerichtet.

Er klingelte.

Die Tür wurde sofort geöffnet. Der Mann war kleiner als er, aber deutlich breiter gebaut. Er trug ein Hemd ohne Kragen, eine dunkle Hose. Das Haar war streng gescheitelt, das Gesicht rot, als hätte er es energisch geschrubbt. Er wirkte so frisch und ordentlich wie sein Türeingang.

»Guten Abend«, sagte Leo. »Sind Sie Herr Müller?«

Der Mann nickte. »Was gibt es?«

»Mein Name ist Wechsler, ich bin der Vater von Georg.«

»Ach, der Kriminalbeamte?«, fragte Müller in einem Ton, auf den Leo sich keinen Reim machen konnte.

»So ist es. Aber ich bin nicht als Polizist hier, sondern als Georgs Vater. Darf ich eintreten?«

Müller zögerte einen Moment und öffnete dann weiter die Tür. »Bitte.«

Die Wohnung war genau wie die Tür: einfach, aber peinlich sauber.

Der Hausherr führte ihn in die Wohnküche, in der seine Frau am Herd stand und in einem Suppentopf rührte, aus dem der herzhafte Geruch von Rindfleisch aufstieg. »Hertha, das ist der Vater von Wolfgangs Freund Georg.«

Frau Müller wischte sich die Hände an der Schürze ab und gab ihm die Hand. »Nehmen Sie doch bitte Platz.«

Leo setzte sich, was er gleich darauf bereute. Müller blieb nämlich stehen, so dass seine sitzende Position Leo einen Nachteil verschaffte.

Er räusperte sich. »Mein Sohn wurde vorgestern verprügelt, ganz in der Nähe. Man zerrte ihn in einen Hauseingang und schlug auf ihn ein.«

Frau Müller sah ihn entsetzt an. »Das ist ja schrecklich!«

Leos Blick wanderte zu ihrem Mann, der, die Hände in den Hosentaschen, am Küchenschrank lehnte. »Ist ja schlimm«, sagte der. »Aber warum kommen Sie damit zu uns?«

»Die Jungen verstehen sich nicht mehr so gut«, warf seine Frau mit einem vorsichtigen Seitenblick ein. »Das kommt ja vor. Jedenfalls war Georg schon lange nicht mehr bei uns.«

»Ihr Sohn hat ihn verprügelt.«

Schweigen.

»So was tut mein Junge nicht«, stieß Müller hervor. »Wenn er mit jemand Streit hat, trägt er das von Mann zu Mann aus. Der prügelt nicht mit mehreren auf einen ein.«

»Georg ist sich sicher, dass Wolfgang dabei war. Er hat ihn danach gefragt, aber Ihr Sohn hat alles abgestritten.«

»Dann ist er es auch nicht gewesen«, sagte Frau Müller beschwichtigend, doch ihr Mann fiel ihr ins Wort.

»Ich sag Ihnen mal was. Mir war es ohnehin nicht recht, dass die beiden befreundet waren. Mein Wolfgang fängt demnächst eine Lehre an. Ihr Sohn geht aufs Gymnasium. Das passt nicht.«

Doch Leo hörte kaum hin. Etwas, das der Mann gesagt hatte …

»Herr Müller, woher wissen Sie, dass mein Sohn von mehreren verprügelt wurde?«

»Wieso, was soll das heißen?«

»Ich habe lediglich gesagt, man habe Georg in einen Hauseingang gezerrt und Wolfgang habe ihn verprügelt. Ich habe nicht erwähnt, dass es mehrere waren. Das waren *Sie.*« Er hatte Müller auf dem falschen Fuß erwischt, doch der gab sich nicht so leicht geschlagen.

»Sie drehen mir das Wort im Mund um, aber das ist wohl Ihr Beruf, was? Anständigen Leuten was anhängen. Aber was kann man schon erwarten, wenn der Polizeipräsident in der SPD ist? Ihr im Präsidium seid doch ein einziger roter Haufen.«

Leo war etwas verblüfft über die Wendung, die das Gespräch genommen hatte. Er brauchte einen Moment, um sich eine Antwort zurechtzulegen. »Es geht hier nicht um Ihre oder meine politischen Ansichten, Herr Müller. Es geht darum, dass mein Sohn von mehreren Personen verletzt wurde, unter denen auch Ihr Sohn war. Sollte etwas Derartiges noch einmal vorkommen, werde ich nicht privat bei Ihnen erscheinen, sondern meine Kollegen von der Schutzpolizei schicken.« Er erhob sich und ging zur Küchentür.

»Machen Sie sich ruhig wichtig«, knurrte Müller. »Aber Sie sollten lieber aufpassen, mit wem Sie sich abgeben.«

Leo spürte die Augen im Rücken und drehte sich um. »Was soll das heißen?«

»Ich meine diesen Bolschewisten Kern«, verkündete Müller genüsslich. »Mit dem scheinen Sie sich ja prima zu verstehen. So was spricht sich rum.«

Leo spürte, wie eine heiße Welle in ihm aufstieg. Er wusste, er sollte sich nicht provozieren lassen, doch es war zu spät. »Wollen Sie mir drohen? Ich wüsste nicht, was mein Umgang Sie angeht. Also halten Sie sich zurück!«

Er kehrte den Müllers den Rücken. »Ich finde allein hinaus.« Auf dem Weg zur Wohnungstür warf Leo einen Blick zur Garderobe. An einem Haken hing eine braune SA-Mütze mit Kinnriemen.

22

Samstag, 7. Juli 1928

Eigentlich hätte Jakob Sonnenschein gern länger geschlafen. Samuel hatte ihn nachts mehrmals geweckt und sich erst beruhigen lassen, nachdem zuerst Esther und dann er selbst ihm vorgesungen hatten.

Im Büro hatte es gestern eine kleine Sensation gegeben, als er berichtet hatte, dass sich der Mann, der bei Clärchen über die Mauer geklettert war, als Frau entpuppt hatte und Lotte und der Pianist somit tatsächlich ein und dieselbe Person sein dürften.

Langfuß hatte seine Aussage offiziell wiederholt und unterzeichnet, und Leo hatte mit Anerkennung nicht gespart.

»Damit sind wir einen großen Schritt weiter. Lotte ist in einer Notlage, Adele Schmidt versteckt sie auf der Empore. Die Kapelle hat gerade ihren Pianisten verloren. Also bringt Adele die Freundin, die sicher Geld braucht, als Aushilfspianist unter.«

»Damenkapellen gibt es kaum noch«, hatte Hasselmann hinzugefügt. »Von ihrer Freundin Adele wusste sie, dass im Ballhaus eine Stelle frei war. Da lag es nahe, es als Mann zu versuchen.«

»Damit wissen wir aber auch endgültig, dass Lotte, Fred oder wie immer sie auch heißt, nicht unser Mörder sein kann«, hatte Neufeld gesagt und zu bedenken gegeben, dass sie körperlich zu schwach sein dürfte. Mehr noch, sie hatte ein Alibi und zudem kein Motiv. Warum hätte sie Adele Schmidt töten sollen, die ihr großzügig geholfen hatte?

Laut Wolf Meinecke, der von der Garderobe aus den Vordereingang sehen konnte, hatte zwischen neun und zehn niemand das Ballhaus durch diese Tür verlassen, was nicht verwunderlich war, da um diese Zeit Hochbetrieb herrschte. Nachdem die Leiche gefunden worden war, hatte er die Tür geschlossen, bis die Polizei eingetroffen war. Auf dem Krankenhausgelände war lediglich die Person gesehen worden, die sie für den Pianisten Fred hielten. Blieb als möglicher Fluchtweg nur noch der Durchgang, der in den Hof des Nachbarhauses führte.

Leos Truppe hatte bereits ein Donnerwetter über sich ergehen lasseen, weil niemand den Durchgang bemerkt hatte, weder vom Hof des Ballhauses aus noch bei der Befragung der Bewohner von Nr. 23. Eine zweite Befragung war angezeigt.

Sonnenschein dachte lieber nicht über den schlimmsten anzunehmenden Fall nach – dass der Mörder tatsächlich so kaltschnäuzig gewesen und unter den Gästen geblieben war, statt das Weite zu suchen. In diesem Fall müssten sie eine beträchtliche Zahl von Männern auf ein Motiv hin überprüfen. Und wie sollte man nachweisen, wer wann getanzt, am Tisch gesessen oder sich auf die Toilette begeben hatte? Er konnte nur hoffen, dass der Mörder das Ballhaus verlassen hatte und von irgendwem gesehen worden war.

Um kurz vor acht wartete Hasselmann schon vor dem Haus Nr. 23 und biss in eine Stulle, die noch halb in Butterbrotpapier gewickelt war. »Ganz schön frisch heute«, sagte er und zog den Sommermantel enger.

Sonnenschein konnte sein Gähnen nicht unterdrücken und schaute an der Fassade des Hauses empor. Es war keine riesige Mietskaserne, aber immer noch groß genug. Beim letzten Mal waren sie, wie in solchen Häusern üblich, eine Weile beschäftigt gewesen. Man traf nämlich stets auf Leute, die die Gelegenheit nutzten, um sich bei der Polizei über Gott und die Welt zu beschweren oder einfach ein bisschen zu plaudern.

»Sehen wir uns den Hof noch mal an«, sagte Sonnenschein und öffnete die Doppeltür mit den rechteckigen Glasscheiben darin.

Der Hinterhof sah aus wie die meisten anderen, nur noch karger und grauer. Hier gab es keinen Baum, und das einzige Grün war spärliches Gras, das sich zwischen den rissigen Steinplatten hindurchkämpfte. An verrosteten Eisenpfosten waren Wäscheleinen befestigt, auf denen zwei einsame Nachthemden hingen. Der Hof wirkte bedrückend, und man konnte sich kaum vorstellen, dass gleich nebenan fast täglich getanzt und gefeiert wurde.

Am hinteren Ende stand ein baufälliger Schuppen, der aussah, als könnte ihn der nächste Windstoß umwehen. Dahinter befand sich der Durchgang. Er war, wie Leo gesagt hatte, mit einem Gitter aus Holzlatten versperrt, wie man es aus Kellerräumen kannte. Als Sonnenschein daran zog, ließ es sich widerstandslos öffnen.

»Kein Schloss. Hier kann tatsächlich jeder durch«, sagte er zu Hasselmann und drehte sich um. An einem Fenster im zweiten Stock stand eine ältere Frau und schaute misstrauisch zu ihnen herunter.

»Wird auch Zeit! Endlich kümmert sich jemand drum«, rief sie herunter.

Die Kriminalbeamten sahen einander an, dann waren sie schon auf dem Weg ins Treppenhaus.

Die Frau stellte sich als Ida Pawliczek, Straßenbahnerwitwe, vor, ein Status, auf den sie großen Wert zu legen schien.

Hasselmann warf einen Blick in seine Unterlagen. »Unsere Kollegen waren am Montag hier im Haus. Auf der Liste steht bei Ihrem Namen *nicht angetroffen.*«

»Natürlich nicht. Ich war bei meiner Schwägerin in Potsdam. Von Sonntagmorgen bis gestern Abend.«

Sie ließ die Beamten eintreten und bot ihnen einen Kaffee an, den sie gern annahmen. So etwas schaffte eine Atmosphäre, in der die Leute bereitwillig redeten. Nicht dass sie sich bei der Witwe Pawliczek deswegen hätten sorgen müssen.

»Würden Sie uns bitte sagen, worum sich jemand kümmern soll?«, fragte Sonnenschein.

Sie sah ihn überrascht an. »Sie sind gar nicht deswegen hier?«

»Weswegen genau?«, fragte Hasselmann und stellte die Tasse klirrend ab. Der Kaffee schmeckte wie Spülwasser.

»Na, weil die Leute dauernd versuchen, kostenlos ins Ballhaus zu kommen. Über unseren Hof.« Sie zeigte zum Fenster und fuhr fort, als wären die Beamten schwer von Begriff. »Durch unseren Hof und den Durchgang dahinten kommt man in den Hof vom Ballhaus nebenan. Und wer hier durchschleicht, spart sich den Eintritt.«

»Wie oft kommt das vor?«, erkundigte sich Sonnenschein und zückte sein Notizbuch.

Die Frau wirkte leicht konsterniert. »Zweimal im Monat sicher schon.«

»Nun, das ist nicht sonderlich viel. Außerdem entsteht dadurch den Besitzern Schaden und nicht Ihnen.«

Doch da hatte er die Rechnung ohne die Witwe Pawliczek

gemacht. »Na hören Sie, hier hat nicht jeder durchzulaufen. Die Leute sollen für ihr Vergnügen ruhig bezahlen. Und man weiß auch nie, wer sich hier herumdrückt. Wenn die im Ballhaus die Zeche prellen, kommen sie glatt auch noch auf die Idee, mir meine Wäsche zu stehlen.«

»Sie beobachten also gelegentlich, dass Leute von der Straße durch Ihren Hof ins Ballhaus schleichen, richtig?«

»In der Tat. Und davon halte ich nichts. Wenn jemand so nett ist wie der Herr von neulich, der zu seiner armen kranken Frau musste, will ich ja nichts sagen.«

Sonnenschein und Hasselmann schauten einander an.

»Erzählen Sie uns mehr über diesen Herrn.«

Frau Pawliczek schien zu merken, dass sie das Interesse der Kriminalbeamten geweckt hatte, und sonnte sich in ihrer Wichtigkeit. »Nun, das muss –« sie überlegte angestrengt – »am vergangenen Wochenende gewesen sein, am Samstag, glaube ich.«

»Was genau ist passiert?«

»Ich bin abends noch mal in den Hof gegangen, weil ich meine Wäsche vergessen hatte. Die war zwar bei dem Gewitter gründlich nass geworden, aber bei dem Gesindel, das sich hier in der Gegend rumtreibt, konnte ich sie nicht auf der Leine lassen. Ich wollte ja auch gleich am Sonntagmorgen zu meiner Schwägerin fahren. Wie ich nun dastand und die Wäscheklammern in den Beutel räumte, hörte ich Schritte. Ich habe mich umgedreht und einen Mann aus dem Durchgang kommen sehen. Den hab ich mir geschnappt. Es kann nicht angehen, dass sie jetzt auch noch in beide Richtungen hier durchlaufen. Er blieb stehen, wirkte sehr unruhig. Er hatte es wohl eilig. Also habe ich gefragt, was er hier zu suchen hat. Und er sagte, er müsste dringend zu seiner Frau. Die wär krank, und er hätte sich schon verspätet. Aber vor der Tür vom Ballhaus wär so ein Gedränge, darum hätte er den schnelleren Weg genommen.«

Sonnenschein zog die Augenbrauen hoch. »Und das haben Sie ihm geglaubt?«

Frau Pawliczek wirkte empört. »Warum denn nicht? Er wirkte so verzweifelt.«

»Ein Mann, der seine kranke Frau zu Hause lässt und bei Clärchen tanzen geht?«, warf Hasselmann zweifelnd ein.

»Na, was weiß denn ich.«

»Können Sie ihn beschreiben?«

»Viel habe ich nicht gesehen, er hatte den Hut tief ins Gesicht gezogen. Dunkelgrauer Anzug, kein Mantel. Und er war nicht sehr groß.«

»Könnten Sie ihn unserem Zeichner beschreiben, damit der ein Bild von ihm anfertigt?«

Im Gesicht der Witwe Pawliczek rangen Geltungsdrang und Ehrlichkeit miteinander. »Ich hab sein Gesicht wirklich nicht gesehen. Er hatte keinen Bart, da bin ich mir ziemlich sicher.« Sie hielt inne. »Aber sagen Sie mal, so schlimm ist es nun auch wieder nicht, dass er hier durchgelaufen ist. Warum dann so eine Zeichnung?«

»Frau Pawliczek, am fraglichen Samstagabend wurde im Hof des Ballhauses eine Frau getötet. Und der Mann, den Sie gesehen haben, könnte der Täter gewesen sein.«

Sie schlug die Hand vor den Mund. »Das habe ich nicht gewusst! Ein Mord? Und er ist an mir vorbeigelaufen!«

»Ganz ruhig, Frau Pawliczek«, sagte Hasselmann. »Wir wissen nicht, ob es sich um den Täter handelt, aber Ihre Aussage ist sehr wichtig. Sie sind bis jetzt die einzige Zeugin, die diesen Mann gesehen hat. Ist Ihnen vielleicht an seiner Stimme etwas aufgefallen?«

»Nichts Besonderes. Er hat nicht gestottert oder so. Seine Stimme klang ganz normal.«

»Eine letzte Frage für heute: Um wie viel Uhr ist das gewesen?«

Sie überlegte. »Viertel nach neun, würde ich denken. Es kann auch zwanzig nach gewesen sein. Aber nicht später. Ich hab auf die Uhr gesehen, als ich wieder in die Wohnung kam.«

»Und Sie haben nichts von dem Durcheinander bemerkt, das sich danach im Nachbarhof abgespielt hat? Die Polizei, die vielen Menschen?«, fragte Sonnenschein.

»Nein. Ich bin ins Bett gegangen, ich musste ja früh raus. Wenn ich gewusst hätte, was passiert ist, wäre ich doch zu Ihnen gekommen. Ich kenne meine Pflicht«, sagte sie, ganz gesetzestreue Straßenbahnerwitwe.

Die beiden Beamten erhoben sich, Sonnenschein steckte sein Notizbuch ein. »Wir danken Ihnen für die Aussage, Frau Pawliczek. Sie wird Ihnen zur Unterschrift vorgelegt.«

»Und was ist jetzt mit den Leuten, die durch meinen Hof laufen?«

»Wenden Sie sich an Frau Bühler, die das Ballhaus führt. Ihr ist sicher sehr daran gelegen, den Durchgang zu schließen, damit nicht noch mehr Leute sie ums Eintrittsgeld bringen.«

Danach klingelten sie an sämtlichen Türen des Hauses. Ein Mann im ersten Stock hatte tatsächlich gehört, wie Frau Pawliczek am fraglichen Abend mit jemandem im Hof gesprochen hatte. Und er konnte bestätigen, dass es Viertel nach neun gewesen war, denn die Standuhr, die er von seiner Großmutter geerbt hatte, schlug pünktlich auf die Minute.

Leo hatte dienstfrei. Er war froh, dem Präsidium zu entkommen, die Geschichte mit Robert ging ihm nach. Seine Leute verhielten sich diskret, doch im Flur gab es verstohlene Blicke, und manchmal verstummten Gespräche, wenn er vorbeiging.

Er hatte einige Akten mitgenommen, um sie in Ruhe durchzusehen. Später wollte er mit Georg zu einem Fußballspiel nach Pankow. Sein Sohn hatte sich zunächst geweigert, weil er mit dem kaputten Gesicht nicht unter Menschen gehen wollte, doch Leo war es gelungen, ihn zu überreden. Das Telefon klingelte, und er hörte, wie Clara sich meldete.

»Sicher, Herr Sonnenschein, ich sage ihm sofort Bescheid. Einen Moment, bitte.«

»Leo hier. Was gibt's?«

»Hasselmann und ich waren vorhin in der Auguststraße 23 und haben dort tatsächlich eine Zeugin gefunden.« Er fasste rasch zusammen, was die Witwe Pawliczek ausgesagt hatte.

»Verdammt«, entfuhr es Leo. »Dann sind uns gleich zwei Leute durch die Lappen gegangen: einer über die Mauer und einer durch den Durchgang.«

»Leider gibt es keine genaue Beschreibung, aber ich dachte, du wüsstest es gern so schnell wie möglich. Brauchst du mich? Ich habe eigentlich heute Nachmittag dienstfrei, mein Vater wird siebzig.«

»Danke, Jakob, ich nehme Neufeld mit.«

Er hängte ein und sah auf die Uhr. Wenn er jetzt ins Ballhaus fuhr, schafften sie es nicht bis zum Beginn des Fußballspiels nach Pankow. Er stand auf und klopfte bei Georg an die Zimmertür. Sein Sohn lag auf dem Bett und las Karl May.

»Hör zu, ich muss noch einmal los. Dienstlich. Mit dem

Spiel wird es wohl nicht klappen.« Er hätte jemand anderen schicken können, aber das war nicht seine Art. Trotzdem fühlte er sich unwohl dabei.

»Ist schon gut, Vati.«

»Ist es nicht. Ich hatte es dir versprochen.«

Georg klappte das Buch zu und setzte sich auf. Sein Gesicht sah wirklich furchterregend aus. »Christoph hat gefragt, ob wir ins Kino gehen. Da ist es dunkel, da sieht mich wenigstens keiner«, fügte er scherzhaft hinzu, als wollte er seinen Vater beruhigen.

»Dann lade ich euch ein.« Er legte das Geld auf den Schreibtisch. »Das Fußballspiel holen wir nach, einverstanden?«

»In Ordnung, Vati. Und danke.«

Er schloss die Tür hinter sich. Seit der Geschichte mit der Hitlerjugend bemühte er sich sehr, die Verbindung zu Georg nicht abreißen zu lassen. Er hatte seinem Sohn vertraut, und Georg hatte ihn nicht enttäuscht. Er wusste, wie schwierig es für ihn gewesen war, sich Wolfgangs Einfluss zu entziehen. Er ging zum Telefon und ließ sich mit Oskar Neufelds Wohnung verbinden. Der Kollege klang etwas außer Atem, als er sich meldete.

»Ich hoffe, ich störe nicht.«

»Ganz und gar nicht, Herr Oberkommissar. Ich kam nur gerade die Treppe hoch.«

»Sonnenschein und Hasselmann haben eine Zeugin gefunden, die gesehen hat, wie jemand am fraglichen Abend das Ballhaus durch den Innenhof von Nr. 23 verließ. Wenn wir das den Angestellten erzählen und noch dazu, dass der zierliche Pianist mit den kleinen Füßen in Wahrheit eine Frau ist, fällt ihnen vielleicht doch noch etwas ein.«

»Ich mache mich auf den Weg.«

23

Obwohl es noch heller Tag war, war die Tanzfläche voll. Es roch nach Parfüm und Pomade, Schweiß und Wein und der Wärme all jener, die sich im Foxtrott dicht an dicht auf der Tanzfläche drehten.

Leo und Neufeld drängten sich zwischen den Tanzenden hindurch, um einen Blick auf die Nische zu werfen, in der die Kapelle spielte. Am Klavier saß der Sänger Eduard Fischer, man hatte offenbar noch keinen Ersatz für Fred gefunden.

Clara Bühler stand am Ausschank und schnupperte an einer geöffneten Sektflasche. Sie goss etwas davon in ein Glas, kostete und hielt es ans Licht. Dann gab sie es der Bedienung zurück. »Gar nicht schlecht für den Preis. Den bestellen wir jetzt immer.«

»Frau Bühler, wir müssen Sie dringend sprechen.« Leo erhob die Stimme, um die Kapelle zu übertönen, und machte eine auffordernde Handbewegung zum Ausgang hin.

Sie kam hinter der Theke hervor und folgte Leo und Neufeld nach draußen auf den Hof.

»Jemand hat am Tatabend das Ballhaus auf diesem Weg verlassen.« Leo deutete auf den Durchgang. »Ein Mann, der angeblich rasch zu seiner kranken Frau wollte. Wir müssen wissen, ob ihn jemand gesehen hat.«

Sie umfasste die Oberarme mit den Händen, als sei ihr kalt. »Sie meinen, er könnte der Mörder gewesen sein?«

Leo nickte.

»Ich habe nichts bemerkt.«

»Meine zweite Frage: Ist Ihnen an dem Pianisten namens Fred etwas aufgefallen?«

Sie sah überrascht von ihm zu Neufeld. »Ich habe ihn nur kurz gesprochen und dann zu Fischer geschickt. Der kann besser beurteilen, ob jemand in seine Kapelle passt. Was hätte mir denn auffallen sollen?«

»Dass er eine Frau war.«

»Eine *Frau*?« Ihr Erstaunen wirkte echt.

»Wir vermuten, dass es sich bei Fred um die Freundin namens Lotte handelt, die Adele Schmidt auf Ihrer Empore beherbergt hat«, erklärte Neufeld. »Die Freundin, die ihr das Kleid geschenkt hat.«

Clara Bühler stützte sich mit einer Hand an der Hauswand ab. »Das ... das wird ja immer unglaublicher«, sagte sie schließlich. »Gewiss, der Mann war zierlich, aber es gibt ja diesen femininen Typ. Er sollte vernünftig Klavier spielen, alles andere war mir egal.«

»Und Sie sind sicher, dass Adele Schmidt diese Lotte nie erwähnt hat?«

»Nein, mir gegenüber niemals.«

»Wir müssen alle Angestellten danach befragen«, sagte Leo. Als Clara Bühler widersprechen wollte, fügte er hinzu: »Nacheinander. Wir warten notfalls, bis die Kapelle Pause macht. Der Betrieb kann weiterlaufen, aber wir haben einen Fall zu klären.«

Sie deutete auf die Tür. »Danke. Beginnen wir doch am besten mit dem Schankraum.«

Eineinhalb Stunden später hatten sie ihre Antworten, doch sie waren unbefriedigend: Niemand hatte geahnt oder gewusst, dass Fred in Wahrheit eine Frau war. Niemand hatte von Lotte gehört. Und niemand hatte einen Mann gesehen, der sich durch den Hof von Nr. 23 davongestohlen hatte.

Leo und Neufeld wandten sich in Richtung Oranienburger Straße und Hackescher Markt.

Im Viertel wurde es allmählich lebhaft. Aus den Lokalen erklang Musik, an den Straßenecken und in Hauseingängen tauchten die ersten Prostituierten auf. Die Geschäfte waren geschlossen, alle Läden zugeklappt und die Gitter heruntergelassen.

Sie unterhielten sich im Gehen. Neufeld berichtete von seiner Tätigkeit bei der Politischen Polizei, von der Leo ziemlich wenig wusste.

»Ich bin ehrlich froh, mal etwas anderes zu sehen als die AIA«, gestand Neufeld. »Endlose Observationsberichte, Ärger mit Spitzeln, auf die man sich nicht verlassen kann. Und manches bereitet mir auch Sorgen.«

»Was denn?«, fragte Leo interessiert.

Neufeld hob die Schultern. »Wir führen eine Kartei für politisch Aktive.«

»Die dürfte ähnlich aussehen wie Gennats Zentralkartei. Ich finde sie nützlich, geradezu bahnbrechend.«

»Das schon, aber …« Neufeld zögerte. »In unserer Kartei werden nicht nur politische Kriminelle erfasst, sondern generell Personen, die sich politisch betätigen, mit allen verfügbaren Details. Einmal angenommen, die Extremen kämen an die Macht, ob nun Linke oder Rechte. Die müssten nur in die Kartei schauen und bekämen alle ihre Gegner auf dem Silbertablett serviert.«

Leo sah ihn überrascht an. »Ich hoffe nicht, dass wir jemals eine solche Regierung bekommen. Falls man das dann überhaupt noch Regierung nennen kann.«

Neufeld nickte. »Natürlich hoffe ich das auch nicht. Aber man bekommt so einiges zu sehen bei der Arbeit. Und die Extremen, die diese Republik nicht wollen, sind erschreckend gut organisiert.« Er gab sich einen Ruck. »Eigentlich wollte ich nur sagen, dass ich gern mit Ihnen und den Kollegen zusammenarbeite.«

»Dann habe ich eine gute Nachricht für Sie. Sie bleiben vorerst in der Inspektion A, das hat mir der Kriminalrat heute mitgeteilt«, sagte Leo, die Augen geradeaus auf die Straße gerichtet, doch er spürte Neufelds Blick.

»Vielen Dank, Herr Oberkommissar. Das freut mich sehr.«

»Sie werden gebraucht, nachdem Kriminalbezirkssekretär Walther versetzt wurde.«

»Danke für Ihr Vertrauen«, sagte Neufeld. »Es ist gewiss nicht einfach, einen geschätzten Kollegen zu verlieren.«

»Er ist mehr als ein Kollege, wir sind seit Jahren befreundet.« Leo wusste nicht, warum er damit herausplatzte.

»Dann bedauere ich es umso mehr.«

Leo war froh, als das Klingeln einer Straßenbahn sie unterbrach.

Als Leo nach Hause kam, lehnte er sich von innen gegen die Wohnungstür und schloss die Augen. Es schien Tage her, seit er die Wohnung verlassen hatte. Er ließ die Aktentasche fallen, zog den Mantel aus und hängte ihn an die Garderobe. Sein Körper fühlte sich müde und abgekämpft an, und ein Blick in den Spiegel verriet ihm, dass er auch so aussah.

Clara saß noch im Wohnzimmer und las. Als er hereinkam, sprang sie auf und küsste ihn auf die Wange. »Da bist du endlich. Ich wollte dich schon als vermisst melden.«

Er ließ sich in den Sessel fallen, ohne zu antworten.

»Elly und ich planen einen neuen Vortrag für die Hochschule. Er soll im Herbst stattfinden, wenn die Leute die Abende wieder drinnen verbringen«, sagte sie eifrig. »Sozialdemokratinnen und Frauenrechtlerinnen setzen sich schon seit zwei Jahren dafür ein, unverheiratete Mütter rechtlich besser zu stellen. Im BGB liegt einiges im Argen, und Elly ist mit ihrer kleinen Hanna selbst davon betroffen. Ich werde literarische Werke zusammenstellen, in denen es um uneheliche Kinder und ihre Mütter geht, während Elly die rechtliche Seite beleuchtet. Was hältst du davon?«

»Das ... klingt interessant«, sagte Leo, obwohl er sich kein Wort gemerkt hatte.

Clara sah ihn prüfend an, kniete sich vor ihn und legte ihm die Hände auf die Oberschenkel. »Was ist los mit dir? Ich merke seit Tagen, dass etwas nicht stimmt.«

Er schaute von Clara zu dem Tisch mit dem Buch darauf, als sähe er das alles zum ersten Mal. Dann wurde ihm klar, dass er ihr noch immer nicht von Robert erzählt hatte. So etwas kam eigentlich nie vor, sie hatten gelernt, dass sie sich gegenseitig nicht schützen mussten und sich ihre Sorgen anvertrauen konnten.

Sie bettete den Kopf auf seine Knie. »Erzähl es mir.«

Das tat er dann auch. Er strich ihr mit einer Hand zärtlich über den Kopf, die andere umklammerte die Armlehne des Sessels. Clara hörte zu, wie sie es immer tat, aufmerksam und ohne ihn zu unterbrechen. Als Leo fertig war, schwieg sie einen Moment. Dann setzte sie sich auf den Teppich, die Hände hinter sich aufgestützt, und sah ihn an.

»Du hast nichts falsch gemacht. Aber das weißt du selbst, oder?«

Er fand die Kraft zu einem kleinen Lächeln. »Ich hoffe es. Aber ich habe ein schlechtes Gefühl bei der ganzen Sache, so als würde Robert mir entgleiten. Das klingt blödsinnig, aber du hättest ihn erleben sollen … er war nicht mehr er selbst.« Er zögerte. »Er hat mir vorgehalten, dass er nach Dorotheas Tod geduldiger mit mir gewesen sei.«

»Das ist ungerecht«, sagte Clara heftig. »Und unangebracht.«

Leo fuhr sich durch die Haare. »Er muss wirklich von Sinnen sein, dass er eine Rauferei mit diesem Mann vom Zaun gebrochen hat. Und auch noch auf offener Straße. Damit hat er seine ganze Laufbahn aufs Spiel gesetzt.«

»Dann hoffe ich, dass er bei der neuen Stelle gut zurechtkommt und sich bewährt«, sagte sie.

Er seufzte. »Und auch sonst war der Tag zum Abgewöhnen. Man glaubt, man hätte etwas erreicht, und läuft der Wahrheit dennoch hinterher.«

Clara stand auf und reichte ihm die Hand. »Möchtest du noch was essen? Oder ein Bier?«

Leo sah auf die Uhr. »Ich nehme das Bier. Hungrig bin ich nicht.«

»Und danach gehen wir schlafen. Du siehst aus, als könntest du es gebrauchen.«

Er lag auf dem Bett und schaute an die Decke. Noch konnte er die Augen schließen und alles herbeirufen, sich wieder in den Park begeben und auf den köstlichen Augenblick warten, in dem eine Frau – die Frau – vorbeikam, in dem er in einer einzigen fließenden Bewegung die Decke aus der Tasche zog und mit der Flüssigkeit tränkte, in dem er ihr die Decke aufs Gesicht drückte und sich an sie presste, bis sie zu Boden sackte. In dem er sie ins Gebüsch zog und …

Doch er wusste, dass die Ruhe nicht von Dauer, dass diese Frau nur ein Ersatz gewesen war, eine süße Limonade, die man genoss, ohne damit den eigentlichen Durst zu löschen.

Er schaute zur Seite, zum leeren Kopfkissen und der säuberlich gefalteten Decke, ballte die Hände zu Fäusten.

Er musste sie finden, musste vollenden, was noch unvollendet, musste meistern, was misslungen war. Sie kannte ihn, und sie gehörte ihm, und er würde dafür sorgen, dass sie ihn nie wieder verlassen würde, dass alles so würde, wie es gewesen war. Sie war ihm genug gewesen, sie hatte ihm geholfen, ein guter Mensch zu werden.

Wenn sie erst wieder bei ihm war, müsste er nie mehr in den Park gehen.

24

Sonntag, 8. Juli 1928

Gestern Abend hatte Lotte die Zimmerwirtin über ihrer Tasche erwischt. Die Frau war auch noch so dreist gewesen, die Schnüffelei als ihr gutes Recht zu bezeichnen.

»Ich muss schließlich auf meinen Ruf achten, und wenn jemand kein Gepäck und kaum mehr als die Kleidung auf dem Leib hat, werde ich misstrauisch.«

Lotte hatte das Zimmer sofort verlassen. Sie fürchtete sich ohnehin davor, zu lange am selben Ort zu bleiben. Die Stadt war groß, doch wenn Erich wirklich nach ihr suchte, vielleicht ein Foto von ihr herumzeigte, könnte er sie womöglich finden.

Es war zu spät gewesen, sich ein neues Zimmer zu suchen. Also hatte sie die Nacht in einem Wartesaal verbracht, umgeben von Menschen und doch unendlich einsam.

Am frühen Morgen nahm sie den nächstbesten Zug und begann wieder zu grübeln. Sollte sie zur Polizei gehen, ihnen alles sagen – was aber war dieses »alles«? –, ihr Herz erleichtern und endlich wieder frei atmen? Doch sie hatte keinerlei Beweise, nur Gefühle, Vermutungen, Blicke – und die Decke, die Erich hatte verschwinden lassen, nachdem sie ihn darauf angesprochen hatte. Im schlimmsten Fall würde die Polizei ihn verständigen, und dann …

Immerhin hatte sie ein bisschen Geld in der Tasche. Der

Metallwarenhändler hatte sofort erkannt, wie nötig Lotte das Geld brauchte, und den Preis entsprechend gedrückt. Sie wusste, was das Silber eigentlich wert war, doch das half nichts, da sie gezwungen war, den Handel anzunehmen. Beim Pfandleiher hätte sie einen Namen hinterlassen müssen. Dann lieber ein Verkauf unter Wert, anonym, ohne lästige Fragen.

Am Schlesischen Bahnhof stieg Lotte aus und schaute sich um. Auf einem Gleis wartete der Nord-Express, der bis nach Warschau und Riga fuhr. Von hier aus reiste man nach Königsberg und Breslau, nach Posen und Danzig. Es gab sogar Anschlüsse, die einen bis nach Konstantinopel brachten. Sie spielte einen Augenblick mit dem Gedanken, einfach irgendwo einzusteigen und weit wegzufahren. Das war natürlich Unsinn, und doch verströmte der gewaltige Bahnhof mit seinen hohen Hallen ein Gefühl purer Freiheit.

Aber nicht lange. Als sie vom Bahnsteig in die Halle trat, bemerkte Lotte die vielen zerlumpten Gestalten, die sich hier drängten. Seit gestern war es unsommerlich kühl, und die Menschen suchten offensichtlich Schutz, weil sie keine eigene Wohnung besaßen.

Auf dem Bahnhofsvorplatz schlugen ihr Lärm und Gestank entgegen, und sie bereute, dass sie hier ausgestiegen war. Ihr fiel ein, was sie über diese Gegend gehört hatte. Armut und Verbrechen waren die Begriffe, die man gewöhnlich mit dem Schlesischen Bahnhof in Verbindung brachte.

Egal, sie musste ein Zimmer finden und endlich in einem Bett schlafen. Sie bog in die erstbeste Nebenstraße ein und hielt Ausschau nach Schildern, die freie Zimmer ankündigten. Lotte ahnte, dass die meisten stundenweise vermietet wurden. Andererseits war es nur gut für sie, wenn die Wirte wenig auf Anstand hielten und keine Fragen stellten.

Lotte konnte vor Müdigkeit kaum die Füße heben. Endlich entdeckte sie an einer schmutzig grauen Fassade ein Schild »Zimmer zu vermieten – sauber und preiswert«.

Sie klingelte. Eine dicke Frau mit rotem Gesicht öffnete ihr die Tür und musterte sie streng. »Ja?«

»Ich brauche ein Zimmer«, sagte Lotte.

Die Frau wich gerade so weit zurück, dass Lotte in den Flur treten konnte, in dem es nach Kohl roch. Vermutlich saß der Geruch schon in den Wänden fest.

»Sie müssen sich hier eintragen. Name und Adresse.«

Lotte schrieb sich als »Johanna Kurz« ins Register und fügte eine erfundene Adresse in Plauen hinzu.

»Na schön. Macht eine Mark. Im Voraus.« Der Preis war vermutlich gestiegen, sowie die Frau ihre Not bemerkt hatte.

Sie kramte in ihrer Geldbörse und legte das Geld auf den Tresen.

Das Zimmer war klein und feucht, die Matratze sackte sichtlich durch, doch als sie die Tür hinter sich geschlossen hatte, atmete Lotte tief durch. Endlich.

Das Frühstück verlief nicht so munter wie an anderen Sonntagen. Leo hatte einigermaßen gut geschlafen, doch beim Aufwachen war die düstere Stimmung zurückgekehrt. Clara bemühte sich, sie zu vertreiben, aber auch die Kinder merkten, dass ihr Vater keinen guten Tag erwischt hatte.

Georg hatte ein großes Pflaster auf der Stirn und noch immer Schmerzen beim Essen, weshalb er in seinem Ei herumstocherte.

Nur Marie aß mit gutem Appetit. Als ihr Teller leer war, griff sie in die Tasche und holte ein Bonbon heraus, das sie auswickelte und in den Mund steckte. »Tut mir leid, Georg, aber ich hatte nur das eine.«

»Macht nichts«, sagte er und lächelte zum ersten Mal an diesem Morgen.

Marie lief aus dem Zimmer, kam zurück und hielt ihm ein Papiertütchen hin. »Hier, da sind noch zwei Tanzbären drin, die magst du doch am liebsten.«

Leo beobachtete das Mienenspiel seines Sohnes. War er nicht zu alt für Gummi-Tanzbären? Nein, Georg erkannte, dass es ein Geschenk war, ein Trost, mit dem Marie seine Schmerzen lindern wollte.

»Danke, die mag ich wirklich gern.«

Über Claras Gesicht glitt ein Lächeln.

Marie wollte eben wieder in ihr Zimmer gehen, als Leos Blick auf ihren Platz fiel. Dort glänzte etwas rot und grün. Er griff danach. Es war das zusammengeknüllte Bonbonpapier.

»Gib es mir, ich werfe es –«

»Nein!«, sagte er lauter als beabsichtigt, und Clara, die den Tisch abräumte, warf ihm einen erschrockenen Blick zu.

»Verzeih, Marie, es war nicht böse gemeint. Bleib mal hier.«

Sie sah ihn verunsichert an. »Was ist denn, Vati?«

»Woher hast du das Bonbon?«

»Ach, das hat mir die Frau aus dem Labor geschenkt, wo wir am Dienstag mit der Schule waren. Ich habe es gerade in der Tasche gefunden.«

»Was ist mit dem Papier?«, fragte Clara erstaunt.

Leo beugte sich zu Marie. »Weißt du, wie die Frau heißt?«

»Ja, Fräulein Schneider. Was ist denn los, Vati?«

Er nahm ein Taschentuch und strich das Papierchen behutsam glatt. Rot-grüne Schrägstreifen, ein auffälliges Muster. Keine gängige Bonbonsorte, die es überall zu kaufen gab.

»Wir haben kürzlich ein solches Papier an einem Tatort gefunden.«

»Das kann doch jeder weggeworfen haben«, bemerkte Georg.

»Nicht unbedingt, der Ort ist nicht öffentlich zugänglich und wird regelmäßig gereinigt. Zudem arbeitet die Frau, die es Marie gegeben hat, in einem Labor. Und wir vermuten, dass der Täter sich mit Chemie auskennt.«

Entweder war Ludwig Richter sehr großzügig oder sehr bequem, da er Robert Walther den Fall Herzog praktisch allein bearbeiten ließ. »Machen Sie mal, Herr Kollege. Je genauer Sie Ihr neues Revier kennenlernen, desto besser.«

Das war anständig von ihm. Und der gestrige Abend, an dem sie miteinander ein Bier getrunken hatten, war kurzweilig gewesen, auch wenn Richter über viele Dinge etwas zu sagen hatte, an die Walther bisher selten einen Gedanken verschwendet hatte – die politische Einstellung der hohen Tiere bei der Polizei oder die Schande von Versailles. Und seine Witze über Bernhard Weiß, den er nur Isidor nannte, waren ziemlich geschmacklos gewesen. Aber im Grunde war er kein übler Kerl.

Im Fall Herzog hatte Walther zunächst die Nachbarn befragt. Fräulein Herzog empfing tatsächlich oft Besuch, und zwar mehr Herren als Damen. Auch fanden häufig Feste statt, bei denen es fröhlich und ein bisschen laut zuging, doch wirklich störend war das nicht. Wenn man sie freundlich darauf hinwies, benahmen sich die Gäste sofort besser. Diese nachsichtige Haltung erstaunte Walther, der erwartet hatte, dass man in einem so herrschaftlichen Haus auf gewissen Verhaltensregeln bestand. Doch wer konnte schon sagen, ob die Herzogin vom Hansaplatz nicht auch den einen oder anderen Nachbarn zu ihren besonderen Freunden zählte?

Danach hatte er in der für Diebstahl zuständigen Inspektion C angerufen und sich die Namen einschlägiger Juweliergeschäfte durchgeben lassen, die mit Hehlerware handelten. Die Liste würde er ab Montag, wenn die Geschäfte wieder geöffnet waren, abarbeiten.

Walther verbrachte den Sonntag im Büro, da ihn der Fall reizte und er hier nicht in Versuchung geriet, zu trinken oder in Selbstmitleid zu zerfließen. Er klappte gerade die Mappe mit der Liste zu und wollte sich nach Hause begeben, als das Telefon klingelte.

»Mein Name ist Martha Becker.« Das war eine ältere Dame, die er schon befragt hatte.

»Guten Tag, Frau Becker. Ist Ihnen noch etwas eingefallen?«

Es trat eine Pause ein, dann sagte sie zögernd: »Vielleicht habe ich doch jemanden gesehen. An dem Tag, als Fräulein Herzog bestohlen wurde.« Sie verstummte wieder, und Walther wurde neugierig.

»Und wen meinen Sie gesehen zu haben?«, fragte er geduldig.

Sie hustete und schien einen Schluck Wasser zu trinken. »Ich wohne gegenüber von Fräulein Herzog und habe jemanden im Flur gehört. Also habe ich durch den Spion geschaut. Man muss ja wissen, wer hier ein und aus geht.«

»Gewiss, Frau Becker.«

»Sicher bin ich mir nicht, und ich will niemanden verleumden, aber ich glaube – ich kenne den Mann aus der Zeitung.« Nun war ein Rascheln zu hören. »Hier habe ich ein Bild von ihm, er heißt Dr. Arthur Imboldt, von der Zentrumspartei. Der Mann im Flur sah aus wie er.«

Walther griff nach Papier und Stift und schrieb eilig mit. »Würden Sie das beschwören?«

Als Frau Becker antwortete, zitterte ihre Stimme leicht. »Schwören? Ich weiß nicht recht, aber er war nur wenige Meter entfernt. Und er hat so über die Schulter geschaut, als wollte er sich vergewissern, dass ihn niemand beobachtet. Er hatte einen Kinnbart und eine Narbe im Gesicht, genau wie der Mann hier in der Zeitung.«

»Würden Sie das denn beschwören? Dass er eine Narbe hatte, meine ich?«

»Ja, das würde ich.«

»Was ist dann passiert?«

Ihre Stimme klang jetzt fester. »Dann hat er die Tür aufgeschlossen und ist in die Wohnung gegangen. Ich habe mir nichts dabei gedacht, er hatte ja einen Schlüssel. Aber als dann der Schmuck gestohlen wurde … und dazu noch das Zeitungsfoto …«

Walther konnte seine Aufregung kaum bezähmen. »Ich komme zu Ihnen, Frau Becker, und nehme Ihre Aussage auf.«

Lotte lag auf dem Bett und starrte an die Decke wie auf eine Leinwand, auf der noch einmal alles vor ihr ablief.

Sein Blick war anders gewesen seit der Sache mit der Decke. Seit Lotte sie gefunden hatte, war etwas in seinen Augen gewesen, das fragte, drohte, lockte, das sie zurückstoßen und doch an sich binden wollte.

Sie hatte lange abgewartet, weil sie sich nicht sicher gewesen war. Sie hatte gezweifelt, ihren eigenen Augen misstraut und hatte niemanden um Rat fragen können, der ihr den Verdacht bestätigt oder ausgeredet hätte.

Lotte setzte sich auf und schaute zu dem kleinen, schmierigen Fenster, durch das das trübe Licht einer Straßenlaterne fiel.

War es an der Zeit, das Versteckspiel aufzugeben? Sie

malte sich einen Moment lang aus, wie ihr Leben dann sein könnte – eine kleine Wohnung oder ein Zimmer, natürlich nicht hier, sondern in einer besseren Gegend. Vielleicht wieder Klavier spielen, sie hatte es nicht verlernt. Frei sein. Wieder Lotte Thaler heißen. Um Adele trauern. Neu beginnen.

Dann war der Moment vorbei.

Sie hatte der Polizei nichts zu sagen. Man würde sie auslachen, wenn sie von Ahnungen und Gefühlen sprach. Damit löste niemand einen Mordfall.

Irgendwann musste sie doch eingeschlafen sein. Sie erwachte gegen fünf und spürte ihren Magen. Wann hatte sie zuletzt gegessen? Die Suppe gestern Mittag, dachte sie und war selbst überrascht, dass sie sogar das Essen vergessen hatte. Sie stand auf und wusch sich in der angeschlagenen Porzellanschüssel. Der Waschständer wackelte, ein Bein war kürzer als die anderen. Sie zog das Kleid an, das sie bei einem Gebrauchtwarenhändler erstanden hatte und das durchdringend nach Mottenpulver roch. Egal, das kümmerte hier keinen.

Sie trat auf die Straße, als eine wässrige Sonne durch die Wolken brach. Sie bog aus der Krautstraße in die Breslauer Straße ein, die zum Bahnhof führte. Dort würde sie sicher eine Wurstbude oder eine einfache Speisegaststätte finden.

Sie achtete nicht auf die Leute, die an ihr vorbeigingen. Sie wollte etwas essen und schnell zurück in ihr Zimmer, um in Ruhe nachzudenken. Sie musste sich einen Plan für die Zukunft überlegen, so konnte sie nicht weiterleben.

»Ich kenn Sie doch!«

Sie blieb abrupt stehen und drehte sich um. Ein junger Mann, die Mütze in den Nacken geschoben, starrte sie an. Blonde Haare fielen ihm ins Gesicht. Die Nase war etwas schief, aber er hatte einen freundlichen Mund und warme braune Augen. Doch woher sollten sie einander kennen?

»Sie sind – Sie waren eine Freundin von Adele. Wir haben uns mal kurz gesehen, in einem Café. Sie waren mit ihr da, und ich hab Adele abgeholt. Hans Henkel mein Name.«

»Natürlich, sie hat von Ihnen gesprochen.« Ihre Augen brannten, als sie Adeles Namen hörte.

Er nahm die Mütze ab und drehte sie in den Händen. »Sie wissen, dass sie …«

»Ja.« Lotte verstummte. Was sollte sie auch sagen? Sie war diesem Mann nur einmal begegnet. Adele war der einzige Punkt, an dem sich ihre Leben berührt hatten.

Doch Hans Henkel machte keine Anstalten, weiterzugehen. »Die Polizei hat mich verhört«, platzte er heraus. »Die dachten, ich hätte es getan. Aber ich hab ein Alibi, und außerdem hätte ich niemals …« Tränen stiegen ihm in die Augen.

»Man wird den Mörder sicher finden«, sagte Lotte zuversichtlicher, als sie sich fühlte.

»Die haben mir eine Menge Fragen gestellt, auch wegen einem Kleid, das ihr jemand geschenkt hat. Aber nicht ich! Also hab ich gesagt, wenn's kein kleingeratener Russe war –«

»Was für ein Kleid?«, fiel sie ihm ins Wort.

»Irgendwas Schickes, mit Spitze. Sie hatte es wohl an, als sie …«

Lotte stürzte los, jeder Gedanke an Essen war verflogen. Sie rannte in Richtung Krautstraße und hielt erst inne, als sie an der Wirtin vorbeigestürmt war und die Zimmertür hinter sich zugeschlagen hatte.

Dann fiel sie aufs Bett und rollte sich zusammen wie ein kleines Kind.

25

Montag, 9. Juli 1928

»Ein Bonbonpapier?«, fragte Sonnenschein erstaunt, als sie bei der Morgenbesprechung saßen.

Leo wusste selbst, dass es weithergeholt klang. »Es ist nur ein Versuch, aber ich habe diese Bonbons noch nirgendwo gesehen. Sollten sie tatsächlich selten sein, könnte uns das einen Hinweis liefern.«

Klein hob die Hand. »Ich finde, es lohnt eine Nachfrage. Wir sind der Sache damals nicht weiter nachgegangen, weil es offensichtlichere Spuren gab und das Papier von jedem Gast hätte stammen können.«

»Wir sollten für jede neue Spur dankbar sein«, erklärte Hasselmann. »Die Chloroform-Ermittlung hat immer noch nichts ergeben. Die Witwe Pawliczek kann den Mann aus dem Durchgang nicht näher beschreiben, die Klavierspielerin namens Lotte ist verschwunden. Schreiben wir sie eigentlich zur Fahndung aus?«

Daran hatte Leo auch schon gedacht, war aber skeptisch. »Die Frau steht nicht unter Verdacht, sie hat ein wasserdichtes Alibi. Es ist nicht verboten, sich als Mann zu verkleiden und inkognito als Musiker zu arbeiten. Eine Fahndung könnte sie erschrecken, womöglich würde sie Berlin verlassen. Bedenken Sie, dass wir nur ihren Vornamen und die ungefähre Größe kennen. Haarfarbe und Frisur lassen sich verändern. Wir reden hier von vier Millionen Einwohnern.« Er zögerte, ordnete seine Gedanken. »Andererseits müssen wir sie finden, denn wenn ihr das blaue Kleid gehört hat, könnte *sie* das Ziel des Mörders gewesen sein. Er verwechselt die Frauen, und als er seinen Fehler erkennt, gerät er in Panik und erstickt Adele Schmidt. – So, und jetzt fahre ich in diese Lehranstalt am Kaiserdamm. Meine Tochter hat mir erklärt, wie ich hinkomme«, fügte er lächelnd hinzu.

Carla Herzog trug ein Kleid aus schwarzer Seide, die bei jeder Bewegung schimmerte, und ließ sich elegant auf ihrem Diwan nieder. Ihre Hand mit den dunkelrot lackierten Nägeln klappte eine geschnitzte Dose auf, in der stark duftende Zigaretten lagen.

»Rauchen Sie?«

»Danke, nein.«

Sie ließ Walther nicht aus den Augen, während sie sich selbst Feuer gab. Dann blies sie den Rauch zur Decke und legte das silberne Feuerzeug beiseite.

»Was sagt Ihnen der Name Dr. Arthur Imboldt?«, fragte Walther betont nüchtern. Er kam sich vor wie in einem Theaterstück: Femme fatale verführt biederen Polizeibeamten.

»Meinen Sie den Politiker?«, fragte sie. »Nicht dass ich mich für Politik interessiere, aber er hat so einen kühnen Schmiss auf der Wange.«

»Er wurde gesehen, wie er am fraglichen Tag mit einem Schlüssel Ihre Wohnung betreten hat«, sagte Walther und schaute sie prüfend an.

Sie zog lässig an der Zigarette, doch das kaum merkliche Zucken ihres Mundes verriet ihm, dass er sie überrascht hatte. »Oh«, sagte sie schließlich. »Das hätte ich ihm gar nicht zugetraut.«

»Bitte genauer.« Er hatte ihre Pose reichlich satt.

Sie lachte klingelnd. »Verstehen Sie denn nicht? Der gute Arthur hatte mir den Schmuck geschenkt, der gestohlen wurde.«

Walther zuckte zusammen, als hätte man ihm einen Schlag versetzt. Imboldt, die rechte Hand des Verkehrsministers, dem man bei der nächsten Kabinettsumbildung einen Ministerposten prophezeite, hatte mit dieser Frau eine Affäre gehabt?

»Sie meinen, der Schmuck war eine Bezahlung für bestimmte Gegenleistungen?«

Carla Herzog lachte und klopfte die Asche achtlos in eine Kaffeetasse. »Sie sind reizend! Es war eine Anerkennung für vergnügliche Stunden, würde ich sagen. Das klingt doch netter. Daheim hat der arme Mann mit seiner streng katholischen Ehefrau wenig Spaß. Natürlich ist er selbst auch katholisch, darauf legen seine Wähler großen Wert, aber privat sieht er gern darüber hinweg.«

Walther wurde ungeduldig. »Weshalb haben Sie mir das nicht gleich gesagt?«

Sie stand auf und schlenderte durchs Zimmer, die Zigarette lässig in der erhobenen Hand. »Weil ich diskret bin, Herr Kommisar. Darauf verlassen sich meine Freunde.«

Ihm platzte der Kragen. »Sie können mit der Polizei nicht umspringen, als wären wir Ihre Handlanger. Entweder wollen Sie, dass Ihr Schmuck gefunden wird, oder nicht. Aber Sie können uns nicht für Ihre privaten Affären einspannen.«

Sie zog nur eine Augenbraue hoch. »Ende Juni, gleich nachdem er den Posten im Ministerium übernommen hatte, rief Arthur mich an und sagte, zwischen uns sei es aus.«

Was das bedeutete, war nicht schwer zu folgern. »Also hat er sich den Schmuck zurückgeholt, weil er Angst hatte, Sie würden ihn damit erpressen.«

Sie schüttelte tadelnd den Kopf. »Das ist aber ein hässliches Wort, Herr Kommissar. Doch Sie haben recht, es war nicht in seinem Interesse, dass ich diese Stücke behalte, zumal er verheiratet ist. Das sind sie alle.« Sie lächelte vielsagend. »Sie kennen doch den alten Kindervers: ›Geschenkt ist geschenkt, wieder holen ist gestohlen.‹ Mir blieb ja gar nichts anderes übrig, als die Polizei einzuschalten. Das betrachte ich als meine Bürgerpflicht.«

Das war ziemlich dick aufgetragen, doch Walther war so aufgeregt, dass er darüber hinwegsah. »Sie hören von mir, Fräulein Herzog.«

Auf dem Rückweg ins Büro dachte er fieberhaft nach. Das war ein Skandal, eine ganz große Geschichte. Die letzte Regierung hatte keine eineinhalb Jahre gehalten, da durfte die neue, die Ende Mai gewählt und erst vor einer Woche vereidigt worden war, nicht in Gefahr geraten. Arthur Imboldt war ein wichtiger Mann des Zentrums, wenn er wankte, konnte er andere mit sich reißen.

Walther musste taktvoll vorgehen, wenn er den Fall aufklären und gleichzeitig eine Regierungskrise verhindern wollte.

Dies war die Chance, die er sich erhofft hatte.

Leo hatte sich nicht angekündigt, da er Margot Schumann und ihre Schülerinnen unvorbereitet befragen wollte. Er schätzte die Frau, die ihm die Tür öffnete, auf Mitte bis Ende dreißig. Sie hatte ein ebenmäßiges Gesicht, das große Ruhe ausstrahlte, und trug einen weißen Kittel. »Ja bitte?«

Er wies sich aus, und die Frau sah ihn überrascht an. »Ich

bin Margot Schumann, die Leiterin dieser Lehranstalt. Kommen Sie doch bitte herein. Ich hoffe, es ist kein Unglück passiert.«

Im Labor saßen etwa fünfzehn junge Frauen an Arbeitstischen. Mehrere schauten auf, als Leo eintrat.

»Meine Damen, das ist Oberkommissar Wechsler«, erklärte Fräulein Schumann und trat ein wenig beiseite, als wollte sie Leo die Bühne überlassen.

Er schaute sich um. Die Räume – oder das, was durch offene Türen von ihnen zu sehen war – wirkten so gediegen und professionell wie das Labor Dr. Friedrich.

Einen Moment lang stellte er sich vor, wie Marie hier säße, natürlich eine etwas ältere Version seiner Marie, aber ebenso wissbegierig und konzentriert.

»Ich möchte mit Fräulein Schneider sprechen.«

Alle Köpfe drehten sich zu einer Frau, die in einer Ecke am Mikroskop saß. Sie blickte auf und erhob sich. »Das bin ich.« Es klang fast wie eine Frage.

»Können wir irgendwo ungestört sprechen?«

Sie führte ihn in ein kleines Büro, wo sie die Tür hinter ihnen schloss. Ihre blauen Augen hinter der Hornbrille schauten fragend, als sie auf einen Stuhl deutete.

»Worum geht es, Herr Oberkommissar? Ich hatte noch nie mit der Polizei zu tun.«

Leo griff in die Tasche und holte ein fast durchsichtiges Tütchen aus Pergamentpapier heraus. Darin lag das Bonbonpapier, das sie im Hof des Ballhauses gefunden hatten.

»Kennen Sie dieses Papier?«

Fräulein Schneider sah ihn erstaunt an. »Ja, das sind meine Lieblingsbonbons. Die bekommt man nur in einer einzigen Confiserie, wo sie auch hergestellt werden. Pfefferminz mit Schokolade gefüllt.«

»Sie haben meiner Tochter eines dieser Bonbons geschenkt, als sie vor kurzem mit ihrer Schulklasse hier war.«

»Das ist gut möglich.« Dann lächelte sie. »Aber ja, das aufgeweckte Mädchen mit dem Vater, der bei der Polizei arbeitet. Sie war gar nicht schockiert, als sie hörte, dass wir auch menschliche Haut untersuchen.«

»Vermutlich glauben Sie jetzt, dass wir beim Essen ständig über solche Dinge reden«, erwiderte Leo belustigt.

»Das nicht, aber Ihre Tochter wirkte erstaunlich gelassen, als es um Histologie ging.« Dann wurde Fräulein Schneider wieder ernst. »Warum sind Sie hier, wenn ich fragen darf? Es spricht doch nichts dagegen, ein Bonbon zu verschenken, oder?«

Leo deutete auf das Tütchen. »Das Papier stammt nicht von dem Bonbon, das Sie Marie geschenkt haben, sondern von einem Tatort.«

»Einem Tatort?«

»Eine Frau wurde ermordet. In der Nähe fand sich dieses Bonbonpapier.«

Fräulein Schneider wurde blass. »Aber ich – warum kommen Sie damit zu mir? Ich bin an keinem Tatort gewesen.«

»Das habe ich auch nicht behauptet. Allerdings würde ich Sie bitten, mir der guten Ordnung halber zu sagen, wo Sie sich am vorletzten Samstagabend aufgehalten haben.«

»War das der 30.?«

»Ja.«

Sie seufzte erleichtert. »Da hat meine Schwester Geburtstag gefeiert. In einem Ausflugslokal in Reinickendorf. Ich war den ganzen Abend dort. Wenn Sie möchten, gebe ich Ihnen die Adresse meiner Schwester, sie kann das bestätigen.«

»Vielen Dank.«

»Haben Sie mich wirklich verdächtigt?«, fragte sie und sah ihn prüfend an.

Leo blieb ungerührt. »Wir schließen zunächst keine Möglichkeit aus. Aber ich bin nicht nur wegen Ihres Alibis gekommen. Wenn es diese Bonbons, wie Sie sagen, nur in einer einzigen Confiserie gibt, könnte uns das einen Hinweis auf den Täter liefern.«

Fräulein Schneider überlegte. »Heißt das, Sie müssen dort sämtliche Kunden befragen?«

»Ich hoffe nicht. Sollten Sie jedoch eine Person kennen, die ebenfalls diese Bonbons kauft, bitte ich Sie, mir den Namen zu nennen.«

Leo sah, wie es in der Chemikerin arbeitete. Zweifel huschten über ihr Gesicht, und er fragte sich, ob sie jemanden im Verdacht hatte oder einfach nur zögerte, die Namen von Leuten zu nennen, die er dann einer Befragung unterziehen würde.

Schließlich gab sie sich einen Ruck. »In dem Labor, in dem ich früher gearbeitet habe, stand immer eine Schale mit diesen Bonbons. Jeder durfte sich bedienen. Dadurch bin ich auf den Geschmack gekommen.«

»Und woher wussten Sie, wo man die Bonbons kaufen konnte?«

»Sie sind aber ganz genau. Ich habe Frau Kramer, die Sekretärin, danach gefragt, und sie nannte mir die Confiserie in Steglitz. Seither kaufe ich dort ab und zu welche.«

»Gut, dann bleibt nur noch eine Frage: Wo haben Sie damals gearbeitet?«

»Im Labor Dr. Zellner in der Luisenstraße 21.«

Leo notierte sich die Adresse. »Wann haben Sie die Stelle gewechselt?«

»Vor dreieinhalb Jahren«, antwortete Fräulein Schneider

präzise. »Fräulein Schumann hat mich damals angesprochen. Ich war sehr froh, denn es reizte mich mehr, mit jungen Mädchen zu arbeiten, die sich für Naturwissenschaften interessieren, als Zolluntersuchungen für die Reichsfinanzverwaltung durchzuführen.«

»Meine Tochter würde Ihnen sicher zustimmen.«

»Grüßen Sie sie von mir. Wenn sie mag, darf sie gern noch einmal zu Besuch kommen. Sie soll nur vorher anrufen.«

»Ich richte es aus. Vielen Dank, Fräulein Schneider.«

Als er aus dem Zimmer trat, senkten sich rasch die Köpfe der Schülerinnen.

Hans Henkel stand unschlüssig vor dem Haupteingang, die Hände in den Taschen, und scharrte mit der Schuhspitze über den Boden. Wer hätte gedacht, dass er sich dem roten Kasten so schnell wieder nähern würde, und dann auch noch freiwillig?

Die Backsteinmauern wirkten abweisend und bedrohlich, und er war verdammt froh gewesen, als ihn die Kripo hatte laufen lassen. Er sah sich vorsichtig in alle Richtungen um. Es würde sich nicht gut machen, wenn ihn ein Genosse hier bemerkte. Das konnte schnell zu Gerüchten führen, man sei ein Spitzel. Und die konnte er sich nicht leisten.

Impulsiv wollte er schon der Burg den Rücken kehren und einfach vergessen, was gestern geschehen war, aber er konnte es nicht. So ganz war er nie über Adele hinweggekommen, auch wenn sie ihn nicht mehr gewollt hatte. Und wie sie gestorben war …

Er hatte in der Zeitung darüber gelesen. Erstickt im Hof des Ballhauses, während drinnen die Leute tanzten und tranken und sich amüsierten. Und keiner von ihnen hatte etwas gemerkt, keiner hatte ihr geholfen. Sie musste furchtbare

Angst ausgestanden haben, als man sie gepackt und betäubt und ihr Mund und Nase zugehalten hatte. Was für eine Art zu sterben. Wer machte denn so was? Und warum?

Er ballte die Hände zu Fäusten und senkte den Kopf. Dann ging er die Stufen hinauf und trat durch das Portal ins Polizeipräsidium.

Er hatte sich den Weg zur Inspektion A gemerkt. Gerade wollte er an die Tür des Vorzimmers klopfen, als ein Beamter aus der Tür nebenan trat.

»Ah, Herr Henkel«, sagte der Kriminalbeamte überrascht. »Wir kennen uns doch.«

»Ich wollte eigentlich mit dem Kommissar vom letzten Mal sprechen.«

»Oberkommissar Wechsler ist dienstlich unterwegs. Was gibt es denn?«

Gut, dann eben der Politische. Er folgte Neufeld in ein Büro mit mehreren Schreibtischen und bekam einen Platz angeboten. Er sah sich um. Die anderen Beamten achteten nicht auf ihn, und auf einmal fühlte er sich leichter als zuvor. Er war freiwillig gekommen und hatte sich nichts vorzuwerfen.

Als er zu sprechen begann, griff Neufeld sofort nach seinem Notizbuch und begann mitzuschreiben.

Neufeld erklärte, er habe Henkel gehen lassen, weil er keinen Grund gesehen habe, ihn hierzubehalten. Sie kannten seine Adresse, und er hatte versichert, er werde die Stadt nicht verlassen.

Leo bemerkte, dass der Kollege ein wenig betreten wirkte. »Ich mache Ihnen keinen Vorwurf, ganz im Gegenteil. Sieht aus, als hätten wir endlich einen Hinweis, wo sich diese Lotte aufhalten könnte. Hat er sie beschrieben?«

»Etwa 1,65 Meter groß, schlank, kurze dunkle Haare, blaue Augen. Und sie trug diesmal Frauenkleidung.«

»Ihren Nachnamen kennt er nicht?«

»Nein, er war ihr vorher nur einmal flüchtig begegnet.«

Leo überlegte. »Und sie hat auffällig reagiert, als Henkel das Kleid erwähnte?«

Neufeld nickte. »Er sagt, es sei ihm vorgekommen, als hätte sie nicht gewusst, dass Adele Schmidt in diesem Kleid getötet wurde. Es stand auch nicht in der Zeitung. Er selbst hatte es von uns erfahren. Als sie davon hörte, ist sie davongerannt, ohne sich zu verabschieden.«

Leo griff nach seinem Jackett und stand auf. »Henkel wusste nicht, ob sie dort wohnt oder zufällig in der Gegend war?«

»Nein.«

»Sie fahren mit Sonnenschein, Klein und Hasselmann zum Schlesischen Bahnhof und durchkämmen sämtliche Pensionen, billigen Hotels und Zimmervermietungen. Wir müssen diese Frau finden. Und holen Sie Henkel zurück für eine Phantomzeichnung.«

»Wollen Sie ihn auch selbst noch einmal befragen?«

»Nein. Ich bin einem Bonbonpapier auf der Spur.« Damit setzte er den Hut auf und verschwand in den Flur.

Leo konstatierte nebenbei, dass das Öffentlich-Chemische Laboratorium Dr. Zellner, wie es mit vollem Namen hieß, nicht weit von Clärchens Ballhaus entfernt war. Er stellte gern Verbindungen zwischen den Orten her, die zu einem Fall gehörten, trug sozusagen einen inneren Stadtplan bei sich, auf dem sich Linien wie Netze spannten und ihm verrieten, wie schnell jemand an einen Ort gelangen und von dort entkommen konnte.

Das Labor war recht imposant und besaß eine Empfangstheke, an der ihn eine ältere Frau mit strengem Mittelscheitel begrüßte.

»Guten Tag. Was wünschen Sie?«

Als sie Leos Marke sah, zog sie eine Augenbraue hoch. »Ist es dienstlich? Wollen Sie uns mit einer Untersuchung beauftragen? Ich frage nur, damit ich Ihnen den richtigen Mitarbeiter rufen kann.«

»Es ist dienstlich, aber ich habe keinen Auftrag zu vergeben«, sagte Leo höflich. »Ich ermittle hier und würde gern mit der Sekretärin Frau Kramer sprechen.«

Sie erklärte ihm den Weg und sagte, sie werde ihn anmelden.

Er ging durch einen langen, mit einem roten Teppich ausgelegten Flur, eine Treppe hinauf und klopfte an die Tür mit der Aufschrift »Sekretariat«. Drinnen saß eine Frau mit grauem Haarknoten, die aufsah und freundlich lächelte.

»Oh, Sie sind der Oberkommissar, den man angekündigt hat? Wie aufregend! Kramer mein Name. Nehmen Sie bitte Platz.«

Die Frau wirkte gar nicht verwundert über seinen Besuch, sondern gab ihm die Hand, lehnte ihren umfangreichen Oberkörper nach hinten und verschränkte die Hände über dem Bauch.

Leo bemerkte eine Schale mit Schokobananen auf dem Tisch.

»Greifen Sie zu, die sind sehr gut. Aus Österreich importiert«, sagte Frau Kramer.

»Danke, nein, aber Sie könnten mir eine Frage beantworten.« Er zog die Tütchen mit den Bonbonpapieren heraus und legte sie auf den Schreibtisch.

»Ach, die mochte ich so gern!«, rief Frau Kramer.

»Sie kennen die Bonbons also?«

»Natürlich, die wurden früher pünktlich jeden Monatsersten geliefert. Aus Steglitz.«

»Und wer hat sie bestellt?«

»Herr Hartmann. Ein angenehmer Kollege, der vor einigen Jahren ausgeschieden ist.«

»Vorname?«

»Erich.« Sie sah ihn prüfend an. »Stimmt etwas nicht?«

Das wusste Leo selbst nicht so genau. Er verabschiedete sich zerstreut und ging zur Tür.

»Möchten Sie wirklich keine Banane?«, rief sie ihm noch hinterher.

26

Das sind meine Saalschwestern. Wir alle leiten Ballhäuser und stehen füreinander ein. Keine dieser Frauen würde mir jemals schaden wollen, darauf gebe ich Ihnen mein Wort.

Das hatte Clärchen nach dem Mord zu Oberkommissar Wechsler gesagt. Sie hatte sich darauf verlassen, dass die Polizei den Mord rasch aufklärte, und selbst nichts unternommen. Die Werbung auf dem Auto war gut und schön, doch sie wollte, dass der Schatten verschwand, der auf ihrem Ballhaus lag, und dazu musste Adeles Mörder gefasst werden. Danach sah es aber im Moment keineswegs aus.

Doch wusste sie inzwischen, dass Adele, der sie immer vertraut hatte, heimlich eine Frau in ihrem Ballhaus beherbergt und ihr diese Frau überdies als männlichen Pianisten untergeschoben hatte. Alle Gewissheiten schienen sich aufzulösen. Nichts war so, wie es auf den ersten Blick schien. Die Erkenntnis tat weh – weniger aus verletzter Eitelkeit als vielmehr, weil sie ihren Angestellten vertraute und sich hintergangen fühlte. Die Tatsache, dass sie sich nicht mehr mit Adele aussprechen konnte, machte es umso schmerzlicher.

Kurzum, sie musste das Heft endlich selbst in die Hand nehmen. Clara Bühler war keine Frau, die sich unnötig in Gefahr begab. Sie würde keinem Mörder hinterherspionieren, dafür lebte sie viel zu gern. Außerdem musste sie an

Margarete und ihren Fritz denken, die sie dringend brauchten.

Aber es gab etwas, das sie tun konnte, und der heutige Montag bot sich dafür an. An diesem Tag würden sich die Saalschwestern treffen, und als am Morgen mehrmals das Telefon klingelte und besorgte Freundinnen sich erkundigten, ob sie das Beisammensein verschieben sollten, hatte Clärchen entschieden nein gesagt.

»Wir treffen uns wie abgemacht bei mir in der Auguststraße. Keine Widerrede.«

Alle waren gekommen und hatten sich bei Kaffee und Kuchen im Ballsaal versammelt. Durch die Fenster fiel Sonnenlicht und ließ die Dekorationen schäbiger und die Wände vergilbter erscheinen. Das kannten sie alle. Erst der abendliche Lichterglanz überdeckte die Makel und verlieh den Ballhäusern eine Pracht, die dem Tageslicht nicht standhielt.

Sie spürte die neugierigen Blicke und konnte es den Frauen nicht verdenken. Abgesehen von Taschendiebstählen und der einen oder anderen Schlägerei hatten sie selten mit der Polizei zu tun. Wer bei einer solchen Tat erwischt wurde, erhielt gewöhnlich Hausverbot. Bei ihnen herrschten strenge Regeln, denn sie konnten ihren Ruf nur wahren, solange sie bei ihren Gästen keine Exzesse duldeten.

Ein Mord aber war etwas anderes.

Als alle mit Kaffee und Kuchen versorgt waren, erhob sich Clärchen und schaute in die Runde. »Ihr habt gehört oder gelesen, was hier passiert ist«, begann sie.

»Natürlich«, sagte Else, eine mütterlich wirkende Frau, hinter deren weichem Gesicht sich ein scharfer Geschäftssinn verbarg. »Aber ich wollte mich nicht aufdrängen, solange du die Polizei im Haus hast. Gibt's schon was Neues?«

»So einiges«, sagte Clärchen. »Ich glaube nicht, dass ich über Einzelheiten sprechen darf. Was nicht in der Zeitung steht, muss sicher geheim bleiben. Aber in einem Punkt könnt ihr mir helfen.«

»Nur heraus damit«, sagte Dora, die Jüngste unter ihnen, die immer die kürzesten Kleider trug und sich als Erste einen Bubikopf getraut hatte. »Wir haben eigentlich nur auf ein Zeichen von dir gewartet.«

»Habt ihr mal eine Pianistin beschäftigt?«

Die Saalschwestern sahen Clärchen überrascht an.

»Ich meine, eine bestimmte. Sie ist nicht sehr groß, schlank und dunkelhaarig.«

»Ich hatte mal eine Damenkapelle«, sagte Else, »aber seit dem Krieg sind die nicht mehr in Mode. Die Frauen wollen lieber Männer, die Musik machen, damit sie was zu gucken haben.«

Clärchen schaute flehend in die Runde. »Überlegt bitte, es könnte wichtig sein.«

»Muss sie bei uns gearbeitet haben?«, fragte Dora.

»Nein, es geht mir darum, ob ihr eine kennt.«

Schließlich räusperte sich Elfriede, die Schweigsamste unter ihnen. Sie führte ein Ballhaus in Prenzlauer Berg und war für ihren regelmäßigen Kirchgang bekannt, dem sie den Spitznamen »die fromme Elfriede« verdankte.

»Vor einigen Jahren hat eine Frau bei mir vorgespielt. Sie war gar nicht schlecht. Die Beschreibung könnte passen.«

»Was ist aus ihr geworden?«

»Ich habe sie zur Probe eingestellt. Nach zwei Wochen hat sie gekündigt, weil sie einen Mann kennengelernt hatte.«

Seufzen und Kopfnicken. Einige von ihnen waren verheiratet, doch keine betrachtete das als Grund, ihr Ballhaus aufzugeben.

»Weißt du noch, wie sie hieß?«

»Du stellst Fragen. Es ist schon eine ganze Weile her«, meinte Elfriede.

»Denk bitte nach. Hatte jemand sie empfohlen?«

»Nein, ich hatte einen Zettel ausgehängt, das weiß ich genau. Darauf stand *Pianist gesucht*. Den hat sie gesehen und nachgefragt, ob eine Pianistin auch genehm wäre.«

»Könnte es sein, dass sie Charlotte hieß? Oder Lieselotte?«, fragte Clärchen. »Die Frau, nach der ich suche, heißt Lotte. Das ist so ziemlich alles, was ich weiß. Und meine arme Adele war mit ihr befreundet. Sie könnte also aus unserer Branche gewesen sein.«

Dora hob die Hand. »Augenblick. Sie hat bei dir gespielt? Dann müsstest du doch ihren Namen kennen.«

Clärchen druckste etwas herum. »Ich weiß wirklich nicht, ob ich euch das sagen darf, aber sie hat – als Mann bei mir gespielt.«

»Als Mann?«

Sie räusperte sich. »Sie hatte sich verkleidet.«

Gelächter.

»Und das hast du nicht gemerkt?«

»Ihr kennt doch die Lichtverhältnisse«, erwiderte Clärchen leicht pikiert. »Die Verkleidung war gut, ihr hättet das auch nicht gemerkt. Vor allem nicht, wenn euch der Mann am Klavier abhandengekommen ist und ihr samstags dringend einen Ersatz benötigt.«

Die anderen wirkten ernüchtert. In solchen Notlagen griff man auch zu unkonventionellen Mitteln. Oder schaute nicht so genau hin, wenn sich jemand vorstellte, der die Rettung bedeuten konnte.

»Lieselotte«, rief Elfriede unvermittelt in die Stille und zog alle Blicke auf sich. »Jetzt erinnere ich mich. Sie hat sich als

Lotte bei mir vorgestellt und gesagt: ›Bitte nur Lotte, Liese klingt nach Landpomeranze.‹«

»Und der Familienname?«, fragte Clärchen beinahe atemlos.

»An den erinnere ich mich wirklich nicht. Oder redet ihr eure Musiker mit Herr Dingsda an?«

Clärchen gab nicht so schnell auf. »Hast du denn nichts behalten? Einen Zettel mit der Adresse, einen Umschlag fürs Trinkgeld, irgendwas? Für die Buchhaltung«, fügte sie verzweifelt hinzu.

Elfriede runzelte die Stirn. »Ich kann mal nachsehen. Sollte ich etwas finden, rufe ich dich sofort an.«

»Du hast was bei mir gut. Und jetzt zu anderen Dingen. Nehmt euch noch Kuchen, nur nicht schüchtern! Habt ihr auch Ärger mit Alemannia in Friedenau? Die Liköre werden immer teurer, und die Qualität lässt nach. Ich überlege ernsthaft, den Lieferanten zu wechseln …«

Lotte hatte das Zimmer seit gestern nicht verlassen und wie gelähmt auf ihrem Bett gelegen. Nun wurde der Hunger so groß, dass er sich schmerzhaft in ihrem ganzen Bauch ausbreitete. Es half nicht, sie musste sich etwas zu essen besorgen.

Im Flur begegnete sie der Wirtin, die argwöhnisch grüßte, doch Lotte ignorierte sie. Sie lief wie blind durch die Straßen, ohne auf die Menschen zu achten, die ihr entgegenfluteten. Irgendwann drang der Geruch einer Wurstbude zu ihr herüber, und sie entdeckte den Verkäufer, der seinen Stand strategisch günstig gegenüber dem Bahnhof aufgestellt hatte.

Sie ließ sich zwei Bockwürste mit Schrippen einpacken, die sie auf ihrem Zimmer essen wollte, doch die Gier war größer. Gleich an der nächsten Ecke schlug Lotte das Papier auseinander und stopfte sich eine halbe Wurst in den Mund.

Kaum hatte sie die Wurst verschlungen, spürte sie, wie ihr Magen rebellierte. Ihr brach der Schweiß aus, sie musste sich an die Hauswand lehnen und tief durchatmen.

Als sie sich etwas gefasst hatte, kehrte sie in die Krautstraße zurück. Die Wirtin kehrte gerade den Gehweg, als Lotte wortlos an ihr vorbei ins Haus ging, in der Hand das durchweichte Päckchen mit der zweiten Wurst.

»Kommen Sie bloß nicht auf die Idee, im Zimmer zu kochen!«, rief die Wirtin ihr nach.

Lotte zwang sich, ans Fenster zu treten, statt sich wieder aufs Bett zu legen und in Lethargie zu versinken. Sie lehnte sich gegen die Fensterbank, die Scheibe kühl im Rücken, und versuchte, endlich klar zu denken.

Adele hat mein Kleid getragen.

Der Satz hämmerte seit gestern in ihrem Kopf, hatte sie nicht einschlafen lassen. Sobald sie eindöste, hatte er sie gleich wieder aufgeschreckt.

Adele hat mein Kleid getragen.

Wer hätte Adele etwas antun sollen? Ihre Freundin hatte nie erwähnt, dass jemand sie bedrohte. Gut, da war Henkel gewesen, aber das war lange her. Und als Lotte ihm gestern begegnet war, schien er aufrichtig um Adele zu trauern. Das war sicher nicht gespielt.

Niemand hatte Grund, Adele etwas anzutun. Sie hatte sich vor niemandem gefürchtet. Doch es gab jemanden, vor dem *Lotte* sich fürchtete, vor dem sie geflohen war und vor dem sie sich seit fast zwei Wochen versteckte, auf dem Orchesterbalkon des Ballhauses und danach in billigen Absteigen. Nie hätte sie geglaubt, dass sie sich einmal von ihrem eigenen Mann derart bedroht fühlen würde.

Im Café damals war er ihr zunächst gar nicht aufgefallen. Sie hatte dort sonntagnachmittags Klavier gespielt, eine wohltuende Abwechslung. Sie musste nicht bis spät in die Nacht arbeiten wie in den Bühnenlokalen, und das Publikum hatte bessere Manieren. Keine Schnäpse, die man ihr aufs Klavier stellte und die sie trinken musste, weil die großzügigen Spender darauf bestanden. Keine zweideutigen Angebote – »Ich möchte auch mal deine Tasten drücken« und ähnlich originelle Äußerungen –, sondern Paare, Familien und alleinstehende Damen, die sich an Kaffee und Sahnetorte gütlich taten.

Sie hatte leichte klassische Stücke gespielt, die sich nicht zum Tanzen eignen mussten und die sie selbst auswählen konnte.

Irgendwann hatte sie seinen Blick bemerkt. Er war nicht aufdringlich, schaute sie aber gelegentlich durch die Brille an, während er seine Nusstorte aß und Kaffee trank. Er hatte so lange dagesessen, bis Lotte den Klavierdeckel zuklappte, aufstand und den Hocker unters Instrument schob. Dann erst sprach er sie an.

»Sie spielen wunderschön, das war ein reizender Nachmittag«, hatte er gesagt, den Hut in der Hand, die Wangen leicht gerötet.

Er war unauffällig. Nicht unansehnlich, aber jemand, dessen Gesicht man rasch vergaß.

»Vielen Dank.«

»Dürfte ich Sie einmal zum Kaffee einladen?«

Lotte hatte ja gesagt, auch wenn sie später gar nicht recht wusste, warum. Sie war nicht auf der Suche nach einem Mann, und selbst wenn, würde sie nicht von einem wie ihm träumen. Doch etwas an seiner stillen, freundlichen Art hatte ihr gefallen.

Sie hatten sich für den nächsten Donnerstag verabredet, und als sie sich trafen, hatte er ihr eine hübsch verpackte

Bonbonschachtel überreicht. »Kennen Sie die? Das sind die besten Bonbons in Berlin.«

Elfriede rief tatsächlich an. Sie verkündete leicht vorwurfsvoll, sie habe eine geschlagene Stunde in ihrem Büro gesucht. Und etwas gefunden.

Clärchen umklammerte den Hörer und sah über die Schulter, ob Fritz auch nicht mithörte. Wenn er erfuhr, dass sie auf eigene Faust Nachforschungen anstellte, würde er sich Sorgen machen. »Und?«

»Sie hatte mir tatsächlich ihre Adresse aufgeschrieben. Hier steht es: Lotte Thaler, Oudenarder Str. 40, Seitenflügel. Das ist im Wedding.«

»Tausend Dank.« Clärchen hängte ein, riss das oberste Blatt vom Notizblock und steckte es in die Rocktasche.

Sie kämpfte mit sich. Das Ballhaus war heute Abend geschlossen, eigentlich könnte sie noch losfahren. Aber was sagte sie Fritz? Sie holte tief Luft, ging zu ihm ins Wohnzimmer und sagte, sie habe noch etwas zu erledigen. Es werde nicht spät.

Er schaute sie mit seinen lieben Augen an. Sie kannten einander so lange, und doch wusste sie nicht, ob er sie durchschaute und es nicht erwähnte oder ob er wirklich nicht merkte, dass sie etwas vor ihm verbarg. Sie warf ihm eine Kusshand zu und verließ die Wohnung.

Zum Glück war es um diese Jahreszeit lange hell, im Dunkeln fuhr sie äußerst ungern. Sie ging zum Wagen und zögerte einen Moment, bevor sie einstieg. Sie hatten einen Chauffeur, aber für diese Unternehmung musste sie selbst fahren, auch wenn sie noch unsicher darin war. Zum Glück war es nicht besonders weit bis in den Wedding.

Clärchen rollte langsam die Auguststraße entlang und bog

nach links in die Kleine Hamburger Straße ab. Sie hatte sich die Strecke auf dem Stadtplan angesehen und eingeprägt. Hoffentlich reichte das aus, um sicher ans Ziel zu gelangen. Gartenstraße, hinter dem Stettiner Bahnhof vorbei, dann in die Gerichtsstraße, jetzt war sie schon im Wedding.

Sie hielt das Steuer fest umklammert und wünschte sich auf den Rücksitz. Aber es half nichts, sie musste jetzt durchhalten.

Erst nach rechts in die Müllerstraße, dann am Friedhof wieder nach rechts in die Seestraße und ein drittes Mal rechts, dann war sie da. Sie hielt am Straßenrand und stellte den Motor ab. Sofort kamen wie auf Kommando von allen Seiten Kinder angerannt.

Ein Junge berührte ehrfürchtig den rechten Kotflügel, ein Mädchen baute sich keck mit verschränkten Armen vor Clärchen auf. »Für'n Jroschen pass ick uff, dit ihn keena anfasst.«

Sofort drängten auch die anderen Kinder heran.

Clärchen griff seufzend in die Tasche und holte eine Hand voll Kleingeld heraus. »Das ist für euch, und ihr passt alle zusammen auf, verstanden?«

Die Kinder nickten eifrig.

»Wenn ein Kratzer dran kommt, hole ich den Schutzmann«, fügte sie vorsichtshalber hinzu.

»Wat is'n dit für'n Modell?«, fragte ein Knirps mit feuerroten Haaren und Kennerblick.

»Das ist ein Buick, der kommt aus Amerika.«

Die Kinder konnten ihr Staunen nicht verbergen.

»Von so weit her? Et jibt ooch deutsche Autos.«

»Er hat meinem Mann aber besonders gut gefallen. Und jetzt bleibt ihr hier stehen und passt schön auf.«

Die Kinder bildeten einen Kreis um den Wagen, als wollten sie ihn beschützen.

Clärchen warf einen Blick auf die Klingelschilder. Der Name Thaler war natürlich nicht mehr aufgeführt. Also der Portier.

Clärchen hatte die Portiersfrau ausfindig gemacht, eine magere Erscheinung, deren Kopftuch so straff gebunden war, dass sich kein Haar darunter hervorwagte.

»Und Sie wären?«

Sie stellte sich vor. »Clara Bühler. Ich habe eine Frage. Hier im Seitenflügel hat mal eine Lotte Thaler gewohnt. Kennen Sie sie?«

»Ick bin seit dreißig Jahren hier und habe 'n jutet Jedächtnis. Kommn Se mit.« Sie führte Clärchen in den Hinterhof und deutete auf ein Fenster im zweiten Stock des rechten Seitenflügels. »Da oben hat se jewohnt. Nettet Ding. Bis uff den Lärm.«

Clärchen wurde hellhörig. »Welchen Lärm?«

»Na, dit Klavier. Hat am Tach jeübt und abends in Lokalen für Jeld jespielt.«

»Sie besaß ein eigenes Klavier?«

»Na ja, dit war een altet Ding, hat scheußlich jeklungen. Und schwer wie Blei. Ick hab imma jesacht, irjendwann brichste mit die Dielen ein.«

»Wie hat Fräulein Thaler ausgesehen?«

»Dit war so 'ne Zierliche, nich zu dünne, aba schmal jebaut. Dunkle Haare, jroße Oogen.« Auch das passte zu dem Pianisten namens Fred.

»Wann ist Fräulein Thaler ausgezogen?«

Die Portiersfrau runzelte die Stirn. »Vor fünf Jahren, würd' ick sagen. Da hatte et sich ausjethalert.« Als sie Clärchens verständnislosen Blick bemerkte, fügte sie hinzu: »Sie hat jeheiratet. Er hatte 'ne jute Stellung, hat se jesacht. Keen Jeklimper mehr am Abend.«

»Wissen Sie, wie Fräulein Thaler heute heißt?«

Kopfschütteln.

»Irgendetwas über den Mann? Seinen Beruf vielleicht?«

Die Portiersfrau kratzte sich am Ohr. »Ick jloobe, sie hat mal een Labor erwähnt. Mehr weeß ick ooch nich.«

»Wohnt hier sonst noch jemand, der etwas über sie wissen könnte? Hat sie mal Besuch bekommen?«

Die Portiersfrau schien allmählich aufzutauen und ihre Rolle zu genießen. »Mit Nachbarn hatte ses nich so. Aba da war so ’n nettet junget Ding, die hat se öfta besucht.«

»Wie hat sie ausgesehen?«

Was die Portiersfrau lieferte, war eine exakte Beschreibung von Adele Schmidt.

27

Dienstag, 10. Juli 1928

Clara Bühler setzte sich und sah Leo triumphierend an. »Ich habe Ihnen doch gesagt, auf meine Saalschwestern ist Verlass.«

»Könnten Sie mir das bitte von Anfang an erklären?«, fragte er verwundert.

Sie stellte die Handtasche auf den Boden und verschränkte die Arme. »Na ja, wir hatten unser regelmäßiges Treffen, und da habe ich mich nach Klavierspielerinnen erkundigt. Meine Freundin Elfriede hat in ihren Akten gestöbert und ist fündig geworden.« Sie zog einen Zettel aus der Rocktasche und legte ihn mit einer dramatischen Geste, die gar nicht zu ihrer üblichen sachlichen Art passte, vor Leo auf den Tisch.

Er nahm ihn und las:

Lotte Thaler
Oudenarder Str. 40
Seitenflügel rechts

Bevor er etwas fragen konnte, fügte sie hinzu: »Zierlich, dunkelhaarig, wohnte dort bis zu ihrer Eheschließung, das war circa 1923. Name und Beruf des Mannes unbekannt, aber er hatte eine gute Stellung.«

Leos Kopf schoss hoch. »Das alles haben Sie herausgefunden?«

Sie wirkte zufrieden. »Und noch mehr. Sie hatte eine Freundin, die öfter mal zu Besuch kam. Und die sah genauso aus wie meine liebe Adele.«

Leo musste durchatmen, bevor er etwas sagte. »Hut ab, Frau Bühler.«

»Na ja, ich habe eben Beziehungen in meiner Branche.«

»Das hilft uns wirklich weiter.«

Sie wurde ernst. »Ich will nicht die Arbeit der Polizei tun. Von jetzt an überlasse ich alles Ihnen. Aber wir Saalschwestern vertrauen einander, und darum habe ich die Abkürzung genommen.«

Er steckte den Zettel ein. »Es ist gut möglich, dass wir damit den Täter finden.«

Sie erhob sich. »Ich muss zurück ins Ballhaus. Die Arbeit wartet.«

Sie gaben einander die Hand, dann war Clara Bühler so rasch verschwunden, wie sie gekommen war.

Leo lehnte sich zurück und rieb sich den Nacken. Er spürte das Kribbeln, das ihn immer überkam, wenn sich wichtige Teile zusammenfügten.

Angenommen, Lotte Thaler und der Klavierspieler Fred waren ein und dieselbe Person und mit Adele befreundet. Die Garderobiere hatte Lotte im Ballhaus versteckt, weil diese sich vor jemandem gefürchtet hatte. Dieser Jemand hatte Lotte betäuben und entführen wollen, sie aber mit Adele verwechselt, weil diese Lottes Kleid getragen hatte. Der Täter war in Panik geraten, als er seinen Irrtum bemerkte, und hatte Adele getötet. Das alles passte zusammen.

Lotte würde sie zu ihrem Täter führen, dessen war er sicher.

Leo ging ins Vorzimmer, da alle Kollegen unterwegs waren. »Fräulein Meinelt, Sie rufen bitte sämtliche Standesämter an. Es geht um eine Eheschließung, vermutlich 1923, Mädchenname der Frau: Lotte Thaler, damals wohnhaft Oudenarder Str. 40, Berlin-Wedding. Fangen Sie mit den wahrscheinlichsten Ämtern an, ich brauche das so schnell wie möglich.«

»Wird gemacht.« Sie notierte sich die Angaben.

»Vor allem den Namen des Ehemannes und die Anschrift der ehelichen Wohnung.«

Fräulein Meinelt griff schon nach dem Adressbuch.

Er hatte sich frei genommen, um die Wohnung aufzuräumen und zu putzen, damit er sie willkommen heißen konnte, wenn sie heimkam. Dass er ihre Sachen zerstört hatte, bereute er nicht, denn sie gehörten in eine andere Zeit, die Zeit, in der sie ihn verlassen hatte. Wenn sie zurückkam, wäre sie ein neuer Mensch und er auch. Ein Mensch, der nie mehr in den Park gehen musste.

Nachher würde er einkaufen, ihr neue Wäsche besorgen und Kleider und Blusen, schöne Stoffe und Farben, die ihr gefielen, er kannte ja ihren Geschmack.

Er holte den großen Pappkarton, den er in den Flur gestellt hatte, und räumte die zerfetzte Wäsche hinein. Dann sammelte er die verstreuten Knöpfe ein und warf sie hinterher. Es folgten der Rahmen und die Glassplitter, behutsam, als wären sie ihm noch immer kostbar. Zuletzt schüttelte er den Bettvorleger aus, holte Handfeger und Kehrblech und beseitigte die winzigen Splitter und das Glasmehl.

Er brachte den Karton in den Keller und schob ihn ganz nach hinten in den Lattenverschlag. Er würde ihn irgendwo beseitigen, doch hier war er fürs Erste sicher.

Dann unternahm er einen abschließenden Rundgang durch die Wohnung und inspizierte noch einmal jeden Winkel.

Es war geschafft. Die Wohnung war makellos, bereit dafür, Lotte zu empfangen.

Jetzt blieb nur noch eins zu tun.

Sie zu finden.

Fräulein Meinelt öffnete die Tür und hielt lächelnd einen Zettel in die Höhe.

»Ich habe den Eintrag gefunden. Eheschließung am 13. Februar 1923. Der Mädchenname der Braut war Lieselotte Anna Thaler, der des Bräutigams Erich Hartmann, von Beruf Chemiker –«

Weiter kam sie nicht, da Leo aufgesprungen war. »Wusste ich doch, dass mir der Name etwas sagte! Gute Arbeit, sehr gute Arbeit!«

»Ich –«

»Wir haben ihn, Fräulein Meinelt!«

Mit diesen Worten eilte Leo aus dem Zimmer und ließ seine Sekretärin zurück, die mit einem nachsichtigen Lächeln den Kopf schüttelte.

Leo eilte zu Fuß zum Labor Dr. Friedrich. Die Frau am Empfang begrüßte ihn freundlich und sagte bedauernd, nachdem er sein Anliegen vorgetragen hatte: »Leider ist Herr Hartmann heute nicht im Hause. Er hat sich frei genommen, aus familiären Gründen.«

Leo überlegte rasch. »Wer ist bei Ihnen für das Personal zuständig?«

»Herr Palek, unser Buchhalter.«

»Dann melden Sie mich bitte an.«

Die Empfangsdame wählte eine Nummer und sagte: »Herr Palek? Ein Herr von der Kriminalpolizei für Sie. Jawohl.«

Sie hängte ein und deutete nach rechts. »Den Flur dort entlang, letzte Tür auf der rechten Seite.«

Leo fragte sich, ob es Zufall war, dass Hartmann heute außer Haus war. Vermutlich schon, da niemand von seinem Verdacht wusste und ihn folglich nicht gewarnt haben konnte.

Er blieb vor der letzten Tür stehen, die in diesem Augenblick geöffnet wurde. Ein kleiner Mann mit Halbglatze stand vor ihm.

»Palek mein Name. Bitte kommen Sie herein.«

Er bot Leo einen Platz an. »Ich weiß, dass wir mit der Kriminalpolizei zusammenarbeiten, aber was verschafft *mir* die Ehre?«

»Seit wann ist Herr Erich Hartmann bei Ihnen angestellt?«

»Herr Hartmann?« Er stand auf, nahm eine Hängemappe aus einem Schrank und blätterte darin. »Seit dem 1. April 1926. Er hat sich auf eine Annonce gemeldet, in der eine Laborstelle ausgeschrieben war. Wie ich sehe, hat er ein hervorragendes Zeugnis vom Labor Dr. Zellner vorgelegt.«

Er drehte die Mappe um, damit Leo das Dokument lesen konnte. Alles wirkte tadellos, man hatte sich einvernehmlich getrennt.

»Können Sie mir sonst noch etwas über Herrn Hartmann sagen?«

»Nicht viel. Er scheint ein ruhiger Kollege zu sein. Anfang des Jahres erbat er eine Gehaltserhöhung, die ohne Umstände gewährt wurde.«

»Die Frage mag sonderbar klingen, aber haben Sie bei Herrn Hartmann einmal ein Bonbon in einem rot-grünen Papier gesehen?«, fragte Leo.

Palek lächelte. »Wir haben nicht viel miteinander zu tun, aber eine Laborantin erzählte neulich, dass er immer Bonbons mitbringt, die seien wirklich gut. Mit Pfefferminz und Schokolade, glaube ich.«

»Dann händigen Sie mir jetzt bitte die Personalakte aus.«

Palek wurde blass. »Das sind vertrauliche Unterlagen, die kann ich Ihnen nicht einfach geben.«

»Und dies ist eine Mordermittlung«, sagte Leo ungerührt. »Wenn ich bitten dürfte?«

Der Buchhalter schob die Mappe über den Tisch, ließ aber noch die Hand darauf liegen, als gäbe er sie nur widerwillig her. »Ich hoffe, dass Sie die Verantwortung dafür übernehmen und ich keine Schwierigkeiten deswegen bekomme. Herr Dr. Friedrich schätzt es sicher nicht –«

Er verstummte, als Leo ihn mit hochgezogenen Augenbrauen ansah, und lehnte sich schicksalsergeben zurück.

Viel enthielt die Akte nicht – eine Ausfertigung des Anstellungsvertrages, das Schreiben, mit dem Hartmann sich beim Labor beworben hatte, Unterlagen der Angestelltenversicherung, mehrere Zeugnisse, darunter das von Dr. Zellner.

Dann fiel sein Blick auf ein weiteres Arbeitszeugnis. Bevor er nach Berlin gezogen war, hatte Hartmann bei der Firma Chemische Fabrik Griesheim-Elektron gearbeitet, die sich der I. G. Farben angeschlossen hatte. Und Griesheim gehörte zu Frankfurt am Main.

»Ich nehme die Akte mit. Ich kann Ihnen das gern quittieren, die Unterschrift eines Oberkommissars der Kriminalpolizei dürfte Herrn Dr. Friedrich wohl zufriedenstellen.«

Leo eilte mit der Akte in Richtung Präsidium. Er brauchte Verstärkung. Und dann auf zum Lützowplatz.

»Wie ist das möglich?« Walther stand in Richters Büro, die Hand um ein Blatt Papier gekrampft. »Der Fall wurde wegen der besonderen Schwere an die Inspektion C des Polizeipräsidiums übergeben? Besondere Schwere – das war ein Schmuckdiebstahl!«

Gestern hatte er im Büro von Arthur Imboldt angerufen und um ein Gespräch ersucht, doch man sagte ihm, der Herr Staatssekretär sei kurzfristig verreist. Da hatte er schon ein ungutes Gefühl gehabt, doch dieses lapidare Schreiben kam unerwartet.

»Setzen Sie sich«, sagte Richter und streckte die Hand aus. Nachdem er die Mitteilung überflogen hatte, fragte er spöttisch: »Und das wundert Sie?«

»Es war unser Fall. Mein Fall.«

Der Kommissar lachte, was Walther nur noch mehr aufbrachte. »Aber nur so lange, wie es nicht um die hohe Politik ging. Besser gesagt, um einen hohen Politiker.« Er beugte sich vor. »Sie müssen begreifen, dass wir hier nur die Tischabfälle bekommen, das, was keiner in der Burg machen will. Ein schillernder Fall wie dieser, schon sind die hohen Herren zur Stelle. Aber das ist natürlich nicht der einzige Grund.«

Walther sah ihn fragend an.

»Es ist nur ein Gerücht, aber man erzählt sich, der Polizeipräsident sei mit Imboldt befreundet. Sie mögen nicht in derselben Partei sein, aber was heißt das schon?«

»Zörgiebel?«, fragte Walther ungläubig. »Ein SPD-Mann deckt einen Zentrumspolitiker?«

Richter zuckte mit den Schultern. »Reine Spekulation natürlich. Aber ist ja nur logisch, dass die SPD ihre Koalition retten will in einer Zeit, wo Regierungen kurzlebiger sind als der Erfolg einer Revue. Tja, und eine ehrliche Partei wie die DNVP musste das Kabinett verlassen.«

Walther spürte, wie seine Wut zu Resignation zerrann. Es mochte Spekulation sein, war aber nur zu einleuchtend. Widerwille regte sich in ihm. Konnte das Präsidium einfach mit dem Finger schnippen und einen Fall wie diesen an sich reißen? Einen Fall, von dem er sich so viel erhofft hatte?

Richter schaute ihn gelassen an, ließ seine Worte wirken. »Grämen Sie sich nicht, Walther, so muss es ja nicht bleiben. Sie haben gute Arbeit geleistet, das werde ich vermerken. Und ich werde Sie demnächst mal mit einigen Kollegen bekanntmachen, die auch nichts von dieser korrupten Bande halten, die hier das Sagen hat.«

28

Leo hatte Sonnenschein im Präsidium angetroffen und unterwegs zum Lützowplatz auf den neuesten Stand gebracht. Als er hörte, dass ihr Sachverständiger für Chloroform auf einmal mordverdächtig war, schaute Sonnenschein so konsterniert drein, dass es schon fast komisch war.

Gerade als sie auf das Haus zugingen, kam Erich Hartmann aus der Durchfahrt. Er stutzte und sah Leo überrascht an. »Guten Tag, Herr Oberkommissar. Was verschafft mir die Ehre?«

»Wir müssen mit Ihnen sprechen, aber nicht hier draußen auf der Straße«, erklärte Leo mit Nachdruck.

»Ich wollte gerade Besorgungen machen«, erklärte Hartmann bedauernd.

»Erledigt das nicht Ihre Frau?«, fragte Sonnenschein postwendend.

Hartmann wich einen Schritt zurück. »Meine Frau … hat mich verlassen.«

Leo deutete energisch zum Hausflur. »Können wir?«

Der Chemiker führte sie zögernd in Richtung Innenhof und drehte sich im Gehen zu ihnen um. »Wir wohnen im Seitenflügel, das Vorderhaus wäre in dieser Lage zu teuer. Lotte – das ist meine Frau – fand die Gegend so schön, da mussten wir eben an der Größe sparen.«

Das ganze Haus wirkte gepflegt, im Hof wuchs ein Baum,

um den sich eine hölzerne Bank zog. Hier gab es keine Kellerwerkstätten und Läden ohne Tageslicht, hier lag kein Unrat herum. Sogar die Wäsche auf den Leinen war sauberer und weißer als in den Mietskasernen. In einem solchen Haus war selbst der Seitenflügel sehr erträglich, dachte Leo bei sich.

Die Wohnung wirkte geradezu klinisch rein. Offenbar legte Erich Hartmann größten Wert auf Sauberkeit und Ordnung. Ob er selbst geputzt hatte, jetzt, da seine Frau fort war? Sonnenschein wäre beinahe auf den blankgebohnerten Dielen ausgerutscht.

Hartmann bot ihnen zwei Stühle am Esstisch an, blieb selbst jedoch stehen.

»Jetzt bin ich aber gespannt, meine Herren. Ich hoffe, Sie waren nicht vergebens im Labor, ich habe mir heute frei genommen.«

»Das wissen wir bereits«, sagte Leo. »Sie sagten vorhin, Ihre Frau habe Sie verlassen?«

Nun ließ Hartmann sich doch auf einen Stuhl sinken und verschränkte die Hände im Schoß. »Ja. Vorletzte Woche.«

»Warum?«, fragte Leo unverblümt.

Der Mann schaute sie resigniert an. »Sie hat sich wohl mit mir gelangweilt. Ich bin Chemiker, ein sachlicher Mensch, der nüchtern denkt und empfindet. Lotte träumte von Reisen, von interessanten Menschen und schönen Dingen. Von allem, was ich ihr nicht bieten konnte.« Dann blickte er auf. »Aber ich verstehe immer noch nicht, warum Sie hier sind? Dass ein Mann von seiner Frau verlassen wird, ist doch kein Verbrechen.«

Sonnenschein räusperte sich. »Bitte schildern Sie uns die genauen Umstände.«

Hartmanns Blick zuckte zu Leo, der ihn auffordernd ansah. Dann plötzlich breitete sich Schrecken auf seinem Gesicht aus. »Ist ihr etwas passiert? Was ist mit Lotte, warum fragen Sie nach ihr?« Er wollte aufspringen, doch Leo bedeutete ihm, sitzen zu bleiben.

»Kommen Sie bitte der Aufforderung meines Kollegen nach.«

Hartmann stützte die Hände auf die Knie und schloss kurz die Augen. »Am 28. Juni, das war vorletzten Donnerstag, kam ich von der Arbeit, und sie war nicht daheim. Ich habe gedacht, sie sei einkaufen, aber sie kam nicht zurück. Die Nachbarn zu fragen war mir unangenehm. Als ich es nicht länger aushielt, habe ich die Wohnung durchsucht und festgestellt, dass ein Koffer fehlte und auch einige Kleidungsstücke und Toilettensachen.« Er musste innehalten, um sich zu fassen. »Ich habe alles für Lotte getan. Ich bin mit ihr ins Theater gegangen und ins Kino. Leider bin ich kein großer Tänzer, sonst hätte ich auch das gemacht. Aber für sie waren das wohl kleinbürgerliche Vergnügungen. Sie wollte mich nicht mehr.«

»Haben Sie von ihr gehört, seit sie die Wohnung verlassen hat?«

»Ha!«, stieß Hartmann hervor. »Gehört würde ich es nicht nennen. Aber sie muss noch einmal hier gewesen sein.«

Leo beugte sich interessiert vor. »Woraus schließen Sie das?«

»Weil einige silberne Erbstücke fehlen. Und bevor Sie fragen, hier ist niemand eingebrochen, das Schloss und die Tür sind unbeschädigt. Mich als Ehemann wollte sie nicht mehr, mein Silber schon«, sagte er in bitterem Ton.

Leo kam der Gedanke, dass das durchaus zu dem passte, was sie über Lotte Hartmann, geborene Thaler, wussten: eine Frau, die sich auf dem Orchesterbalkon des Ballhauses versteckt und als männlicher Musiker verkleidet hatte, um etwas zu verdienen. Die eine hohe Mauer überwunden hatte, um aus dem Ballhaus zu entkommen, und dabei ihre ganze Barschaft zurückgelassen hatte. Die sich seither allein und ohne Geld in einer Vier-Millionen-Stadt durchschlug.

»Dürfen wir uns in der Wohnung umschauen?«

Hartmann deutete bereitwillig mit der Hand. »Gewiss, Herr Oberkommissar. Aber sagen Sie mir doch endlich, was mit meiner Frau ist.«

»Besitzt sie ein hellblaues Seidenkleid mit schwarzem Spitzenmuster?«

»Ja, das ... war ein Geburtstagsgeschenk von mir.«

»Stammt es aus einem Modesalon in der Fasanenstraße?«

»Ja.« Er wirkte verlegen. »Vielleicht bin ich doch ein bisschen romantisch veranlagt. Ich habe es im Schaufenster gesehen und gedacht, das schenke ich meiner Lotte. Also habe ich es gekauft, obwohl es meine Mittel eigentlich überstieg.«

Sonnenschein räusperte sich. »Herr Hartmann, Sie wissen von dem Mord im Ballhaus in der Auguststraße. Die Frau, die dort getötet wurde, trug das Kleid Ihrer Frau.« Er behielt Hartmann genau im Blick. »Sie hieß Adele Schmidt und hat als Garderobiere dort gearbeitet.«

»Das ist ... furchtbar! Aber warum trug sie Lottes Kleid?«

»Weil sie es ihr geschenkt hatte«, sagte Leo. »Kannten Sie Adele Schmidt? Sie war mit Ihrer Frau befreundet.«

Hartmann schaute zu Boden und presste die Lippen aufeinander. »Ich bin ihr einmal flüchtig begegnet, pflege aber keinen Umgang mit früheren Bekannten meiner Frau. Es ist nicht meine Welt.«

»Warum nicht?«

»Lotte hat für Geld Klavier gespielt, als wir uns kennenlernten, in Kneipen und Tanzlokalen. Das ist keine Arbeit für eine anständige Frau, möchte ich meinen. Ich spreche gewöhnlich nicht darüber. Es könnte, wie soll ich sagen, missverstanden werden.«

»In welcher Hinsicht?«, fragte Sonnenschein.

Hartmann gab sich ein wenig beschämt. »Die Leute könnten denken, Lotte hätte dort Dinge getan, die ... anrüchig sind. Unmoralisch. Das kann ich mir in meiner Stellung nicht leisten.«

»Ich wüsste nicht, was am Klavierspiel unmoralisch sein soll. Der Freund meiner Schwester spielt Cello«, sagte Leo lakonisch. »Dafür würde ich ihn nie verurteilen.«

Er spürte, wie Sonnenschein sich das Lachen verkneifen musste.

»Dürften wir uns jetzt umsehen? Wir sind vor allem an den persönlichen Dingen Ihrer Frau interessiert.«

»Das wird nicht möglich sein.«

»Warum nicht?«

Hartmann lächelte verlegen. »Sie hat fast alles mitgenommen, als sie weggegangen ist. Ihre Kleider, ihre Toilettenutensilien, Erinnerungsstücke. Ich habe mir heute frei genommen, weil ich ein bisschen Erholung brauche und aufräumen wollte. Die letzten Tage waren nicht einfach.«

»Haben Sie nach ihr gesucht?«

Hartmann schaute auf seine Hände. »Anfangs bin ich ziellos umhergelaufen und habe gehofft, sie irgendwo zu finden. Doch das habe ich bald aufgegeben, weil es mir sinnlos erschien. Sie wollte nicht mehr bei mir sein.«

»Und Sie sind nie auf den Gedanken gekommen, sich an ihr zu rächen? Ihr etwas anzutun? Auch nicht, nachdem sie das Silber mitgenommen hatte?«

»Ich bin kein gewalttätiger Mensch.«

Sonnenschein warf einen flüchtigen Blick zu Leo. »Kommen wir wieder zum Mord an Fräulein Schmidt. Finden Sie es nicht auffällig, dass sie mit Chloroform betäubt und dann erstickt wurde?«

»Warum sollte ich das auffällig finden?«

»Weil Adele Schmidt mit Ihrer Frau befreundet war. Weil sie ein Kleid trug, das Ihrer Frau gehörte. Weil Sie sich mit der Materie auskennen«, konterte Leo. »Und zwar so genau, dass ich Sie als Experten zu Rate gezogen habe.«

Hartmanns blasses Gesicht färbte sich rot. »Ich bin also ein Mörder, weil meine Frau mich verlassen hat und ich mich mit Chemie auskenne? Das meinen Sie hoffentlich nicht ernst, Herr Oberkommissar. Sie können gern meine Wohnung durchsuchen, ich habe nichts zu verbergen. Ich habe Fräulein Schmidt nicht näher gekannt und dieses Ballhaus nie betreten«, fügte er hinzu.

Leo zog das Tütchen mit dem Bonbonpapier hervor, das sie im Hof gefunden hatten. »Dieses Papier wurde in der Nähe des Tatorts gefunden.«

Hartmann hatte sich wieder gefangen und warf einen flüchtigen Blick darauf. »Meine Lieblingsbonbons. Von Haubrich aus Steglitz. Ich kann sie nur empfehlen. Und ich bin sicher nicht der Einzige, der sie kauft.«

Sie hatten keine verwertbaren Spuren am Papier gefunden, der Boden im Hof war nass vom Gewitter gewesen. Dennoch hatte Leo sehen wollen, wie Hartmann reagierte.

»Für heute hätte ich nur noch eine Frage. Wo waren Sie am Abend des 30. Juni?«

»War das ein Samstag?«

»So ist es.«

»Da war ich zu Hause.«

»Allein?«

»Ja.«

»Gibt es dafür Zeugen?«

»Ich sagte bereits, ich war allein«, erklärte Hartmann ungehalten. »Vielleicht hat mich jemand nach Hause kommen sehen, das muss so gegen acht gewesen sein. Ich war vorher im Kino. *Alraune* mit Brigitte Helm und Paul Wegener. *Dafür* gibt es sicher Zeugen, und die Karte habe ich noch im Portemonnaie!«

Leo erhob sich. »Sie halten sich weiter zu unserer Verfügung, Herr Hartmann. Und falls Sie von Ihrer Frau hören, rufen Sie mich sofort an.« Er reichte ihm seine Karte.

Als sich die Wohnungstür hinter ihnen geschlossen hatte, sagte Sonnenschein auf halber Treppe: »Ich habe gedacht, du nimmst ihn mit.«

Leo schüttelte den Kopf. »Damit wir ihn nach einem Tag laufen lassen müssen? Für das hier bekommen wir keinen Haftbefehl. Aber er scheint sich seiner Sache sicher zu sein. Zu sicher.«

»Du meinst, er gehört zu denen, die uns unterschätzen?«

»Ja. Irgendwann machen die einen Fehler.« Sie traten auf die Straße.

»Ohne die Frau kommen wir nicht weiter, nicht wahr?«, fragte Sonnenschein.

»Sehr richtig. Und ich vermute, sie wird uns eine völlig andere Geschichte erzählen.«

29

Clara Bühler machte ihre Runde durchs Ballhaus, wie sie es immer tat, bevor sie für den Abend öffneten. Diesmal ging sie auch in den Spiegelsaal hinauf, da am Samstag dort der Kostümball stattfinden sollte. Die Spätnachmittagssonne fiel durchs Fenster und zeichnete zarte Muster aufs Parkett. Sie stellte sich in die Mitte und sah sich selbst in den Spiegeln ins Unendliche vervielfacht. Es erinnerte sie an den dreiteiligen Frisierspiegel ihrer Mutter, damals in Leuthen bei Cottbus, als sie noch ein kleines Mädchen namens Clara Mixdorf gewesen war. Mit fünf Jahren hatte sie ihre Mutter verloren, und der Spiegel war eine der wenigen Erinnerungen an sie, die sie besaß. Sie hatte gern davorgestanden und die Reihe kleiner Claras betrachtet, die jede ihrer Bewegungen nachahmten.

Solche sentimentalen Anwandlungen gestattete sie sich nur selten. Sie war eine Geschäftsfrau und eine gute obendrein. Selbst wenn das Etablissement offiziell den Namen ihres Mannes trug, meist sprachen ihre Gäste von Clärchens Ballhaus, und das erfüllte sie mit Stolz.

Sie schaute nachdenklich zur Empore hinauf. Nachdem die Polizei mit der Untersuchung fertig gewesen war, hatten sie dort aufräumen dürfen. Sie hatte die Habseligkeiten von Lotte Thaler in einem Abstellraum verstaut, weil sie es nicht über sich brachte, sie wegzuwerfen. Sie waren eine Erinnerung an Adele, und wer konnte sagen, ob Lotte Thaler nicht noch einmal herkam. Falls die Polizei sie denn fand.

Was mochte aus ihr geworden sein? Wusste sie überhaupt, dass man ihre Freundin getötet hatte? War sie deswegen geflohen?

Clärchen hatte ihren Teil beigetragen und der Polizei einen wichtigen Hinweis geliefert, doch nun musste sie sich wieder ihrer eigentlichen Arbeit widmen.

Am Samstag würde der Saal im Lichterglanz erstrahlen, würde eine Kapelle aufspielen –

Verdammt! Sie hatten noch immer keinen Pianisten.

Clärchen verließ den Saal und hörte auf der Treppe, wie die Musiker lachend über den Hof kamen.

Sie wartete, bis die Männer drinnen waren, betrat den Ballsaal und nahm Eduard Fischer beiseite.

Es war schon halb sieben, als Oskar Neufeld in die Krautstraße einbog. Sie waren seit gestern Nachmittag in der Gegend unterwegs, doch es war die Suche nach der Nadel im Heuhaufen. Jemand hatte angeregt, eine offizielle Fahndung einzuleiten, aber der Oberkommissar war dagegen gewesen, weil er die Frau nicht erschrecken wollte. Immerhin war sie nur eine Zeugin und nicht tatverdächtig.

Hier waren selbst die Gerüche – Schweiß, Bratwurst, Benzin, ungewaschene Kleidung, billiger Tabak, regennasses Pflaster – überwältigender als in anderen Gegenden. Nicht umsonst galt das Viertel als besonders gefährlich, als Zentrum des Verbrechens in der Hauptstadt. Für eine Frau wie Lotte Thaler, die aus geordneten Verhältnissen stammte und womöglich hier untergekrochen war, musste die Gegend furchteinflößend sein.

Ein Junge in abgerissener Kleidung prallte mit ihm zusammen, und Neufeld konnte ihn gerade noch am Handgelenk packen, bevor flinke Finger in seine Rocktasche griffen.

»Nicht so schnell, Freundchen.«

Der Junge sah ihm nicht in die Augen, sein Kopf zuckte nach links und rechts, er suchte nach einem Fluchtweg oder seinen Komplizen.

»Du hast Glück, dass ich gerade was Besseres zu tun habe. Aber erzähl deinen Freunden lieber nicht, dass du einen Kriminalpolizisten beklauen wolltest. Die lachen dich glatt aus.«

Er sah, wie der Junge rote Ohren bekam. Als Neufeld ihn losließ, tauchte er binnen Sekunden in der Menge unter.

Im Weitergehen betrachtete er die Leute, die ihm entgegenkamen, vor Kellerlokalen herumlungerten oder ihre Waren in kleinen Läden feilboten. Er war immer bei der Politischen Polizei gewesen; dort kam man mit den Ringvereinen, die in dieser Gegend ihre Hochburg hatten, kaum in Berührung. Auch war er nie bei einem ihrer berüchtigten Feste gewesen, zu denen, wie man munkelte, auch Kriminalbeamte eingeladen wurden. Und doch trafen ihn immer wieder Blicke, die er wie Stiche spürte, schauten ihn misstrauische Augen aus dunklen Hauseingängen an. Wer hier lebte, erkannte einen Polypen schon von weitem.

Immer wieder blieb er stehen und las die Schilder an den Häusern: Milchhandlung, Kurzwaren, Likörstube, Sattlerei, Schuster, Tabakwaren. Lotte konnte überall Unterschlupf gefunden haben, aber die Pensionen und Zimmervermietungen waren ihre beste Chance.

Dann endlich stieß er auf ein kleines Schild an einer schmutziggrauen Mauer: »Zimmer zu vermieten – sauber und preiswert.« Bei Ersterem war er sich nicht so sicher, wenn er vom äußeren Erscheinungsbild des Hauses ausging.

Neufeld klingelte. Eine dicke Frau, die ein fleckiges Tuch um den Kopf gebunden hatte, öffnete ihm die Tür.

»Ja?«

Er wies sich aus, worauf die Frau einen Schritt zurückwich. »Dit ist een anständijet Haus.«

»Ich suche eine Frau Lotte Hartmann.«

»Kenn ick nich.«

»Möglicherweise hat sie einen falschen Namen angegeben. Sie ist schlank, dunkelhaarig und trägt die Haare kurz wie ein Mann.«

Ein wissender Blick huschte über das Gesicht der Frau. »Hab ick mia jedacht, dit mit der wat nich stimmt. Die hat jekiekt, als ob se uff der Flucht wär.«

Neufeld trat vor, so dass der Wirtin nichts anderes übrigblieb, als ihn hereinzulassen.

»Welchen Namen hat sie angegeben?«

»Johanna Kurz. Aus Plauen.«

»Und Sie haben sich nicht gefragt, weshalb die Frau ausgerechnet hier ein Zimmer nimmt?«

Die Zimmerwirtin stemmte die Hände in die Hüften, ihr grobporiges Gesicht färbte sich rot, ob vor Empörung oder Hitze, war nicht zu erkennen.

»Ick stelle keene Fragen. Bin immer jut damit jefahren.«

»Schön. Wo finde ich die Frau?«

Sie deutete eine schmale Treppe mit ausgetretenen Stufen hinauf, deren Farbe in der Mitte abgewetzt war. »Jleich die Tür, auf die Sie zuloofen, Herr Kommissar.«

Er lüftete dankend den Hut und stieg die Treppe hinauf. Hoffentlich hatte sie sein Gespräch mit der Zimmerwirtin nicht gehört, dachte Neufeld und erinnerte sich an die Mauer, die Lotte Hartmann, geborene Thaler, überwunden hatte.

Er klopfte.

»Ja?«, fragte eine Frauenstimme.

»Frau Hartmann?« Er horchte angespannt, ob drinnen jemand das Fenster öffnete.

Dann aber hörte er Schritte, und die Tür wurde geöffnet. Vor ihm stand eine Frau Ende zwanzig, deren Männerhaarschnitt durch die fehlende Frisiercreme weicher wurde. Ihr Gesicht war blass, aber gefasst. Sie trug ein dunkles Kleid, das ihr ein bisschen zu groß war, und hatte nackte Füße.

»Wer sind Sie?«

»Mein Name ist Neufeld, Kriminalpolizei.«

Erst wirkte sie überrascht, dann zuckte Furcht über ihr Gesicht, zuletzt Erleichterung.

»Ich bin froh, dass Sie gekommen sind.«

»Darf ich eintreten?«

»Bitte.«

Neufeld schloss die Tür hinter sich, da er vermutete, dass die Zimmerwirtin unten im Flur stand und horchte.

»Sie haben also damit gerechnet, dass die Polizei Sie findet?«

Lotte zuckte mit den Schultern. »Ja. Gerechnet und gehofft und mich davor gefürchtet. Vor allem aber habe ich es gehofft.«

»Sie wissen, dass Adele Schmidt getötet wurde?«, fragte er unverblümt.

Ihre schmalen Schultern krümmten sich nach vorn, als hätte er sie geschlagen. »Ja«, sagte sie mit überraschend fester Stimme. »Und ich weiß auch, dass sie mein Kleid getragen hat. Ich hatte es ihr geschenkt.«

Sie setzte sie sich aufs Bett und zog Strümpfe und derbe schwarze Schnürschuhe an. »Ich habe mich richtig an die

Sachen gewöhnt«, sagte sie im gleichen ruhigen Ton. »Am liebsten würde ich nur noch Hosen tragen.«

Sie stand auf.

»Ich muss Sie mit aufs Präsidium nehmen«, sagte Neufeld.

Auch jetzt widersprach sie nicht. »Das hatte ich erwartet.«

»Gut. Wenn Sie so weit wären ...« Er hielt ihr die Tür auf.

Sie zögerte kurz, dann griff sie nach der ledernen Reisetasche, die neben dem Bett stand, und ging vor ihm in den Flur. An der Treppe drehte sie sich noch einmal um, als wollte sie sich von dem schäbigen Zimmer verabschieden, und sagte leise: »Ich bin wirklich froh, dass Sie mich gefunden haben. Lange hätte ich es nicht mehr ausgehalten.«

30

Sonnenschein kam mit einem Tablett herein. »Trudchen war noch da. Darum haben wir jetzt Torte.«

»Wie freundlich von Gennat, uns etwas übrigzulassen. Hm, Käsesahne, mal was anderes«, sagte Leo und machte sich über die Torte her. Sonnenschein wollte sich gerade ebenfalls bedienen, als es klopfte.

Dann stand Oskar Neufeld mit einer dunkelhaarigen Frau vor ihnen, die eine lederne Reisetasche in der Hand hielt.

»Darf ich vorstellen? Frau Lotte Hartmann, geborene Thaler.«

In diesem Augenblick begann die Frau zu schwanken. Neufeld ergriff ihren Arm, Sonnenschein zog rasch einen Stuhl heran.

Leo holte ein Glas Wasser und hielt es ihr hin. Sie griff mit zitternder Hand danach und trank es aus. »Danke. Ich … ich habe länger nichts gegessen, mir war nicht gut.«

Sonnenschein legte ein Stück Torte auf einen Teller und schob es ihr hin. Die Frau blickte kurz auf, dann griff sie nach der Gabel und verzehrte die Torte mit erstaunlicher Geschwindigkeit. Als sie fertig war, wurde sie rot. »Es tut mir leid, aber … vielen Dank, das habe ich gebraucht.«

Leo gab Sonnenschein ein Zeichen, er solle stenographieren, und faltete die Hände vor sich auf dem Tisch.

»Frau Hartmann, Sie können sich vorstellen, dass wir viele Fragen an Sie haben.«

»Ja«, sagte sie leise.

»Erzählen Sie uns bitte, warum Sie Ihren Mann verlassen haben.«

Sie schluckte. »Wollen Sie nicht über Adele sprechen?«

»Dazu kommen wir noch. Aber da wir heute bei Ihrem Mann zu Hause waren –« er beobachtete sie aufmerksam und sah, wie sie zusammenzuckte –, »möchte ich zunächst von Ihnen hören, was sich in den vergangenen Wochen ereignet hat. Ihr Mann hat uns einiges erzählt, aber ich brauche jetzt Ihre Sicht der Dinge.«

»Ich hatte Angst vor ihm. Darum bin ich gegangen.«

»Warum hatten Sie Angst?« Leo wünschte sich, sie würde wirklich am Anfang beginnen, aber manchmal musste man sich auf den Rhythmus einer Zeugin einlassen.

»Er … hatte sich verändert. Das heißt, mir gegenüber. Wenn wir Nachbarn oder Bekannten begegneten, war er wie immer.«

»Wie sah diese Veränderung aus?«

»Er schaute mich misstrauisch an und fragte ständig, wo ich gewesen sei. Wurde schnell ungehalten.« Lotte Hartmann strich sich fahrig die Haare aus dem Gesicht.

»Wissen Sie, was diese Veränderung ausgelöst hat?«

»Die Decke.«

»Welche Decke?«

Sie holte tief Luft. »Vor etwa zwei Monaten habe ich Frühjahrsputz gemacht und dabei auch die Nachttische ausgeräumt, weil sie von innen verstaubt waren. Dabei fand ich in Erichs Nachttisch einen alten Kulturbeutel. Er war eingerissen, und ich habe schon überlegt, ob ich ihn wegwerfen soll. Als ich hineinsah, entdeckte ich darin eine kleine

Kinderdecke, wie für ein Baby. Sie war ganz weich und hübsch, weiß mit blau eingefasstem Rand und einem aufgestickten Monogramm. E für Erich, der Name meines Mannes. Als Erich von der Arbeit kam, habe ich ihm den Kulturbeutel und die Decke gezeigt.« Sie holte tief Luft. »Ich ... ich weiß gar nicht, wie ich es beschreiben soll – aber sein Gesicht wurde ganz hart, wie eine Maske, als wäre er zu Stein erstarrt. Dann hat er mir die Decke weggerissen und sich im Schlafzimmer verkrochen. Zwei Stunden lang. Ich habe an die Tür geklopft und immer wieder gefragt, was denn los sei, aber er hat mir nicht geantwortet. Als er herauskam, verhielt er sich wieder normal.« Sie zögerte.

»Aber?«

»Von da an hat er mich beobachtet, aus den Augenwinkeln, hinter der Tür, durchs Fenster, wenn ich einkaufen ging. Wenn ich ihn darauf ansprach, stritt er es ab. Doch ich habe es mir nicht eingebildet.«

»Bitte überlegen Sie, ob Ihnen noch etwas aufgefallen ist an der Decke. Jedes Detail kann wichtig sein.«

Sie sah ihn nachdenklich an. »Ja, da war etwas. Ein Geruch. Irgendwie süßlich. Aber er war sehr schwach, kaum noch spürbar.«

»Ein Parfüm? Von einer anderen Frau?«

»Schon möglich. Aber das kann ich wirklich nicht sicher sagen. Außerdem, was hätte ihr Parfüm auf einer alten Kinderdecke zu suchen? Mein Mann ist ... er würde mich nie betrügen.« Sie verstummte.

Die drei Polizisten warteten geduldig.

»Ich habe nicht gewagt, ihn weiter nach der Decke zu fragen.« Sie hob die Schultern und ließ sie wieder sinken. »Doch von diesem Tag an war er nicht mehr wie früher. Erich ist ein zurückhaltender Mensch, aber freundlich. Ich würde ihn sogar als sanftmütig bezeichnen.« Sie schaute die Kriminalbeamten an. »Vor etwa zwei Wochen habe ich ihn dann doch gefragt, ob etwas nicht in Ordnung sei, ob ich ihn gekränkt hätte, weil es mir einfach keine Ruhe ließ. Er sagte nein, ich solle ihm keine unsinnigen Fragen stellen. Ich erwiderte, ich wolle doch nur, dass es ihm gutgehe. ›Dann halt den Mund und sei froh, dass ich dich da rausgeholt habe.‹ Das waren seine Worte, und sein Blick, als er das sagte …«

»Was meinte er damit?«

»Nun, Erich hat Ihnen vielleicht erzählt, dass ich früher für Geld Klavier gespielt habe. Das hat ihm nie gefallen, auch wenn wir uns dadurch kennengelernt haben. Er hat sich wohl eingeredet, er hätte mich aus der Gosse gerettet, was aber nicht stimmt. Ich war Musikerin. Ich habe mich nicht prostituiert.« In ihrer Stimme lag indignierter Stolz.

Sonnenschein räusperte sich. »Warum haben Sie sich niemandem anvertraut?«

»Das habe ich doch. Meiner Freundin Adele. Aber erst später. Kurz bevor ich weggegangen bin.« Sie begann unvermittelt zu weinen, lautlos rannen ihr die Tränen übers Gesicht.

Leo reichte ihr ein Taschentuch.

Als sie sich gefasst hatte, fuhr sie fort: »Was hätte ich auch sagen sollen? Dass mein Mann unfreundlich zu mir ist und eine alte Kinderdecke vor mir versteckt?«

Sie hatte nicht unrecht, dachte Leo. Wenn sie mit dieser Aussage zur Polizei gegangen wäre, hätte man sie zu ihrem Mann zurückgeschickt.

»Was haben Sie dann getan?«

»Adele sagte, sie wolle mir helfen. Sie arbeitete im Ballhaus in der Auguststraße und bot mir an, mich dort vorübergehend zu verstecken, nur für ein, zwei Tage, bis ich etwas

Besseres gefunden hätte. Dann kündigte der Pianist der Kapelle.«

»War es Adeles oder Ihre Idee, dass Sie sich als Mann verkleiden und dort vorstellen?«, fragte Neufeld.

»Meine. Adele hatte mir einen falschen Schnurrbart besorgt. In einem Geschäft für Theaterbedarf. Den habe ich auf der Krankenhaustoilette hinuntergespült, um meine Spur zu verwischen.«

Das erklärte auch die Aussage von Langfuß, dachte Leo.

Sie schloss die Augen. »Wenn ich geahnt hätte, was wir damit ins Rollen gebracht haben, hätte ich niemals … es tut mir so entsetzlich leid …«

Sonnenschein holte Lotte noch ein Glas Wasser. Sie umklammerte es mit beiden Händen und trank gierig.

»Bitte schildern Sie uns, was am Abend des 30. Juni 1928 im Ballhaus geschehen ist.«

Sie schaute zu Boden und schloss die Augen. »Frau Bühler war bereit, mich probehalber in der Kapelle spielen zu lassen. Der Leiter, Eduard Fischer, war nett, die anderen Musiker auch. Wir spielten von Anfang an gut zusammen.«

»Haben Sie gesehen, ob Ihr Mann im Saal war?«, fragte Leo.

»Oh nein, sonst hätte ich nicht weiterspielen können. Aber ich habe auch nicht darauf geachtet, wer hereinkam, weil ich mich sehr konzentrieren musste. Ich war ziemlich aus der Übung. Darum hatte ich die Augen immer auf den Tasten.« Sie holte tief Luft, als müsste sie Kraft schöpfen. »Plötzlich entstand Unruhe. Ich kann gar nicht mehr genau sagen, wie ich es bemerkt habe, aber die Atmosphäre veränderte sich. Jemand drängte sich durch die Tanzenden, dann noch jemand. Ich habe es eher gespürt als gesehen. Dann verbreitete sich das Wort Polizei, es sprang über wie ein Funke. Frau Bühler kam zu uns und sagte, wir sollten weiterspielen.«

»Wann hatten Sie Adele Schmidt zuletzt gesehen?«

Sie schlug die Hände vors Gesicht und schluchzte. Dann ging ein Ruck durch ihren Körper. Sie wischte sich mit Leos Taschentuch übers Gesicht und schaute trotzig in die Runde. »Am Tag davor, also am Freitag. Als sie auf die Empore im Spiegelsaal kam und mir den Schnurrbart und den Anzug brachte.«

»Wie war das mit dem blauen Kleid?«

Sie blieb gefasst. »Ich hatte es von zu Hause mitgenommen, um es zu versetzen. Es war ein Modellkleid, das Erich mir geschenkt hatte, und ich wollte es zu Geld machen. Aber ich war Adele so dankbar. Sie hatte ihre Stelle riskiert, um mir zu helfen. Wir haben eine ähnliche Figur, da habe ich es ihr geschenkt.« Sie lächelte wehmütig. »Sie hat sich so darüber gefreut. Und weil sie nie sehr geduldig war, wollte sie es gleich an diesem Samstag tragen. Ich habe ihr davon abgeraten.«

»Weil Sie eine Verwechslung befürchteten?«, konterte Neufeld blitzschnell.

Sie sah ihn empört an. »Nein! Ich hätte Adele doch nicht ans Messer geliefert.«

»Warum haben Sie ihr davon abgeraten?«, fragte Sonnenschein sanft.

»Weil es zu schade war. Sie sollte es für eine Gelegenheit aufbewahren, bei der sie besonders schön aussehen wollte. Sie stimmte mir zu, hat es sich dann aber wohl anders überlegt und das Kleid doch angezogen. Ich habe sie nie darin gesehen, weil ich früher im Saal war, um mich einzuspielen. Noch bevor sie ihren Dienst an der Garderobe angetreten hat.«

»Gut«, sagte Leo. »Kommen wir zum Ablauf des Abends

zurück. Was haben Sie getan, als Ihnen klar wurde, dass die Polizei gleich eintreffen würde?«

»Ich sagte, ich müsse auf die Toilette, bin aber nach draußen in den Hof gelaufen. Ich musste meine ganzen Sachen auf der Empore zurücklassen. Noch einmal nach oben in den Spiegelsaal zu gehen wäre zu riskant gewesen. Dann bin ich vom Hof aus über die Mauer aufs Krankenhausgelände geklettert.«

»Das kann nicht einfach gewesen sein«, warf Neufeld ein. »Wir haben es versucht.«

Sie lächelte verhalten. »War es auch nicht. Ohne die Weinkisten hätte ich es nicht geschafft und auch so nur mit Mühe und Not. Es war mein Glück, dass ich eine Hose trug.«

»Und dann?«

Sie schilderte ihre Odyssee durch Berlin und wie sie heimlich das Silber aus der Wohnung geholt hatte. »Als ich sah, wie Erich dort gewütet hatte, bekam ich noch mehr Angst. Er hatte alles zerstört, was mir gehörte.«

»Uns hat er erzählt, Sie hätten Ihre Kleidung und alle anderen persönlichen Dinge mitgenommen«, sagte Sonnenschein, worauf Lotte vehement den Kopf schüttelte.

»Dann lügt er! Alles, was noch da war, hatte er zerschnitten. Er hatte sogar die Schnallen von meinen Schuhen und die Knöpfe von der Kleidung gerissen.«

Leo legte die Hände auf den Tisch. »Frau Hartmann, sollte sich Ihre Aussage bestätigen, haben Sie sich keines Vergehens schuldig gemacht. Dann wären Sie lediglich eine Zeugin, keine Verdächtige.«

Ihre Schultern sanken kaum merklich herunter.

»Aber Sie sind unsere wichtigste Zeugin. Daher müssen wir überlegen, wo wir Sie unterbringen, bis wir Ihren Mann erneut befragt haben.«

Sie sah ihn entsetzt an. »Verhaften Sie ihn nicht?«

»Falls wir ihn nach einer erneuten Befragung für dringend verdächtig halten, schon.«

»Oder falls er den Mord gesteht«, fügte Sonnenschein hinzu.

Lotte schaute die Kriminalbeamten hoffnungsvoll an. »Sie fahren jetzt zu ihm?«

»Nein«, antwortete Leo. »Das erledigen wir morgen. Ich postiere einen Beamten vor seiner Wohnung, falls er wider Erwarten versuchen sollte, zu fliehen. Er scheint sich seiner Sache allerdings sehr sicher zu sein.«

»Aber ... wo soll ich hin? In das Zimmer in der Krautstraße kann ich nicht zurück, nachdem mich die Polizei dort ...«

Leo unterbrach sie. »Ich habe da eine Idee.« Er griff zum Telefon. »Verbinden Sie mich mit Dr. Magda Schott in Moabit.«

31

Mittwoch, 12. Juli 1928

Hartmann habe das Haus nicht verlassen, erklärte Klein, der die Wohnung am Lützowplatz observiert hatte. Nach einer Nacht auf seinem Posten hatte er dunkle Schatten unter den Augen.

Das Wetter war freundlicher geworden, die Sonne drang durch die Wolken und versprach einen wärmeren Tag.

Sonnenschein sah auf die Uhr. »Er müsste gleich zur Arbeit fahren. Ich bleibe an ihm dran.«

Der Kollege runzelte die Stirn. »Warum nehmen wir ihn nicht sofort mit und stellen ihn seiner Frau gegenüber?«

»Der Chef glaubt, dass es Hartmann einschüchtert, wenn er vor den Augen der Kollegen abgeholt wird. Gestern war er ganz schön von sich überzeugt, damit könnten wir ihm den Schneid abkaufen.«

»Ist aber keine Festnahme, oder?« Klein schaute sehnsüchtig zu der Kaffeestube an der nächsten Ecke, worauf Sonnenschein sagte:

»Gehen Sie ruhig, ich übernehme ab hier. Nein, noch keine Festnahme, nur eine Befragung. Wenn er nichts zu verbergen hat, hilft er der Polizei sicher gern.«

Klein eilte davon in Richtung Kaffeestube.

Sonnenschein glitt in den Hauseingang, in dem der Kollege gestanden hatte. Es dauerte keine fünf Minuten, da trat Hartmann im hellen Sommermantel und mit Aktentasche aus dem Haus. Er schaute zum Himmel empor, als wollte er das Wetter prüfen, und ging gemessenen Schrittes in Richtung Nollendorfplatz.

»Ich weiß gar nicht, wie ich dir danken soll«, sagte Leo, als Magda Schott die Tür öffnete. Die Ärztin lächelte verschmitzt. »Keine Sorge, mir fällt schon was ein. Es kann nicht schaden, wenn man bei der Polizei etwas guthat.«

Er lehnte sich an den Türrahmen und beugte sich vor, damit Lotte Hartmann ihn nicht hörte. »Ich habe keine Ahnung, wie lange es dauern wird, bis wir ihren Mann überführt oder entlastet haben.«

»Mit anderen Worten, du willst wissen, ob sie noch länger bei mir bleiben kann?«

»Höchstens ein paar Tage«, sagte er.

»Gut. Aber am Wochenende bekomme ich Besuch aus Hamburg, bis dahin muss sie weg sein.«

»Versprochen.«

Magda zog den Mantel über und griff nach ihrer Tasche. »Immerhin ist sie heute Morgen frisch und munter aufgewacht«, flüsterte sie. »Als ich das letzte Mal jemanden für dich untergebracht habe, war die Frau am nächsten Tag tot.«

»Was ich noch immer zutiefst bedauere.« Er zog die Schultern hoch. »Das wird dir bei Frau Hartmann nicht passieren. Die ist so hart wie ihr Name, auch wenn sie nicht so aussieht. Die beißt sich durch.«

»Guten Morgen, Herr Wechsler.« Lotte Hartmann war zu ihnen getreten. Sie trug ein graues Kleid mit weißem Kragen, in dem sie wie ein Schulmädchen aussah. Ihr Blick aber war fest und entschlossen. »Fahren wir?«

»Wenn Sie bereit sind. Grüß Ilse von mir und noch einmal vielen Dank«, sagte er zu Magda.

Auf dem Weg ins Präsidium sprachen sie über Ballhäuser und andere Tanzlokale, und Leo wurde plötzlich bewusst, wie selten er und Clara miteinander tanzten. Er nahm sich vor, das zu ändern, sobald sie den Fall abgeschlossen hatten.

Lotte Hartmann kannte sich bestens aus und redete so begeistert von ihrer Arbeit, dass er sie prüfend ansah.

»Das Klavierspiel fehlt Ihnen, nicht wahr?«

Sie klopfte mit den Fingern auf ihre Beine, während Berlin vor dem Fenster der Stadtbahn vorbeisauste. »Ich hätte nie geglaubt, dass es mir *so* fehlen würde. Aber ich habe das Klavierspiel jeden Tag vermisst, und seit Erich so ... so seltsam geworden ist, noch viel mehr. Da wurde mir klar, dass ich es für ihn aufgegeben hatte, nicht für mich. Damals habe ich mir eingeredet, es sei vernünftig, ihn zu heiraten, dann wäre ich finanziell abgesichert. Das wird einem ja von klein auf eingebläut. Ich sagte mir, ich würde nicht mehr von Männern angesprochen, die an meinem Körper statt an meiner Musik interessiert waren. Dabei waren das die wenigsten. Den meisten ging es nur um die Musik.« Sie lächelte reumütig. »Erich gegenüber durfte ich diese Zeit nicht mal erwähnen, er wollte nichts davon hören. Darum habe ich auch Adele nie zu uns eingeladen.«

Die Bahn hielt am Hackeschen Markt, Leute stiegen zu. Sie schwiegen, doch sowie sie am Alexanderplatz den Zug verlassen hatten, fragte Leo: »War er jemals gewalttätig?«

»Meinen Sie, ich wäre auch nur einen Tag bei einem solchen Mann geblieben?«

Es gab genügend Frauen, die genau das taten, dachte Leo, sprach es aber nicht aus. »Ihnen ist nie der Verdacht gekommen, er könnte etwas vor Ihnen verbergen?«

Sie schüttelte entschieden den Kopf. »Erst nachdem ich die Decke gefunden hatte. Danach wurde alles anders. Ich erkannte ihn nicht wieder.«

»Was ist mit seinen Angehörigen?«

»Er hat selten von seiner Familie erzählt. Die Eltern sind verstorben, Geschwister hat er keine. Wir waren auch nie in seiner Heimat. Er kommt aus einer Kleinstadt bei Frankfurt. Nach dem Studium war er bei Griesheim-Elektron.«

Das Präsidium ragte rot und gewaltig vor ihnen empor. Leo ließ Lotte den Vortritt, als sie durch das große Portal gingen.

»Warum ist er nach Berlin gezogen?«

»Er hat mal gesagt, Frankfurt sei ihm zu eng geworden. Ich kann das nicht beurteilen, weil ich nie dort war. Aber Berlin hat natürlich seinen Reiz, wenn man beruflich aufsteigen möchte.«

Er führte sie in sein Vorzimmer, wo Fräulein Meinelt schon auf ihn wartete. »Hier ist der Durchsuchungsbeschluss, Herr Wechsler.«

»Das ging ja flott.« Er bot Lotte Hartmann einen Platz in seinem Büro an. »Einen Augenblick, bitte.« Er ging nach nebenan zu Neufeld und Hasselmann.

»Guten Morgen.« Er legte den Durchsuchungsbeschluss auf den Tisch. »Sie fahren umgehend in die Wohnung von Erich Hartmann und suchen die fragliche Decke. Und wenn Sie dafür die Dielenbretter rausreißen müssen.«

Die beiden Kriminalbeamten griffen nach ihren Hüten.

»Als Überraschung, sobald Sonnenschein ihn hergebracht hat?«, fragte Neufeld.

»So ist es. Wir müssen herausfinden, was es mit der Decke auf sich hat.« Er schaute von einem zum anderen. »Weiß mit blauer Stickerei, aus sehr weichem Stoff. Vermutlich jahrzehntealt, wenn sie von ihm selbst stammt.«

»Wird gemacht«, sagte Hasselmann, dann waren die beiden zur Tür hinaus.

Leo kehrte zu Lotte Hartmann zurück und setzte sich ihr gegenüber. »Meine Kollegen suchen nach der Kinderdecke.«

Ihre Erleichterung war beinahe greifbar. »Das ... das beruhigt mich sehr. Ich will endlich erfahren, was sie für Erich bedeutet. Warum er sich so verändert hat, nachdem ich sie gefunden hatte.«

»Fühlten Sie sich von ihm bedroht?«

Sie zuckte mit den Schultern. »Ja. Und nein. Darum bin ich auch nicht zur Polizei gegangen. Ich fühlte mich bedroht, konnte aber nichts beweisen. Erich hat nie die Hand gegen mich erhoben, mich nie geschlagen. Für bloße Worte wird niemand verhaftet. Oder für Blicke. O Gott, hätte ich es nur trotzdem versucht ...«

Fräulein Meinelt, die mit Kaffee hereinkam, sah Leo fragend an, und er bedeutete ihr, das Tablett auf den Tisch zu stellen. Sie reichte Lotte ein Taschentuch und zog sich diskret zurück.

Irgendwann richtete sich Lotte auf und wischte sich mit dem Taschentuch übers Gesicht. »Ich werde noch oft um sie weinen. Aber es wäre mir ein großer Trost, wenn ihr ... wenn ihr Mörder gefasst würde.«

Sie vermied es, einen Namen zu nennen, doch ihre Augen verrieten Leo, was sie dachte.

»Das ist unerhört«, rief Erich Hartmann.

Die Empfangsdame reckte den Hals, um nichts zu verpassen, doch Sonnenschein sprach besonnen und ruhig wie immer.

»Ich rate Ihnen, einfach mitzukommen, Herr Hartmann. Sie sollen lediglich befragt werden.«

»Und darum holen Sie mich auf meiner Arbeitsstelle ab, so dass sich alle den Mund zerreißen?«

»Wenn Sie leiser sprächen, würden Sie weniger Aufmerksamkeit erregen«, entgegnete Sonnenschein höflich.

Hartmann lief rot an, presste aber die Lippen aufeinander und machte auf dem Absatz kehrt. Nach einigen Minuten kam er in Hut und Mantel zurück.

»Dank Ihnen musste ich mich bei meinem Vorgesetzten abmelden und erklären, dass ich aufs Polizeipräsidium muss.«

»Sie haben das sicher diplomatisch gelöst«, erklärte Sonnenschein mit aufreizender Ruhe. »Es ist Ihre staatsbürgerliche Pflicht, die Polizei zu unterstützen, das wird Ihnen niemand verdenken.«

Sie brauchten die Dielenbretter nicht herauszureißen, aber ganz leicht machte Erich Hartmann es ihnen dann doch nicht. Natürlich hatten sie zuerst im Nachttisch nachgesehen, doch da war die Decke nicht mehr. Danach durchkämmten sie die gesamte Wohnung, bis Hasselmann schließlich im Wandschrank fündig wurde. Ein weiches Päckchen, ganz hinten im obersten Regal, sorgsam in Seidenpapier eingeschlagen.

Er öffnete vorsichtig das Papier, um sich davon zu überzeugen, dass es das war, wonach sie suchten. Dann schob er die Decke samt Papier in einen Asservatenbeutel und hielt ihn seinem Kollegen hin.

»Riechen Sie mal, Neufeld.«

Sie schauten einander an und nickten.

Danach begaben sie sich in den Keller, den ihnen der Hausmeister gezeigt hatte. In der hintersten Ecke des Lattenverschlages, der zur Wohnung der Hartmanns gehörte, verborgen hinter einem alten Fahrrad und einem Christbaumständer, fanden sie einen großen Pappkarton. Hasselmann trug ihn in den Vorraum und öffnete ihn, während Neufeld mit der Taschenlampe leuchtete.

Darin lagen Stofffetzen, offenbar zerschnittene Damenwäsche. Knöpfe. Abgerissene Schuhschnallen.

Zeugnisse blanker Wut.

Lotte Hartmann hatte die Wahrheit gesagt.

Leo und Sonnenschein hatten Erich Hartmann in einen Befragungsraum gebracht, während Lotte in Fräulein Meinelts Obhut blieb.

Hartmann machte seiner Empörung Luft. »Wie können Sie es wagen, mich von der Arbeit wegzuholen? Vor aller Augen?«

Leo verschränkte die Arme. »Es ist dringend notwendig, dass wir mit Ihnen sprechen. Es duldet keinen Aufschub.«

»Aber ich habe Ihnen doch alles gesagt, was Sie wissen wollten.«

»Nicht ganz.«

Sonnenschein saß abwartend mit Notizbuch und Bleistift da.

»Was gibt es denn noch?« Hartmann schaute auf die Uhr.

Leo hob einen Finger. »Erstens: das Bonbonpapier im Hof von Bühlers Ballhaus, dem Tatort. Rot-grün gestreift, Pfefferminz mit Schokoladenfüllung, nur erhältlich in der Confiserie Haubrich in Steglitz. Ihre bevorzugte Sorte.«

Hartmann stützte sich auf die Tischplatte, als wollte er aufspringen und gehen. »Fangen Sie schon wieder damit an? Diese Bonbons kann jeder in Berlin kaufen und das Papier wegwerfen, wo es ihm gefällt!«

Leo blieb ungerührt. »Zweitens: Ihre Frau hat sich im Ballhaus aufgehalten. Drittens: Sie hat ihrer Freundin Adele Schmidt ein Kleid geschenkt, das Sie sehr genau kennen, weil

Sie es persönlich gekauft haben. Viertens: Adele Schmidt wurde getötet, als sie das Kleid trug. Nein, Sie hören mir jetzt zu. Fünftens: Dabei wurde Chloroform angewendet, mit dessen Herstellung und Wirkungsweise Sie sich als Chemiker bestens auskennen.«

Hartmann sprang so schnell auf, dass er schon fast an der Tür war, bevor Leo reagieren konnte. Er packte Hartmann und drückte ihn zurück auf den Stuhl.

»Sie gehen, wenn ich es sage, verstanden?«

»Das alles beweist gar nichts! Sie reimen sich etwas zusammen, weil Sie einen Fall lösen müssen. Weil die Presse Ihnen Druck macht und Ihr Vorgesetzter vermutlich auch. Und es interessiert Sie nicht, ob Unschuldige verleumdet werden, ihren guten Ruf verlieren und danach ruiniert sind. Was werfen Sie mir denn eigentlich vor?«

»Sie wollten Ihre Frau in Ihre Gewalt bringen, haben sie aber mit Adele Schmidt verwechselt, die das blaue Kleid trug. Vor lauter Panik haben Sie ihr das Tuch so fest auf Mund und Nase gedrückt, dass sie erstickt ist.«

»Unerhört! Warum sollte ich das tun? Nennen Sie mir einen einzigen Grund, aus dem ich meiner Frau etwas antun sollte!«

»Gekränkte Eitelkeit? Enttäuschung? Eifersucht?« Leo dachte flüchtig an Robert.

»Das sind Behauptungen, Herr Oberkommissar, nichts als Behauptungen. Sie verleumden mich in einer –«

Es klopfte.

Sonnenschein stand auf und öffnete. Leo hörte, wie hinter ihm geflüstert wurde, dann schloss Sonnenschein die Tür und beugte sich zu ihm.

»Sie haben die Decke. Und sie riecht nach Chloroform.«

32

Als alles arrangiert war, ging Leo in sein Büro und bat Lotte Hartmann nach nebenan. Sie stand zögernd auf, worauf er sie behutsam am Ellenbogen nahm und ins Nebenzimmer führte.

Erich Hartmann sprang vom Stuhl auf.

»Lotte, wo bist du nur gewesen? Ich bin so froh, dich zu sehen! Warum hast du nie von dir hören lassen? Ich wusste gar nicht, ob es dir gutgeht. Kommst du jetzt endlich zu mir zurück?«

Sie stand nur da, während sich die Kriminalbeamten im Hintergrund hielten. Dann hob sie den Kopf und sah hilfesuchend in die Runde.

Hartmann trat auf sie zu, streckte ihr die Hände entgegen. »Ich habe nicht damit gerechnet, dass du wirklich wegbleibst. Wir hatten es doch so schön.«

Leo beobachtete jede ihrer Regungen. Hartmann hätte ebenso gut Chinesisch sprechen können, sie schien kein Wort von dem zu verstehen, was er sagte.

Dann hob sie unvermittelt die Hand. »Fass mich nicht an.«

Er wich zurück. Lotte nahm auf dem Stuhl Platz, der am weitesten von ihrem Mann entfernt war.

Sie holte tief Luft. »Ich habe dich verlassen, weil ich Angst vor dir hatte.«

»Unsinn! Ich habe doch alles für dich getan.«

Neufeld lehnte mit verschränkten Armen an einem Aktenschrank, während Klein interessiert seine Fingernägel betrachtete. Wäre es nicht um einen Mord gegangen, hätte die Szene auch aus einer albernen Ehekomödie stammen können.

»Ich habe Adele alles erzählt«, sagte sie. »Von der Decke, wie wütend du geworden bist und wie du mich von da an beobachtet hast.« Ihr Gesicht verdunkelte sich, als ihr klar wurde, dass ihre Freundin dies nie mehr bezeugen würde.

»Weiß sonst noch jemand davon?«, fragte Leo.

Sie sah ihn eindringlich an. »Nein.«

»Herr Hartmann, Sie wussten, dass Ihre Frau mit Adele Schmidt befreundet war. Also lag es nahe, dass sie ihre Freundin um Hilfe bitten würde. Selbst wenn Sie nicht wussten, wo Fräulein Schmidt wohnte, ist so etwas nicht schwer herauszufinden. Sie könnten beispielsweise im Adressbuch nachgeschlagen haben. Oder Sie sind ihr zum Ballhaus gefolgt und haben dort Ihre Frau entdeckt. Oder vermutet, dass sie dort untergekommen ist. Also haben Sie sich mit der Decke und dem Chloroform ausgerüstet, sich über den Nachbarhof aufs Gelände des Ballhauses geschlichen und Ihrer Frau aufgelauert. Worauf es zu der verhängnisvollen Verwechslung kam.«

»Nein!« Hartmann sprang auf und hieb mit der Faust auf den Tisch. »Hören Sie doch endlich mit dem Unsinn auf!«

Leo gab Sonnenschein ein Zeichen, der einen Schrank öffnete und einen Asservatenbeutel herausholte. Er trat vor Hartmann und hielt ihm den Beutel hin – so nah, dass er den Inhalt erkennen, ihn aber nicht ergreifen konnte.

»Diese Kinderdecke haben meine Kollegen in Ihrer Wohnung gefunden. Sie riecht nach Chloroform. Sie wird kriminaltechnisch untersucht, aber ich zweifle nicht daran, dass sie mit der Substanz getränkt war. Wie erklären Sie das?«

Lotte Hartmann stieß einen Laut hervor, halb Schrei, halb Stöhnen. »O Gott, hast du damit ...« Sie konnte nicht weitersprechen.

Erich Hartmann saß da, den Kopf gesenkt, die Hände umklammerten die Oberarme. Er schwieg.

Selbst wenn Hartmann nicht gestand, hatten sie hinreichende Beweise für eine Festnahme. Für eine Verurteilung aber reichten sie nicht aus.

»Wir sollten herausfinden, weshalb er ausgerechnet diese Decke verwendet hat. Sie muss eine besondere Bedeutung für ihn haben«, sagte Sonnenschein und deutete auf den Asservatenbeutel. »Ich nehme an, die stammt aus seiner Kindheit. Vermutlich haben Mutter oder Großmutter sie bestickt und eingefasst. Warum aber verwendet er ein Erinnerungsstück für so abscheuliche Taten?«

»Weil es mit schlechten Erinnerungen verbunden ist?«, warf Hasselmann ein.

»Hm«, Neufeld legte den Zeigefinger an die Lippen. »Was bewirkt Chloroform? Es macht einen Menschen wehrlos. Das erscheint mir wichtig. Er wollte, dass sich die Frauen nicht wehrten, während er sich an ihnen verging.«

»Da ist noch etwas ...« Leo blätterte in der Aussage von Lotte Hartmann. »Sie sagt, die Decke habe irgendwie süßlich gerochen, aber nur ganz schwach. Sie könne nicht sagen, ob es sich um Parfüm oder etwas anderes gehandelt habe. Und sie betont, wie weich die Decke sei ...«

»Hedwig Vierroth!«, stieß Neufeld hervor. »Sie hat doch auch gesagt, der Täter habe ihr ein sehr weiches Tuch aufs Gesicht gedrückt. Es habe sich beinahe schön angefühlt.«

»Augenblick.« Leo hob die Hand. »Der Mord geschah am 30. Juni. Am nächsten Abend wurde Hedwig Vierroth überfallen und vergewaltigt, und zwar nach dem gleichen Muster wie die Frauen in Frankfurt, richtig?«

Die anderen nickten.

»Wir haben ursprünglich vermutet, dass wir es mit zwei verschiedenen Tätern zu tun haben, weil die Taten sich sehr unterscheiden, trotz des Chloroforms.«

Sonnenschein sagte: »Es könnte sich aber auch um ein und denselben Täter handeln, der aus unterschiedlichen Motiven gehandelt hat. Und Hartmann kommt aus Frankfurt.«

»Genau. Hartmann wollte um jeden Preis seine Frau zurückhaben. Er machte sie im Ballhaus ausfindig und plante, sie zu betäuben und von dort wegzubringen. Doch er erwischte die Falsche, geriet in Panik und tötete Adele Schmidt. Nun stand Hartmann unter ungeheurem Druck. Erstens: Sein Plan war gescheitert, er hatte Lotte nicht gefunden. Zweitens: Er hatte eine Unbeteiligte getötet. Drittens: Er hatte Chloroform verwendet, was ihn vermutlich sexuell erregte, aber keine Befriedigung erlangt. Dadurch war etwas in ihm erwacht, das er jahrelang unterdrückt hatte.«

»Das er vielleicht dank seiner Heirat mit Lotte Thaler unterdrücken konnte«, warf Sonnenschein ein.

Sie schauten einander an. Endlich fügten sich die Teile zusammen.

»Somit hätten wir es mit einem Serientäter zu tun. Und am nächsten Abend zog er los, um sich ein neues Opfer zu suchen«, sagte Leo. »Aber um das zu beweisen, brauchen wir mehr.«

»Wenn Hartmann der Frankfurter Täter ist«, sagte Neufeld langsam, »ist er vielleicht nicht nur nach Berlin gekommen, um sich beruflich zu verbessern, sondern auch, um seine Spuren zu verwischen.«

»Ich spreche mit Fritzsche und rufe in Frankfurt an«, sagte Leo und sprang auf. »Ihr kümmert euch um die Hartmanns.«

»Getrennte Räume?«, fragte Neufeld.

»Unbedingt. Versucht bitte, noch mehr aus den beiden herauszubekommen. Ich will wissen, ob Frau Hartmann schon früher Dinge an ihrem Mann aufgefallen sind – seltsame Verhaltensweisen, wie viel er von seiner Vergangenheit erzählt hat, ein möglicher Hang zur Gewalt, sexuelle Abweichungen. Jedes Detail kann wichtig sein.« Er sah auf die Uhr. »Um zwei in meinem Büro.«

Leo lehnte sich zurück und rieb sich den Nacken. Tatzeit abends, Tatort Grünanlage, Überfälle von hinten, Betäubung mit Chloroform, Vergewaltigung. Dreimal in Frankfurt, einmal im Berliner Humboldthain.

Er blätterte in seinem Notizbuch. Erich Hartmann war seit November 1922 in Berlin gemeldet und hatte Anfang 1923 die Stelle bei Dr. Zellner angetreten. Mit anderen Worten, er war kurz nach dem letzten, tödlichen Überfall aus Frankfurt weggezogen.

Er rief den Kollegen Fritzsche an und teilte ihm mit, dass die Fälle aller Wahrscheinlichkeit nach zusammenhingen und der Ballhausmörder gleichzeitig ein Serientäter war. Fritzsche bot sofort an, mit Hedwig Vierroth zu sprechen und sie auf weitere Befragungen vorzubereiten.

Irgendwann steckte Neufeld den Kopf zur Tür herein und meldete, dass er nichts aus Hartmann herausbekommen habe. Ob er ihn jetzt laufen lassen müsse.

»Auf gar keinen Fall. Wir nehmen ihn fest. Veranlassen Sie alles Nötige.«

Danach ließ er sich mit dem Polizeipräsidium in Frankfurt verbinden.

Das Telefonat verlief erfreulich glatt. »Natürlich müssen wir den offiziellen Weg gehen, Herr Kollege, aber ich kann Ihnen selbstverständlich die Telefonnummern und Adressen der beiden überlebenden Opfer durchgeben. – Ja, ich rufe zurück, sobald ich sie habe. – Archiv, Sie verstehen. – Keine Ursache. Es würde uns auch beruhigen, wenn wir den Fall endlich abschließen könnten.«

Leo ging im Zimmer auf und ab, während er auf den Rückruf aus Frankfurt wartete.

Hartmann hatte jede weitere Aussage verweigert und sich der Verhaftung widersetzen wollen, doch Neufeld und Klein hatten ihn überwältigt und gemeinsam ins Untersuchungsgefängnis gebracht.

Leo schaute nachdenklich aus dem Fenster. Der Anblick der Decke hatte Hartmann erschüttert, aber das bewies nichts und lieferte noch keine Verbindung zu den Frankfurter Fällen. Er trommelte mit den Fingern aufs Fensterbrett. Sie hatten die Lösung, das spürte er, und doch mussten sie noch das eine Bruchstück finden, mit dem sie das Bild vollenden konnten. Ihr Mordfall, der im Hinterhof eines Ballhauses begonnen hatte, zog nun weite Kreise, die sich über ganz Berlin und quer durchs Reich bis nach Hessen ausbreiteten.

Als das Telefon klingelte, war er mit einem Satz am Schreibtisch. »Ja, ich höre.« Er zog einen Notizblock heran, griff zum Stift und notierte zwei Namen. »Ich danke Ihnen. – Ja, wir halten Sie selbstverständlich auf dem Laufenden. Auf Wiederhören.«

33

Ilse Gerling hieß jetzt Bittner und hatte einen Telefonanschluss. Käthe Wetzel war unverheiratet und besaß keinen eigenen Anschluss, arbeitete aber in einem Hutgeschäft, in dem sie zu erreichen war.

Als Erstes ließ er sich mit dem Hutsalon Waldschmidt verbinden. Zum Glück meldete sich Fräulein Wetzel selbst.

Sie blieb ruhig und sachlich, nachdem Leo sein Anliegen vorgetragen hatte.

»Ich denke kaum noch daran. Das Leben geht weiter, hat meine Mutter immer gesagt.«

Er drehte den Bleistift zwischen den Fingern. »Leider muss ich Sie bitten, sich noch einmal zu erinnern. Können Sie mir beschreiben, wie Sie betäubt wurden?«

»Mit einem sehr weichen Tuch«, sagte Fräulein Wetzel sofort. »Ich glaube, ich habe tatsächlich eine Sekunde lang gedacht, wie angenehm es sich anfühlt. Absurd, nicht wahr?«

Das hatte Hedwig Vierroth auch gesagt.

»In einer Notlage denkt man die seltsamsten Dinge. Haben Sie das Tuch gesehen?«

»Es ging sehr schnell, und ich hatte große Angst. Möglicherweise war es ein heller Stoff. Sicher bin ich mir nicht.«

»Bitte überlegen Sie genau. War sonst noch etwas an diesem Tuch, an das Sie sich erinnern? Jede Kleinigkeit kann wichtig sein.«

Schweigen am anderen Ende. Dann sagte sie mit leiser Stimme: »Es tut mir wirklich leid. Ich möchte Ihnen gern helfen, den Mann zu fassen, aber ich kann mich einfach nicht erinnern. Es war abends, der Park war schlecht beleuchtet.« Sie fügte hinzu: »Komisch, dass Sie nach dem Tuch fragen. Das hat die Polizei damals nicht getan.«

»Sehr bedauerlich. Das wäre eine wichtige Frage gewesen.«

Nun war es mit Fräulein Wetzels Ruhe auf einen Schlag vorbei. »Die Beamten waren alles andere als rücksichtsvoll. Die wollten wissen, was ich anhatte, ob ich abends oft allein ausgehe, ob ich Männerbekanntschaften pflege.« Ihr Zorn drang förmlich durch den Hörer. »Und sie haben mich getadelt, weil ich mich nicht sofort gemeldet habe.« Sie schnaubte. »Wenn die mit allen Frauen so umgehen, die überfallen werden, brauchen sie sich nicht zu wundern, wenn man nicht aussagen will.«

Leo sagte hastig: »Ich danke Ihnen, Fräulein Wetzel, das war sehr hilfreich.«

»Ich habe Ihnen doch kaum etwas gesagt.«

»Aber das, was Sie gesagt haben, deckt sich mit einer Spur, die wir verfolgen.«

»Das ist gut. Vor allem, wenn er wieder aufgetaucht ist. Das ist er doch, oder? Sonst hätten Sie mich nicht aus Berlin angerufen. Ich weiß, Herr Oberkommissar, Sie dürfen nicht darüber sprechen. Aber ich wünsche Ihnen viel Erfolg. Finden Sie das Schwein.«

Der zweite Anruf gestaltete sich schwieriger.

»Guten Tag, Frau Bittner. Mein Name ist Oberkommissar Wechsler, Kriminalpolizei Berlin. Nein, keine Sorge, es ist nichts Schlimmes passiert. Es geht um einen älteren Fall …«

Stille. Er konnte ihre Ablehnung förmlich durch den Hörer spüren.

»Ich möchte nicht darüber reden«, erklärte die Frauenstimme mit dem hessischen Akzent. »Ich hatte jahrelang Albträume deswegen. Das ist vorbei, und ich möchte nicht mehr daran erinnert werden.«

»Ich bedauere sehr, wenn ich alte Wunden aufreiße, aber es hat hier in Berlin einen ähnlichen Vorfall gegeben, vielleicht auch zwei. Man hat Ihren Angreifer damals nicht gefasst –«

»Er ist wieder da?« Frau Bittners Stimme klang schrill.

»Bitte beruhigen Sie sich, es besteht kein Grund zur Sorge. Bisher vermuten wir nur, dass es sich um denselben Täter handeln könnte. Ich werde Sie nicht lange aufhalten und habe auch nur eine einzige Bitte: Beschreiben Sie mir, welchen Stoff man Ihnen damals aufs Gesicht gedrückt hat. Wie sah er aus?«

»Das habe ich doch der Polizei gesagt.«

»Ich habe die Akten bereits angefordert, aber es ist dringend. Bitte versuchen Sie, sich zu erinnern, Frau Bittner.« Leo zögerte. »Es hat hier in Berlin eine Tote gegeben. Wir müssen den Mann dringend finden.«

Schweigen. Dann sagte sie stockend: »In der Nähe stand eine Laterne. Nur darum habe ich es gesehen. Es war ein Tuch, hell. Mit einem dunkleren Rand. Gerade noch war es vor mir, dann schon auf meinem Gesicht.« Sie schluckte hörbar.

»Können Sie sich sonst noch an etwas erinnern?« Er fragte aus Gewohnheit, nicht weil er auf eine Antwort hoffte.

»Schlingstich.«

»Wie bitte?«

»Ich ... ich habe versucht, das Tuch wegzureißen, weil es so widerlich süß roch. Ich habe den Rand zu fassen bekommen, aber er hat so fest zugedrückt. Ich hatte Angst, ich ersticke.«

»Das kann ich verstehen. Und Sie sagten Schlingstich?« Leo notierte es.

»Ja. Damit fasst man Ränder ein. Beim Sticken.«

Weißes Tuch, mit dunklerem Garn eingefasst, Schlingstich. Genau wie bei Erich Hartmanns Kinderdecke.

»Da kommt mein Mann. Ich muss auflegen.«

Dann war die Leitung tot.

»Ist Ihr Mann jemals gewalttätig gewesen, Ihnen oder anderen Personen gegenüber?«, fragte Sonnenschein.

»Nein. Ganz im Gegenteil, er ist sehr ruhig, wie ich schon sagte.«

Sonnenschein räusperte sich, da die nächste Frage delikat war. Er wünschte, Leo hätte dies übernommen, aber es ließ sich nun einmal nicht ändern.

»Frau Hartmann, das ist sehr persönlich, aber ich muss Sie das fragen. Was die sexuellen Beziehungen angeht – gab es da Besonderheiten? Bevorzugte … Praktiken, denen Ihr Mann anhing?«

Zu seiner Erleichterung blieb sie gefasst. »Auch da war er nicht gewalttätig. Aber – wie soll ich sagen – er zog es vor, dass ich mich passiv verhielt. Ich hätte gern einmal mehr getan, wenn Sie mich verstehen, aber Erich wollte, dass ich nur daliege und mich möglichst ruhig verhalte.«

Wie betäubt?, fragte sich Sonnenschein.

Leo stand mit verschränkten Armen vor Hartmann, der kerzengerade auf seinem Stuhl saß. Zwischen ihnen auf dem Tisch lag die Kinderdecke. Sonnenschein saß in der Ecke und stenographierte.

»Chloroform, kein Zweifel, sagt die Kriminaltechnik. Wir nehmen Sie so oder so fest, Herr Hartmann. Aber es wäre einfacher, wenn Sie endlich gestehen. Denken Sie an Ihre Frau, die hat genug durchgemacht. Und an Ihr Opfer im Humboldthain.«

Hartmann wirkte ungerührt, nur seine Augen wanderten zu dem Stück Stoff. Er hob kaum merklich die rechte Hand, umklammerte sie dann mit der Linken, als gestattete er sich keine Berührung.

»Fünf Frauen, zwei davon tot. Notzucht, Totschlag, vermutlich Mord. Und warum das alles?«

Leo zog das Jackett aus und hängte es über seinen Stuhl. Dann krempelte er beide Hemdsärmel auf, um anzudeuten, dass er alle Zeit der Welt für die Befragung hatte. Er zog den Stuhl zurück und setzte sich. »Herr Hartmann, ich habe mir einige Gedanken gemacht. Die trage ich jetzt mal vor, damit Ihnen nicht langweilig wird. Unser Gespräch war bisher ja recht einseitig.«

Hartmann regte sich nicht.

»Hier haben wir eine Kinderdecke. So etwas bewahrt man als Erinnerung auf, beispielsweise für seine eigenen Kinder. Wenn man glücklich verheiratet ist, zeigt man ein solches Erinnerungsstück seiner Frau und sagt, siehst du, darin hat mich meine Mutter früher eingewickelt. Vielleicht ist die Ehe aber ungewollt kinderlos, und man will seiner Frau nicht wehtun. Also versteckt man die Decke im Nachttisch, weil man sich nicht davon trennen will. Das alles könnte ich noch glauben. Jeder Mensch hat seine Eigenheiten, und Sie verstecken eben Ihre Kinderdecke.« Leo legte eine Pause ein. »Nur eins verstehe ich nicht: Warum sind Sie so wütend geworden, als Ihre Frau die Decke fand? Warum sind Sie ihr fortan misstrauisch begegnet, haben sie eingeschüchtert, ihr

Angst eingejagt, bis sie Sie heimlich verlassen hat? Warum haben Sie die Decke mit Chloroform getränkt, Herr Hartmann? Warum ist eine Frau gestorben, die das Kleid Ihrer Frau trug? Warum wurden in Frankfurt am Main drei Frauen überfallen und missbraucht, nachdem ihnen jemand ein Tuch aufs Gesicht gedrückt hatte, das dieser Decke verdammt ähnlich sah?«

Bei den letzten Worten schlug Leo so heftig auf die Tischplatte, dass selbst Sonnenschein zusammenfuhr.

»Verleiht es Ihnen ein Gefühl von Macht, wenn Sie eine Frau von hinten überfallen und ihr die Besinnung rauben? Wenn sie wehrlos unter Ihnen liegt und Sie sich an ihr vergehen? Wenn sie wie tot daliegt? Erregt Sie das?«

Hartmanns Schultern bebten, und er hatte die Fäuste geballt, doch er sprach immer noch kein Wort.

»Aber es fängt früher an, nicht wahr? Es hat mit Ihrer Mutter zu tun.« Diesen Pfeil feuerte Leo auf gut Glück ab. »Die Decke erinnert Sie an Ihre Mutter, aber es sind keine schönen Erinnerungen, sonst würden Sie sie nicht für Ihre perversen Zwecke nutzen. Hat Ihre Mutter Sie gequält? Im Stich gelassen? Ihnen wehgetan? Na, kommen Sie, woran denken Sie, wenn Sie die Decke benutzen, an die Berührungen Ihrer –«

»Ja!«

Hartmanns Stuhl flog nach hinten und prallte auf den Boden, so heftig war er aufgesprungen. Sonnenschein ging wortlos hinüber, hob den Stuhl auf und setzte sich wieder. Hartmanns Aufschrei hing wie ein Echo in der Luft.

Hartmann ignorierte den Stuhl und begann, auf und ab zu laufen. Sonnenschein machte eine fragende Kopfbewegung zur Tür, ob er Verstärkung rufen solle, doch Leo bedeutete ihm mit einer knappen Geste, abzuwarten.

»Sie hat mich eingewickelt, ganz fest, nur meinen Oberkörper, die Decke war ja längst zu klein für mich.« Sein Atem ging keuchend. »Ich dachte, ich bekomme keine Luft. Aber das war ihr egal, ich sollte einfach nur still daliegen. Dann hat sie sich neben mich gesetzt und mir vorgesungen, immer dasselbe Lied. ›Guten Abend, gut' Nacht‹. Auch am hellen Tag hat sie das gemacht. Und bei ›Schlupf unter die Deck‹ hat sie die Decke noch fester um mich gezogen und … und … Irgendwann hat meine Tante sie dabei erwischt. Danach hat sie es nur noch nachts getan.« Er grub die Fingernägel in seine Unterarme.

»Was hat sie getan?«, fragte Leo behutsam.

Hartmanns Brust hob und senkte sich heftig, sein Adamsapfel bewegte sich auf und ab. »Sie ist an mein Bett gekommen und hat die Decke ganz fest um meinen Oberkörper gezogen und mir leise ins Ohr gesungen, so wie früher. Aber dann hat sie ihre Hand unter …«

Er schlug mit dem Kopf gegen einen Aktenschrank, einmal, zweimal, bevor Leo aufspringen und ihn wegreißen konnte. Er drückte Hartmann auf den Stuhl. Dessen Stirn verfärbte sich blauviolett, aus einem Riss in der Haut sickerte Blut. Leo zog ein Taschentuch hervor und drückte es auf Hartmanns Stirn.

»Soll ich Hilfe holen?«, fragte Sonnenschein entsetzt.

»Nein! Ich will reden, ich muss das loswerden, sonst ersticke ich!«

Er hat noch nie darüber gesprochen, dachte Leo. Mit wem auch?

»Das ging eine ganze Weile so, fast jeden Abend. Ich – ich konnte mit niemandem reden, die hätten mir doch nicht geglaubt. Es wurde schlimmer mit ihr, sie redete wirr, sprach Fremde auf der Straße an, wusch sich nicht mehr. Man hat sie abgeholt, als ich dreizehn war. Sie kam in eine Anstalt, und ich – ich konnte wieder atmen.« Hartmann nahm das Taschentuch von der Stirn und schaute es verwundert an, als wäre es nicht sein eigenes Blut.

Im Raum war es so still, dass man ihre Atemzüge hören konnte.

»Aber es wurde nicht alles gut, oder?«, fragte Leo.

Hartmanns Kopf schoss hoch. »Nein, wie denn auch? Wann immer ich … Ich sehe ihnen niemals ins Gesicht! Die Frauen interessieren mich nicht. Ich will nur, dass sie ruhig sind, sich nicht bewegen.«

Leo sagte bedächtig: »Da fehlt etwas, Herr Hartmann. Was geschah, als Sie erwachsen wurden, wie war Ihr Umgang mit Frauen?«

Er rechnete mit einem neuerlichen Ausbruch, doch Hartmann sagte leise: »Als ich neunzehn war, hatte ich ein Mädchen, damals in Frankfurt. Sie war sehr süß und lieb. Aber ich konnte … ich konnte es nicht. Sie wollte mich trösten, aber ich habe mich geschämt. Wir haben uns nicht wiedergesehen.« Er verstummte. Sie ließen ihm Zeit. »Ich habe es gemerkt, als ich bei einer Prostituierten war. Sie war schrecklich betrunken, ist aufs Bett gefallen und eingeschlafen. Als sie so dalag und sich nicht gerührt hat, war ich auf einmal … erregt. Ich habe ihr danach Geld auf den Nachttisch gelegt«, schob er rasch hinterher.

Immer korrekt, dachte Leo.

»So bin ich auf das Chloroform gekommen«, sagte Hartmann. »Ich konnte mich ja nicht darauf verlassen, immer eine betrunkene Hure zu erwischen. Und eine nüchterne konnte ich nicht darum bitten, sich bewusstlos zu stellen. Das – das wäre mir pervers erschienen. Ich bin nicht pervers, wissen Sie!« Er war wieder laut geworden, als könnte er dadurch bekräftigen, dass seine Mutter krank gewesen war, nicht er.

Leo saß mit verschränkten Armen da und sah ihn an. »Nun, man könnte es durchaus als pervers bezeichnen, dass es Sie erregt, ahnungslose Frauen zu überfallen und mit Gewalt gefügig zu machen.«

Hartmann stieß einen heiseren Schrei aus und wollte auf Leo losgehen, doch diesmal war Sonnenschein schneller, riss ihn zurück und legte ihm Handschellen an. Dann stieß er ihn auf den Stuhl zurück.

»Ich ... ich wollte damit aufhören. Darum bin ich nach Berlin gegangen.«

»Aber auch, weil Sie fürchteten, man könnte Sie in Frankfurt fassen?«

Hartmann hob die gefesselten Hände und ließ sie wieder fallen. »Es ging eine Weile gut. Ich lernte Lotte kennen. Wir ... wir passten zusammen, in jeder Hinsicht. Sie ... ließ sich auf meine Wünsche ein, und ich, ich musste nicht mehr ...« Seine Gefühle brachen sich wieder Bahn. »Aber dann hat sie mich verlassen! Und ich dachte, sie hätte etwas gemerkt, wegen der Decke. Sie fehlte mir. Ich hatte Angst, wieder in diese Dunkelheit zu gleiten, wieder diesen Drang zu spüren, dem ich nicht entkommen konnte. Ich musste sie nach Hause holen, verstehen Sie? Damit ich atmen konnte.« Er holte tief Luft und fuhr fort: »Ich war schier verzweifelt, als ich sie nicht finden konnte. Dann fiel mir Adele Schmidt ein, mit der sie befreundet war. Ich wusste, wo sie arbeitet. Und ich wollte Lotte zurück, ich *musste* sie zurückhaben. Mit ihr konnte ich ein besserer Mensch sein, brauchte das andere nicht mehr zu tun, ich bin nicht pervers, das müssen Sie mir glauben ... Also habe ich mich am Ballhaus umgesehen und im Nachbarhof den Durchgang entdeckt. Den habe ich genommen, ganz vorsichtig, damit mich keiner sieht. Im Ballhaus wurde getanzt, die Musik war laut, keiner hat auf mich geachtet. Einmal musste ich mich verstecken, als ein Kellner Sektkisten herangeschleppt hat. Ansonsten war der Hof verlassen. Es mag verrückt klingen, aber ich *wusste* auf einmal, dass ich Lotte hier finde, bei Adele, ihrer Freundin. Der Gedanke trieb mich vorwärts. Und ich hatte auch schon einen Plan: Ich würde auf Lotte warten, sie betäuben und dann so tun, als wäre sie betrunken. Dann wollte ich sie nach draußen führen und mit ihr nach Hause fahren. Wohin sie gehört. Und dann würde alles wieder gut. Am nächsten Abend kam ich wieder. Ich musste lange warten, reinzugehen habe ich nicht gewagt. Irgendwann ging eine Tür auf, und eine Frau kam in den Hof. Es war tatsächlich Lotte! Sie trug sogar das Kleid, das ich ihr geschenkt hatte. Sie blieb stehen und zündete sich eine Zigarette an, mit dem Rücken zu mir. Es war ziemlich dunkel dort. Ich habe sie von hinten gegriffen und ihr die Decke aufs Gesicht gedrückt, die ich bereits mit Chloroform getränkt hatte. Sie wehrte sich, wir rangen miteinander und bewegten uns dabei etwas zur Seite. Da fiel das Licht aus dem Toilettenfenster auf sie – und ich erkannte, dass es gar nicht Lotte war. Daraufhin habe ich nur noch zugedrückt. Ihr Körper wurde schlaff, ich konnte sie kaum halten, aber ich habe fester und fester gedrückt, auf Mund und Nase, sie wurde ganz schlaff. Es hat mich erregt … Dann wurde mir klar, was geschehen war. Ich habe sie fallen lassen und bin über den Nachbarhof geflohen.«

»Aber damit ist die Geschichte noch nicht zu Ende, oder?«

Hartmanns Augen glitzerten, als er Leo anschaute. War dies der Blick, mit dem er die Frauen taxiert hatte, bevor er sich von hinten auf sie stürzte?

»Was ich getan hatte, weckte diesen Drang, diese Dunkelheit in mir, und sie wurde so stark, dass ich nicht mehr dagegen ankam. Ich habe den ganzen Sonntag in der Wohnung gesessen und mit mir gekämpft, aber dann konnte ich nicht mehr. Es war, als müsste ich ersticken. Am Abend bin ich durch die Straßen gelaufen, ziellos. Erst als ich am Humboldthain ankam, begriff ich, dass ich das Chloroform und die Decke eingesteckt hatte.« Seine Worte überschlugen sich jetzt beinahe. »So stark ist es, verstehen Sie? Ich hatte es gar nicht gemerkt, es steuert mich, treibt mich vor sich her. Ich weiß nicht, wie ich es sonst nennen soll. Und dann wurde es wunderschön.« Ein schauerliches Lächeln trat unvermittelt in sein Gesicht. »Im Park zu warten, die Vorfreude hinauszuzögern, bis endlich eine Frau, irgendeine Frau vorbeikam, war unbeschreiblich. Ich habe sie betäubt und sie mir gefügig gemacht, wie ich es in Frankfurt gemacht hatte, und ich habe jede Sekunde genossen.«

Er brach ab, und ein Schauder durchfuhr ihn. Mit einem Ruck schien er wieder zu sich kommen. Er sah sich im Zimmer um, als wüsste er nicht recht, wo er war. Allmählich schien er zu begreifen, was er gerade gesagt hatte. Mit einem trockenen Schluchzen flüsterte er: »Ich bin doch kein Ungeheuer, ich bin nicht pervers. Ich bin nicht pervers …«

Am Tag darauf versammelten sie sich zur abschließenden Besprechung. Nach seiner Zusammenfassung des Falls klappte Leo die Akte zu und verschränkte die Hände hinter dem Kopf. »Meine Herren, der Kollege Neufeld hat noch etwas zu berichten.«

»Ich habe mit den Behörden in Sulzbach am Taunus korrespondiert. Erich Hartmann ist dort geboren und aufgewachsen. Sein Vater starb bei einem Unfall, als er zwei Jahre alt war, die Mutter zog ihn allein auf.« Er legte eine

Pause ein. »Als er dreizehn war, wurde Gertrud Hartmann in eine Nervenheilanstalt eingewiesen, in der sie 1920 verstarb. Die Diagnose lautete, sie sei unheilbar geisteskrank gewesen. Danach nahmen ihn seine Großeltern väterlicherseits auf, die sich schon länger um den Jungen bemüht hatten. Was zwischen ihm und der Mutter vorgefallen war, wurde nicht protokolliert, aber Erich Hartmanns Aussage ist Ihnen ja bekannt. Wir haben keinen Grund, daran zu zweifeln.«

»Danke, Neufeld. Damit wäre der Fall für uns abgeschlossen. Jetzt ist die Justiz am Zuge.« Leo schaute in die Runde. »Ich möchte mich bei Ihnen für die hervorragende Ermittlungsarbeit bedanken. Außerdem gebe ich Ihnen weiter, was mir der Herr Kriminalrat soeben mitgeteilt hat: Der Kollege Neufeld bleibt bis auf Weiteres in der Inspektion A.«

Anerkennendes Gemurmel, und Neufeld wurde ein bisschen rot. »Danke. Es ist mir eine Freude, mit Ihnen zusammenzuarbeiten.«

Epilog

»Einen Slowfox werde ich wohl noch schaffen«, sagte Leo und ließ sich von Clara auf die Tanzfläche führen.

»Es ist nicht die Jahreszeit für Flieder, und er ist nicht Richard Tauber, aber ich mag das Lied so gern«, sagte sie und glitt in seine Arme.

Wenn der weiße Flieder wieder blüht,
küß' ich deine roten Lippen müd'.
Wie im Land der Märchen werden wir ein Pärchen,
wenn der weiße Flieder wieder blüht.

Die bunten Lichter ließen Claras rote Haare schimmern, Eduard Fischer gab stimmlich alles, was er aufzubieten hatte, und die Frau am Klavier hatte Leo sofort bemerkt, als sie den Saal betraten. Jetzt aber gab es nur Clara, ihren warmen Körper an seinem, den Duft ihres Parfüms, der ihn bei jeder Drehung umwehte. Er hatte lange nicht getanzt, doch es war, als besäßen seine Beine und Füße ein Gedächtnis und erinnerten sich an jeden Schritt.

Am liebsten hätte er die Augen geschlossen und alles außer Clara vergessen, aber das war auf der vollbesetzten Tanzfläche leider unmöglich.

Plötzlich tauchte ein bekanntes Gesicht neben ihnen auf. Joachim Weißbarth grinste und zwinkerte ihm zu, und dann erkannte Leo die Frau, mit der er tanzte. Irene Freund. Also hatte sich seine Indiskretion gelohnt.

Auf den Slowfox folgte ein Charleston, und danach war Leo mutig genug, um einen Tango zu wagen.

Er spürte Claras Blick, als sie an ihren Tisch zurückkehrten. Sie beugte sich zu ihm und küsste ihn auf den Mund. »Das sollten wir öfter machen«, hauchte sie ihm ins Ohr.

Auf einmal stand eine Flasche Sekt im Kühler vor ihnen, und Clärchen lächelte auf sie herab. »Ich wünsche einen angenehmen Abend. Und nein, das ist keine Beamtenbestechung, der musste dringend weg. Sekt hält sich nicht ewig, wissen Sie.« Mit diesen Worten entschwand sie, eine gebieterische Königin in ihrem Ballhaus.

»Ruhe, bitte, einen Moment Ruhe.« Das Stück war verklungen, und Kapellmeister Fischer klopfte an sein Mikrofon. »Meine sehr verehrten Damen und Herren, bevor wir Sie weiter mit unserer Tanzmusik erfreuen, möchte ich etwas bekanntgeben. Kürzlich haben wir unseren Mann am Klavier verloren, und die Suche nach einem Ersatz war nicht einfach, doch nun hat uns der Zufall jemanden beschert, der unsere Kapelle wieder komplett macht: Applaus für Fräulein Lotte Thaler, unsere Frau am Klavier!«

Sie stand auf und verbeugte sich, während die Gäste begeistert klatschten. Manche trampelten sogar mit den Füßen, und Leo vermutete, dass sie sich nicht nur über die neue Pianistin freuten, sondern vor allem hofften, dass die Rede nun ein Ende hatte.

Fischer hob die Hand, und auf sein Zeichen stimmte die Kapelle den unsterblichen Klassiker ›Was guckst du mir denn immer in die Bluse‹ an.

Robert Walther saß noch an seinem Schreibtisch im Polizeiamt 2, obwohl er eigentlich längst Dienstschluss hatte. Vor ihm lag die Abendausgabe der *Volks-Zeitung*.

Wechsler und Kollegen entlarven Phantom von Frankfurt brüllte ihm die Schlagzeile entgegen. Es folgte eine Lobeshymne auf Leos Mordkommission, die auf einen Schlag den Tod im Ballhaus, einen Fall von Notzucht im Humboldthain und drei alte Sittlichkeitsdelikte sowie einen Totschlag aus Frankfurt am Main aufgeklärt hatte. Es gab sogar eine Fotografie, auf der Leo, Jakob, Klein, Hasselmann und Neufeld um einen Tisch saßen und leicht verlegen in die Kamera schauten. Walther faltete die Zeitung zusammen, damit er den Artikel nicht mehr sehen musste, und schob sie ans äußerste Tischende.

Er versuchte, sich auf den Fall eines verschwundenen Lastkarrens zu konzentrieren, mit dem ihn ein aufgebrachter Kohlenhändler seit Tagen in Atem hielt. Etwas Interessanteres war nicht mehr aufgetaucht, seit man ihm den Fall Imboldt entzogen hatte. Sein Blick wanderte immer wieder zu der Zeitung. Schließlich stopfte er sie in den übervollen Papierkorb und stützte den Kopf in die Hände.

Zugegeben, Leo hatte ihn angerufen, nachdem sie Erich Hartmann verhaftet hatten. *Es war auch dein Fall,* hatte er gesagt und es vermutlich sogar ehrlich gemeint, doch Walther war es wie Hohn vorgekommen.

Mit der Betonung auf »war«, hatte er hervorgestoßen. Danach hatte Leo lange geschwiegen. *Robert, du musst Geduld haben. Die Versetzung ist nicht auf ewig, aber im Augenblick solltest du dich lieber bedeckt halten.*

Walther hatte aufgelegt.

Seither hatten sie einander weder gesehen noch gesprochen. Er versah pflichtschuldig seinen Dienst, kaufte sich auf dem Heimweg ein paar Flaschen Bier und verbrachte den Abend in seiner Wohnung. Nun, da er seine Verlobte, seinen besten Freund und die langjährigen Kollegen verloren hatte, merkte er, wie sehr er sich auf sie verlassen, mehr noch, dass er sie als selbstverständlich erachtet hatte. Wie grausam Berlin zu jenen war, die einsam lebten. Wie grell die Lichter waren, wie lärmend der Verkehr, wie gehetzt die Menschen, die wie ein Film an ihm vorüberzogen.

Er stand auf, griff nach seinem Jackett und wollte zur Tür gehen, als es klopfte.

»Herein.«

Richter steckte den Kopf durch die Tür. »Nanu, noch da?«

»Ich wollte gerade gehen.«

Der Kommissar sah ihn prüfend an, dann wanderten seine Augen flüchtig zum Papierkorb.

»Wie wäre es mit einem Bier an diesem warmen Abend?«

Walther zögerte, aber nur kurz. Richter war ein netter Kerl. Und der Gedanke, nicht allein zu trinken, war verlockend.

»Gern.«

Als sie auf die Klopstockstraße hinaustraten, die Walther nach dem düsteren Büro, in dem er den Tag verbracht hatte, nun unerwartet hell und belebt erschien, sagte Richter: »Wir sind übrigens zu fünft heute Abend. Ich erwähnte ja bereits, dass wir Unzufriedenen nicht allein sind. Es mag aussehen, als würde unsere Polizei von den Sozialdemokraten beherrscht, aber es gibt auch andere Meinungen. Leute, die der Ansicht sind, dass unser Staat straffer geführt werden sollte, dass wir der Welt wieder zeigen müssen, wer wir sind. Wer heute oben ist, wird es nicht für immer bleiben.«

Als Walther ihn etwas konsterniert ansah, fügte Richter hinzu: »Na, nun nicht gleich erschrecken. Ich habe die

Zeitung in Ihrem Papierkorb gesehen. Ich kenne den Artikel und verstehe, wie Ihnen zumute ist.«

Sie gingen ein Stück schweigend.

»Ich glaube, wir werden uns ausgezeichnet verstehen, Kollege Walther.«

Nachwort

Wenn man über das Berlin der Weimarer Republik schreibt, hat man eher selten die Gelegenheit, Originalschauplätze zu besichtigen, da viele Gebäude im Krieg zerstört wurden. Umso wunderbarer ist es, einen Ort wie Clärchens Ballhaus zu entdecken, der nicht nur weitgehend unverändert erhalten ist, sondern auch seit 1913 demselben Zweck dient – dem Tanzvergnügen. So kam ich auf die dreiste Idee, ausgerechnet an einem feierseligen, von Foxtrott und Tango beschwingten Samstagabend des Jahres 1928 im Hof des Ballhauses einen Mord geschehen zu lassen.

Dafür entschuldige ich mich posthum bei Clärchen, ihrem Ehemann und allen Angestellten, die in Leos aufwändige Ermittlungen hineingezogen wurden. Ebenso bei allen Gästen, die nicht mehr flirtend übers Parkett gleiten konnten, sondern der Kriminalpolizei Rede und Antwort stehen mussten.

Und ich hoffe sehr, dass die wechselvolle und bewegte Geschichte des Ballhauses, das sich wieder einmal schweren Zeiten gegenübersieht, noch lange nicht zu Ende ist.

Hinweisen möchte ich auch auf Margot Schumann, eine der vielen Frauen der Weimarer Republik, die zur Frauenbildung und Emanzipation beigetragen haben. Das Haus am Kaiserdamm, in dem sich ihre Ausbildungsstätte für medizinisch-technische Assistentinnen befand, steht heute noch. Mir gefällt der Gedanke, dass ein naturwissenschaftlich interessiertes Mädchen wie Marie Wechsler dort Anregung und Ermutigung gefunden hätte.

Danksagung

Ich danke meinem Schwager Markus Klinkenberg, der mir ›Berlin tanzt in Clärchens Ballhaus‹ geschenkt hat – damit fing alles an.

Das Buch führte mich zur Autorin Marion Kiesow, die mehr über das Ballhaus weiß als irgendjemand sonst. Sie hat geduldig meine Fragen beantwortet, ihr unerschöpfliches Wissen mit mir geteilt und mir Mut gemacht, frei zu schreiben, wo keine Fakten bekannt waren.

Im Mai 2018 hatte ich bei einer ihrer Führungen das Privileg, in alle Ecken und Winkel zu schauen und vor Ort von der Geschichte des Hauses zu hören. Ohne sie und ihr Buch hätte ich diesen Roman nicht schreiben können.

PS: Der Apfelstrudel war auch nicht zu verachten.

Mein Dank gilt außerdem:
Michael Bienert, text-der-stadt.de
L. Bodemann
Dr. Jens Dobler, Polizeihistorische Sammlung Berlin
Christiane Heider, Heimatverein Tiergarten
Aro Kuhrt, moabit.net
Corinna Lichtenberg
Sylvia Thomas-Mundt, Alexianer St. Hedwig-Kliniken Berlin
Prof. Dr. Wim Wätjen, Martin-Luther-Universität Halle-Wittenberg

und wie immer meiner Familie – Axel, Lena, Felix und Abi, die mit mir geduldig Clärchens Ballhaus durchstreift haben.